Melanie Harlow &
David Romanov

e se ACONTECE?

São Paulo
2018

hoo editora

Diretor editorial: Luis Matos
Coordenadora editorial: Rayanna Pereira
Tradução: Michelle Gimenes
Preparação: Camila Fernandes
Revisão: Jadson Gomes
Capa: Rebecca Barboza
Projeto gráfico e diagramação: Francine C. Silva

Dados Internacionais de Catalogação na Publicação (CIP)
Angélica Ilacqua CRB-8/7057

H25e Harlow, Melanie

E se acontece? / Melanie Harlow e David Rvomanov; tradução de Michelle Gimenes. – São Paulo: Hoo Editora, 2018.

320 p.

ISBN: 978-85-93911-14-9

Título original: *Strong Enough*

1. Literatura norte-americana 2. Homossexualidade I. Título II. David, Romanov III. Gimenes, Michelle

18-0154 CDD 813.6

Hoo Editora Ltda.
Rua do Bosque, 1589 – Bloco 2 – Conj. 605
Barra Funda – Cep: 01136-001 – São Paulo/SP
Telefone/Fax: (11) 3392-3336
www.hooeditora.com.br
E-mail: contato@hooeditora.com.br
Siga-nos no Twitter: @hooeditora

Quero dedicar esta história ao meu marido, que é o cara mais legal do mundo e tudo para mim, sempre.

D.R.

Digo o mesmo.

M.H.

Ele era meu condutor secreto até mim mesmo – como um catalisador que nos permite ser quem somos, o corpo estranho, o marca-passo, o enxerto, o eletrodo que envia todos os impulsos corretos, o pino de aço que mantém o osso do soldado fixado, o coração de outra pessoa que nos torna mais nós mesmos do que éramos antes do transplante.

ANDRE ACIMAN,
"ME CHAME PELO SEU NOME"

um

DEREK

O NOME DELA ERA CAROLYN, e ela era quase perfeita.

– Muito obrigada pelo jantar – ela disse assim que parei em frente à sua casa. – Me diverti muito, como sempre.

Linda. Meiga. Inteligente. Vinte e nove anos. Divorciada do namoradinho de colégio, sem filhos, mas queria tê-los no futuro. Dava aula de álgebra na universidade. Adorava viajar. Era voluntária na UNICEF. Corria maratonas.

– Eu também. – Estacionei o Range Rover na vaga. – Deixe que eu a acompanhe até a porta. Espere aí.

Já havíamos saído seis vezes – um café, dois almoços e três jantares – e eu havia curtido cada uma dessas ocasiões. Ela era exatamente o tipo de mulher que eu imaginava para mim. Nada nela me desagradava.

O problema? Nada nela tampouco me excitava.

Ela soltou o cinto de segurança e esperou até que eu desse a volta no carro e abrisse a porta do passageiro antes de sair. Estendi a mão e ela a segurou.

– Obrigada.

Você não está se esforçando o bastante.

Com sua delicada mão na minha, fechei a porta do carro e a acompanhei pelo passeio até a entrada. O ar noturno de junho era cálido e agradável e cheirava a flores de laranjeira. Tudo naquela noite sugeria romance.

– Tão galante – Carolyn brincou. – É bom saber que o cavalheirismo não morreu.

– Com certeza, não. – Eu gostava da ideia do cavalheirismo, de que um homem pode se portar de acordo com um código de conduta baseado em tradição, honra e nobreza, apesar de ser um guerreiro em seu íntimo; que ele reprime sua propensão à violência e seus impulsos mais sombrios para preservar a moralidade social, ou ao menos tal impressão. Eu entendia perfeitamente.

Chegamos ao alpendre e ela voltou-se para mim.

– Quer entrar e beber alguma coisa? – Os olhos dela brilharam no escuro enquanto seu corpo aproximou-se do meu. – E talvez deixar o cavalheirismo de lado? – Ela deslizou as mãos pelo meu peito.

Eu a abracei pela cintura e a puxei na minha direção, levando meus lábios até os dela, rezando para sentir alguma coisa. Qualquer coisa.

Mas não senti nada. Nada de batimentos acelerados, nada de sensação de calor, nada de agitação no sangue. (Ou nas calças.)

Timidamente, ela deslizou a língua por entre meus lábios, e eu retribuí o gesto, abrindo mais a boca para um beijo mais intenso.

Nada.

Frustrado, agarrei sua blusa com uma mão e seu cabelo com a outra, torcendo para que certa dose de agressividade e resistência fosse o que eu precisava para me excitar. Para mim, sexo era melhor quando havia um pouco de confronto. Um pouco de combate. Um jogo de poder. E já fazia tanto tempo...

– Ai! – Carolyn exclamou.

Imediatamente a soltei e me afastei.

– Desculpe. Desculpe. Você está bem?

– Sim, estou ótima. – Ela esfregou a nuca e riu de nervoso. – Não precisa se desculpar. Fui eu quem disse para você deixar de ser cavalheiro. Só fui pega de surpresa. – E então falou com uma voz mais macia: – Talvez pudéssemos tentar de novo? Pegar mais leve desta vez?

Para quê?

– Desculpe, Carolyn. Estou meio distraído esta noite. Fica para a próxima?

– Oh, tudo bem. Sem problema. – Ela pareceu desapontada, baixou os olhos. E então ergueu o olhar novamente. – Ainda nos veremos amanhã à noite?

– Claro.

Ela sorriu, obviamente aliviada.

– Ótimo. Levarei a sobremesa. Estou ansiosa para conhecer seus amigos.

– Eles também estão ansiosos para conhecer você.

Ela sorriu ainda mais.

– Boa noite.

– Boa noite. – Enfiando as mãos nos bolsos, eu a vi entrar e fechar a porta principal.

Merda.

O que havia de errado comigo?

■

VINTE MINUTOS DEPOIS, entrei na linda casa de tijolos à vista com três quartos que eu havia comprado uns anos antes, quando quase pedira em casamento minha namorada daquela época. Eu imaginava que estaríamos casados a esta altura. Imaginava que teríamos uma família a esta altura. Imaginava me sentir completo a esta altura.

Nada disso aconteceu.

Apaguei todas as luzes e me arrastei escada acima, sentindo o peso de cada um dos meus trinta e seis anos. No banheiro, fiz uma careta de desgosto diante do meu reflexo no espelho, passando a mão de leve pela barba desgrenhada. *Jesus, quantos fios brancos!* Por um tempo, havia sido apenas um ou outro fio, mas agora eu estava definitivamente grisalho. E nas têmporas também. Era normal ficar grisalho com essa idade? E que diabos de rugas eram aquelas na testa? Será que eram de tanto franzir? Relaxei depressa o rosto e as rugas desapareceram quase totalmente. Mas não de todo.

Droga, eu estava ficando velho.

Pelo menos ainda estava em boa forma. Tirei o casaco e o pendurei com a camisa no closet, joguei a camiseta no cesto de roupa suja e então parei em frente ao espelho de corpo inteiro que havia na porta do banheiro, inspecionando minha imagem com olhar crítico.

Ainda sem pança. Sem flacidez. Sem gordurinhas em parte alguma. Meu abdômen ainda era duro e chapado, ainda dava para ver o tanquinho, meu peito e meus braços ainda eram musculosos. Eu podia não ser tão definido quanto tinha sido dez anos atrás, mas dava duro para manter meu físico. Eu gostava de malhar. Fazia com que me sentisse forte e poderoso e no controle do meu corpo. Eu o mandava fazer algo, e ele obedecia. Corra essas milhas. Levante aquele peso. Soque aquele saco.

Fácil.

Pelo mesmo motivo, eu mantinha a casa imaculada. Meus familiares e amigos estavam sempre zombando de mim por causa do que eles chamavam de minha "obsessão" por organização. Eu não entendia – quem não gostaria de chegar em casa e ver que está tudo limpo e organizado? Não era germofobia nem nada, só aversão ao caos e à sujeira. Nada de bagunça sobre as bancadas, nada de roupa suja amontoada em qualquer canto, nada de louça empilhada na pia. E eu sempre sabia exatamente onde estava determinada coisa, porque depois de usar eu a colocava de volta em seu lugar. Droga. O que havia de tão estranho nisso?

Eu estava pronto para dormir e apaguei a luz, me sentindo um pouco patético, pois ainda não eram nem dez horas de uma sexta-feira à noite, mas dizendo a mim mesmo que teria uma boa noite de sono e acordaria cedo para malhar. Eu ainda não havia fechado os olhos quando meu telefone vibrou na mesinha de cabeceira. Ao pegar o aparelho, apertei os olhos para enxergar a tela no escuro. Era minha irmã, Ellen.

– Alô?

– Oi, sou eu.

Ao fundo, ouvi ruídos abafados de bar – música, vozes, barulho de pratos e copos.

– Tudo bem?

– Preciso de um favor.

DOIS

MAXIM

PELA PRIMEIRA VEZ desde que tomei um avião em Moscou, comecei a pensar se havia agido errado.

Eu não era assim. Tinha tendência a tomar decisões rapidamente, mas não era do tipo que depois se angustiava pensando se havia feito a coisa certa ou não. Eu confiava em meus instintos.

Então, semana passada, quando meus instintos me disseram para deixar de sonhar em me mudar para os Estados Unidos e tomar uma atitude para que isso acontecesse, foi isso que eu fiz. Comprei passagem, pedi demissão e fiz as malas.

Pensando agora, eu *provavelmente* deveria ter planejado as coisas um pouco melhor.

Um amigo de um amigo – um cara chamado Jake – deveria ter vindo me buscar no aeroporto, mas eu estava do lado de fora do terminal internacional do Aeroporto de Los Angeles fazia pelo menos duas horas e ele ainda não havia aparecido. Eu torcia para que não houvesse nada de errado, mas começava a achar que deveria usar o Plano B.

Não que eu tivesse um Plano B.

Praticamente tudo dependia doJake. Ele havia encontrado um apartamento para mim, e eu já havia transferido a ele o dinheiro de um mês de aluguel. Eu não havia gostado da ideia de pagar por algo sem ver antes, mas Jake dissera que, se eu não agarrasse a oportunidade, outra pessoa agarraria, e ele não sabia de nenhum outro lugar que eu pudesse alugar por um valor tão baixo, principalmente tão em cima da hora. Eu disse a ele que ficaria com o apartamento e enviei o dinheiro. Mas não perguntei o endereço.

Foi um erro.

Chequei meu telefone mais uma vez, como se, num passe de mágica, ele tivesse recarregado sozinho em meu bolso. Continuava sem bateria. Infelizmente, em minha pressa de partir, eu havia esquecido de colocar o carregador na mala.

Outro erro.

Não aguentando mais continuar ali, atravessei a rua e peguei um táxi.

– Vai para onde? – o motorista perguntou.

Bem, dane-se.

– Para o centro – decidi, resolvendo que encontraria algo para comer em algum lugar e talvez conseguisse carregar meu celular. Com sorte, Jake ligaria nas próximas horas. Se não ligasse, eu teria que passar a noite em um hotel. Seria absurdamente caro e eu não queria gastar tanto dinheiro em uma noite, mas não via outra solução.

Levou um bom tempo para chegarmos ao centro – o trânsito estava péssimo. Eu cochilava pela terceira vez quando o motorista falou.

– Qual é o endereço? – Ele olhou para mim pelo retrovisor e eu pisquei algumas vezes.

– Hã... nenhum endereço específico. Alguma sugestão de bar ou restaurante por aqui?

Ele coçou a cabeça com o polegar.

– O Blind Pig é bem popular.

– Blind Pig? – repeti, um pouco confuso. Talvez as palavras tivessem um sentido diferente do que eu imaginava. Meu inglês era muito bom, mas estava longe de ser perfeito.

– É outro nome que davam para os estabelecimentos que vendiam bebidas alcoólicas ilegais durante a Lei Seca.

– Ah. – Rapidamente, saquei meu caderno da mala e anotei aquele termo. Eu queria ser roteirista, então precisava não só melhorar meu inglês, mas também aprender aquelas peculiaridades culturais que tornariam meus roteiros autênticos.

Meus amigos zombavam de mim por causa disso, mas eu levava o caderno sempre comigo e anotava todas as ideias que me ocorriam a qualquer momento do dia ou da noite. Tinha aprendido da pior maneira que nem sempre me lembraria delas depois. E, como havia vendido meu laptop na semana anterior para aumentar minhas economias, um caderno era tudo que eu tinha. Assim que pudesse, compraria um computador novo.

Mas demoraria um pouco.

Alguns minutos depois, o motorista encostou e desligou o taxímetro.

– É só seguir em frente, à direita.

Agradeci, paguei com o dinheiro que havia sacado no caixa eletrônico do aeroporto e saí do carro. Embora não soubesse onde dormiria naquela noite, era difícil não me sentir animado conforme andava pela rua. Até aquele dia, eu só havia visto lugares como aquele nas telas, mas era *real*. Eu estava mesmo ali. Eu me sentia invencível, como se tudo fosse possível.

Um minuto depois, abri a pesada porta de madeira do Blind Pig e entrei. A luz era baixa, a atmosfera acolhedora e a música alegre. Estava lotado, mas consegui encontrar um assento vazio diante do comprido balcão de madeira.

– Olá! – A atendente sorriu enquanto eu colocava minha mala no chão. Ela tinha cabelos escuros presos num rabo de cavalo e grandes olhos castanhos. – Meu nome é Ellen. Em que posso ajudar?

– Poderia me trazer o cardápio, por favor?

– Claro. – Ela trouxe o cardápio e eu olhei as opções, decidido a pedir o prato mais americano possível.

– Vou querer um hambúrguer. E uma cerveja.

– Ótimo. Posso ver sua identidade?

– Claro. – Tirei a carteira de viagem, onde guardava todos os meus documentos importantes, entreguei a ela meu passaporte e joguei a carteira de volta na mala.

– Rússia, hein? – Ellen sorriu para mim de novo. – Está aqui a trabalho ou a passeio?

– A passeio. – Eu não queria atrair má sorte revelando a ela minha intenção de ficar nos Estados Unidos para sempre. Tecnicamente, só podia ficar por seis meses com meu visto de turista, mas não pretendia usar minha passagem de volta.

– Tem se divertido?

– Bem, só estou aqui há três horas e passei duas delas esperando um amigo ir me buscar no aeroporto, mas ele não apareceu.

A atendente me lançou um olhar compreensivo.

– O trânsito de L.A. pode ser terrível. Você ligou para ele? – Ela devolveu meu passaporte e eu o enfiei no bolso do casaco.

– Não consigo. Minha bateria acabou. E esqueci meu carregador. – Sorri para ela tentando ser charmoso. Eu não tinha interesse em mulheres e nunca as enganara intencionalmente, mas não vou mentir que parecer atraente aos olhos delas ajudava. – Você acha que alguém aqui teria um carregador para me emprestar?

Funcionou – ou ela estava apenas sendo legal, pois retribuiu o sorriso cordialmente.

– Vou ver. Já trago sua cerveja. Parece que você está mesmo precisando. Qual você quer?

– Corona, por favor.

Ela acenou com a cabeça e, um minuto depois, colocou a cerveja na minha frente.

– Esta é por minha conta. Vou pedir seu prato. Você provavelmente está morrendo de fome depois dessa longa viagem.

– Estou. Obrigado.

Depois de um longo gole direto do gargalo, tirei novamente o caderno da mala, e uma foto escolar da minha irmã de oito anos de idade, Liliya, caiu das páginas iniciais. Ela havia me dado a foto pouco antes da minha partida e escrito no verso "Para Maxim. Não se esqueça de mim. Com amor, Liliya". Coloquei a foto sobre o balcão enquanto uma mulher ocupava o assento livre ao meu lado.

– Olá.

Ela tinha mais ou menos a minha idade e estava vestida de forma profissional, como se trabalhasse em um escritório, mas era o tipo de loira americana que eu imaginava mais como salva-vidas na TV ou dançarina em um filme que se passa na praia. Seu sorriso era confiante e sedutor. As mulheres americanas eram *tão* diferentes das russas.

– Oi – eu disse.

Ela olhou de relance para a foto de Liliya e disse:

– Oh, meu Deus, ela é tão linda! E é a sua cara. É sua... filha? – perguntou hesitante, torcendo o nariz como se esperasse que não fosse esse o caso.

– Não, é minha irmãzinha. Mas somos mesmo parecidos. – Embora tivéssemos pais diferentes, Liliya e eu tínhamos os grandes olhos azuis de nossa mãe, cabelo loiro escuro e covinha no queixo.

Ela sorriu e estendeu a mão.

– Meu nome é Amy.

Apertei sua mão.

– Maxim.

– Maxim. – Ela repetiu meu nome exatamente como eu havia pronunciado, inclusive com sotaque. Depois de apertar minha mão por mais tempo que o esperado e de forma sugestiva, ela voltou-se para mim, cruzando as pernas de modo que ficassem em evidência. – Nunca vi você por aqui.

– Nunca vim aqui.

– Gostei do seu sotaque. De onde você é? – Ela aproximou-se um pouco de mim e ficou tão perto que consegui sentir seu perfume floral.

– Rússia.

– Já imaginava! – Ela pareceu satisfeita consigo mesma e me deu um tapinha na perna. – O que o traz a L.A.?

– Vim a passeio.

– Sozinho? – Ela abriu bem os olhos e piscou de forma sedutora.

– Hum, sim.

– Então você é solteiro?

Eu achava estranho o jeito como os americanos faziam perguntas tão pessoais. Precisaria me acostumar.

– Sim, mas…

– Sim, mas o quê? Você não gosta de americanas? – ela provocou.

Eu tinha uma desculpa na ponta da língua, quando uma voz soou em minha cabeça. *Você não precisa fingir aqui.*

– Sim, mas eu sou gay – respondi, olhando direto em seus olhos. Era a primeira vez que eu dizia aquelas palavras em voz alta a outra pessoa. Não me sentia envergonhado nem nada, mas, de onde eu vinha, simplesmente não se falava sobre sexualidade, fosse você gay ou hétero. Obviamente, ali as coisas eram diferentes.

Amy suspirou, recuando para o centro do assento, com a postura largada.

– Oh, claro. Sabia que você era bonito demais para ser hétero. – Ela pegou sua taça de vinho e deu um gole longuíssimo. – Desculpe se incomodei você.

Sorri.

– Não incomodou. Está tudo bem.

– Sei lá por que sempre escolho os gays. É uma espécie de maldição.

Eu não sabia o que dizer.

– Hã... sinto muito?

Ela suspirou e balançou a cabeça.

– De qualquer forma, bem-vindo aos Estados Unidos. Saúde. – Ergueu a taça de vinho. – Ei, como se diz "saúde" em russo?

– *Na zdorovie.*

Ela piscou.

– OK, não vou nem tentar. – Mas tocou sua taça em minha garrafa num brinde, e bebemos até que Ellen apareceu com um prato farto: um hambúrguer suculento e grosso com batatas fritas.

Salivei.

– Parece delicioso.

– E é – ela disse cheia de confiança. – E ainda não consegui achar um carregador, mas estou procurando.

Peguei o caderno, colocando a foto de Liliya de volta entre as páginas, para que Ellen pudesse pôr o prato diante de mim.

– Muito obrigado. Não acredito que...

Parei de falar e olhei para baixo, na direção dos meus pés, procurando minha mala, mas não achei nada.

Havia sumido.

■

– **MAIS UMA VEZ**, sinto *tanto*. Isso nunca aconteceu por aqui. – Ellen inclinou-se sobre o balcão e tocou meu braço. Ela era a dona do estabelecimento e se sentia pessoalmente responsável pelo furto. Pediu desculpas mil vezes, chegando até a chorar. – Eu me sinto péssima com esta situação.

– Não é culpa sua – eu disse a ela. – Estava muito cheio. Nem eu vi acontecer, e a mala estava bem aos meus pés.

O policial que respondeu ao agitado chamado dela perguntou a todos no bar se alguém havia visto uma pessoa sair carregando uma mala ou qualquer coisa suspeita, mas ninguém tinha visto nada. Ele foi atencioso, mas não pareceu acreditar que minha mala seria encontrada.

Pelo menos, eu ainda estava com meu passaporte. Felizmente, eu o havia enfiado no bolso do casaco em vez de guardá-lo de volta na mala depois de mostrá-lo à Ellen. Conseguir outro passaporte nos Estados Unidos teria sido um pesadelo. Meu maior problema era que minha carteira tinha ficado na mala, então eu estava sem dinheiro e sem cartão de banco. Agora, conseguir um quarto de hotel para passar a noite não era mais uma opção. Nem pagar pela refeição e pela bebida, não que eu tivesse conseguido comer alguma coisa. E eu estava *morrendo de fome*. Mas o que podia fazer?

– Meu Deus, você é tão bacana. Acho que se fosse qualquer outro cara estaria surtando.

– Não adiantaria nada.

– Mas como você vai fazer hoje à noite? – Seus olhos castanhos estavam arregalados e tristes. – Para onde você vai?

Dei de ombros.

– Vou achar algum lugar.

Ellen jogou as mãos para cima, sua voz subindo de tom com a angústia.

– Como? Você não conhece ninguém aqui! E roubaram sua carteira, então nem dinheiro você tem!

– Vou ficar bem. De verdade. Só preciso carregar meu celular para que eu possa encontrar meu amigo. – Tentei soar mais confiante do que me sentia.

Um olhar determinado surgiu no lugar da expressão agoniada da Ellen.

– Sabe de uma coisa? Vou ajudar você. Acredito em destino e deve haver um motivo para você ter entrado aqui hoje e tudo isso ter acontecido.

Balancei a cabeça.

– Também acredito em destino, mas o que aconteceu provavelmente foi só acaso e falta de sorte.

Ela colocou as mãos espalmadas sobre o balcão.

– Nada disso. As coisas não acontecem por acaso. Está ficando tarde e estou vendo que você está exausto, então vou encontrar um lugar para você ficar esta noite e carregar seu celular. E amanhã eu o ajudarei a encontrar seu amigo.

– Não precisa – protestei, reprimindo um bocejo.

– Maxim, olhe para você. Está caindo de cansaço. E já tomei minha decisão. – Ellen fez um gesto de cabeça, e seu tom me dizia que ela não aceitaria discordância. – Já volto, só preciso dar um telefonema. Você espera aqui. – Ela me trouxe outra Corona antes de sumir pela porta da cozinha, me deixando sozinho a imaginar para quem ela ligaria.

TRÊS

DEREK

É CLARO que minha irmã precisava de um favor. Quando é que me ligava se não precisasse?

– Não vou abrigar outro cachorrinho resgatado, Ellen. Ainda estou tentando remover as manchas do último que acolhi.

– Desta vez, não é um cachorrinho. – Ela baixou a voz. – É uma pessoa.

– Uma pessoa? – Me apoiei em um cotovelo. – Que tipo de pessoa?

– Um russo.

Franzi a testa.

– Ellen, mas que diabo! É outro daqueles seus amigos da escola de circo?

– Eu *já disse* que não é escola de circo. É aula de acrobacia aérea. E, a propósito, não, não é um amigo da aula. É um cliente cuja bagagem foi roubada enquanto ele estava sentado ao balcão do bar hoje à noite.

– A *bagagem* dele?

– A bagagem de mão dele. Ele literalmente havia desembarcado do voo de Moscou umas horas antes. E o amigo que deveria buscá-lo no aeroporto não apareceu.

– E como ele acabou no bar?

– Pegou um táxi e pediu ao motorista que o levasse a algum lugar no centro. O taxista o trouxe aqui. Foi o destino!

Ignorei aquela observação. Ellen estava sempre falando sobre destino, astros e essas baboseiras místicas.

– E então a mala dele foi roubada?

– Sim. Bem debaixo do nariz de todos enquanto ele estava sentado ao balcão. E ninguém viu nada.

– É, esses caras são bons. Provavelmente notaram que ele saiu do táxi com uma mala e deduziram que era turista. Alvo fácil. Você chamou a polícia?

– Chamei. Vieram e fizeram boletim de ocorrência, mas não acham que a mala será encontrada. E o pobre rapaz foi *tão compreensivo* com tudo o que aconteceu. E agora ele está preso aqui porque no *meu* bar roubaram tudo que ele tinha. Eu me sinto responsável! Tenho que ajudá-lo!

Revirei os olhos. Ellen jamais via um cachorrinho perdido ou um pássaro ferido ou um gatinho preso numa árvore que não quisesse salvar. Tinha sido assim a vida toda. Eu não a culpava por ter um grande coração, mas ela estava sempre metida em tanta coisa e tinha tantos colegas de quarto que, de algum modo, eu sempre acabava com animais aleatórios em minha casa até que ela descobrisse o que fazer com eles.

– Em primeiro lugar, El, não é culpa sua. Poderia ter acontecido em qualquer lugar.

– Mas não aconteceu. Aconteceu aqui.

Ignorei o tom obstinado.

– Em segundo lugar, por que ele é responsabilidade sua? Cadê o amigo dele?

– Ele não sabe.

– Ele não pode ligar para o amigo?

– A bateria dele acabou.

– Então carregue. – Pelo amor de Deus! Minha irmã tinha trinta anos. Por que parecia que eu estava falando com uma criança?

– Ele esqueceu o carregador em Moscou. E não achei um compatível aqui.

– Oh, Jesus. – Apertei a ponte do nariz, sentindo que teria dor de cabeça.

– Por favor, Derek. É só por uma noite. E você tem um quarto extra com banheiro na sua casa.

– Por que não leva para sua casa?

– Fala sério! Divido a casa com três colegas. E o irmão de um deles está de visita e, portanto, dormindo no sofá. Você mora sozinho nessa casa enorme e bacana.

Ela provavelmente não estava me criticando, mas foi como se estivesse.

– Aposto que aquele quarto extra já está todo arrumado, não está? – Ellen continuou. – Lençóis limpos na cama, móveis sem pó, nenhum travesseiro fora do lugar. Aposto até que o banheiro está brilhando de tão limpo, com toalhas grandes e macias dobradas e prontas para serem usadas.

– Sabe, zombar de mim não é a melhor forma de conseguir o que você quer.

– Certo, certo. Desculpe. Mas é verdade, não?

– É verdade – admiti com os dentes cerrados.

– Então você poderia vir buscá-lo e levá-lo para casa, por favor? Só por uma noite, prometo.

– Espere um pouco, eu ainda tenho que *ir* buscá-lo? Está falando sério?

– Bem, sim. Não posso simplesmente botá-lo num táxi. Ele não tem dinheiro. E você não mora tão longe assim. Por favor, irmãozinho. Por favoooooor? Por mim?

Suspirei em desalento, pois sabia exatamente a cara que ela estava fazendo naquele momento. Sempre conseguia me desarmar.

Ela riu.

– Obrigada. Você é o melhor.

– Eu não disse sim. – Mas me sentei e joguei as cobertas de lado.

– Conheço você. Não consegue dizer não para mim.

– *Tudo bem*. Vou buscá-lo e ele pode passar a noite aqui. Mas é melhor ele não manchar nada.

– Ele é limpinho, prometo. Mas você precisa emprestar a ele um pijama ou algo assim.

Levantei da cama e fui até o closet.

– Meu Deus, Ellen! Quer que eu o bote na cama também? Que cante uma canção de ninar?

– O quê? Não! Você sabe que canta muito mal. Eu jamais submeteria alguém a uma coisa dessas.

Acendendo a luz do closet, peguei o jeans e a camisa que havia usado mais cedo naquele dia.

– Da próxima vez que eu estiver tentando dizer não a você, não me deixe esquecer como você é má.

– Sem chance. Mas te amo. Vejo você daqui a pouco.

Encerrei a ligação, deixei o telefone de lado e terminei de me vestir. Da gaveta da cômoda, peguei um par de meias limpas e sentei na cama para vesti-las. Depois, apaguei a luz e fui para o andar de baixo, onde calcei um dos vários pares de tênis alinhados no corredor perto da porta dos fundos e peguei minhas chaves. Por um segundo, parei e imaginei outros pares de calçados alinhados ali também. As sandálias de uma garotinha. As chuteiras de um menininho. Ou talvez dois pequenos pares de Adidas como os do papai.

O que era uma grande estupidez. Mesmo se eu não tivesse estragado tudo com minha ex e nós tivéssemos casado, provavelmente só teríamos um filho a esta altura, e ele ainda usaria fraldas.

Mesmo assim. Eu seria um marido. Um pai. Teria uma família para criar. Pessoas que precisariam e dependeriam de mim e me amariam incondicionalmente, da mesma forma como eu as amaria. Havia algo menos complicado do que o amor entre pais e filhos?

Pare com isso. Você está sendo ridículo e, quanto mais tempo ficar aqui sentindo pena de si mesmo, mais tempo levará para voltar para a cama.

Depois de checar para ver se estava com o celular e a carteira no bolso, saí pela porta dos fundos e a fechei atrás de mim.

A caminho do bar, percebi que eu não havia verificado se o quarto extra estava devidamente preparado, mas não me preocupei de fato. Eu o mantinha sempre pronto para receber hóspedes, só por garantia, e o banheiro do corredor havia sido limpo dois dias antes. Meus amigos riam de mim por eu ter uma faxineira que vinha toda semana, principalmente os amigos casados e com filhos, porque como haveria sujeira em uma casa em que só mora uma pessoa e essa pessoa é a mais meticulosa da Terra? A casa deles era sempre uma bagunça – coisa para *todo lado*, como se alguém tivesse virado tudo de cabeça para baixo e chacoalhado como se fosse um globo de neve. Na verdade, a casa de Ellen também era assim, bem como seu carro – oh, meu Deus, a quantidade de porcaria naquele carro era suficiente para fazer minha pressão subir cada vez que eu entrava nele. Às vezes, eu me perguntava como podíamos ser parentes. Sua vida toda era como um monte de coisas soltas e espalhadas de forma aleatória, enquanto a minha era uma linha reta e bem-feita.

No semáforo, olhei de relance pelo retrovisor para o banco traseiro do meu carro, fiquei feliz em ver que não havia nada lá. Nada no banco do passageiro tampouco e nada de copos de café velhos ou garrafas de água nos porta-copos. Nada de migalhas ou guardanapos ou batatas fritas perdidas. Ainda cheirava como novo. Todo mundo que andava no meu carro dizia isso.

Não é uma coisa boa? Você não deveria cuidar bem de sua casa, de seu carro e de outras coisas que haviam custado uma grana? Ellen havia usado sua poupança um milhão de vezes, enquanto eu não havia tocado na minha desde que pagara meus estudos. Eu trabalhei duro para ter todas as coisas que tinha e gostaria que elas durassem. Além disso, as aparências importam. As pessoas julgam você com base nisso.

E o que mais eu tinha?

Parei em um estacionamento no centro e fui até o Blind Pig. Algumas pessoas saíram enquanto eu entrava, então segurei a porta para elas antes de adentrar o recinto.

Ellen me viu imediatamente.

– Ei! – Ela contornou o balcão, correndo para beijar minha bochecha antes de me dar um abraço de urso. – Muito obrigada pela ajuda. A propósito, você está cheiroso.

– Está tentando me bajular?

– Sim. Mas está mesmo cheiroso. – Rindo, ela me soltou e olhou rapidamente por cima do ombro. – Ele está ali, sentado ao balcão. Eu me sinto muito mal por ele.

– E como se chama seu órfão russo?

– Maxim Matveev – ela disse, com um sotaque carregado.

– Espere aí, ele fala inglês? – Por um instante, entrei em pânico imaginando que ficaria com alguém que não entenderia nada do que eu dissesse. Meu vocabulário russo era bem limitado, para dizer o mínimo. *Da. Nyet. Vodca.* Eu também sabia dizer *perestroika* graças a uma aula de história da faculdade, mas achava que seria um pouco difícil inserir o termo em uma conversa.

– Fala. Não se preocupe. Você pode dizer a ele, em inglês, para limpar os pés e baixar a tampa do vaso e pendurar a toalha, e ele vai entender perfeitamente.

Revirei os olhos.

– Seja gentil. Ele está sem graça por ter aceitado a oferta. Continua tentando me dizer que isso é ridículo.

– E é.

Ela me lançou Aquele Olhar, e eu suspirei.

– Vamos lá. Me apresente.

Ela me pegou pela mão e abriu caminho pela multidão até o balcão.

Eu o vi primeiro de costas. Pelo menos, achei que fosse ele – era a única pessoa sentada sozinha. Cabelos curtos e claros. Corpo forte e esguio. Tinha boa postura, estava sentado com as costas retas.

Ellen tocou seu ombro.

– Maxim, este é meu irmão, Derek.

Ele virou-se de frente para nós e, mesmo à luz baixa do bar, deu para ver que seus olhos eram de um azul surpreendente. Parecia mais jovem do que eu havia imaginado e, de algum modo, menos russo. Não sei o que eu esperava – Boris Yeltsin, talvez? –, mas não o cara alto de cabelos loiros bem aparados que se levantou e estendeu a mão. Não os olhos azuis-cobalto. Não o maxilar quadrado.

Eu não esperava alguém como ele.

Não esperava nada daquilo.

QUATRO

MAXIM

EU ESTAVA UM TANTO CHOCADO.

Aquele era o irmão da Ellen?

Ela dissera que ele tinha trinta e seis anos, que não era casado e que eu não deveria ligar se ele parecesse um pouco rude no início.

Só havia esquecido de mencionar que ele era lindo de morrer.

– Ei – ele disse. – Prazer em conhecê-lo.

Ele estendeu a mão e eu estendi a minha. O aperto dele era perfeito – quente e forte e longo o bastante.

– Fiquei sabendo que você teve um contratempo. – A voz dele era grave e um pouco rouca. Mexeu comigo. Fez com que fosse difícil olhá-lo nos olhos.

Esqueci todo o meu inglês.

Ellen veio em meu socorro.

– Ele pode lhe contar toda a história depois, o coitado está exausto. Mas amanhã daremos um jeito nisso. Tudo o que ele precisa esta noite é de um lugar para dormir.

– Sem problema – Derek disse. Gostei de sua postura, com os pés bem afastados e os braços cruzados sobre o peito. Parecia forte e confiante. O tipo de cara que não se desculpava pelo que era. Que tomava a iniciativa e fazia o que tinha que ser feito. Gostei tanto dele que esqueci de dizer que ele não precisava me deixar ficar em sua casa naquela noite.

Ellen deu um soquinho no ombro dele.

– Você é o melhor, irmãozinho. O mais fofo.

– O mais banana – ele resmungou.

– Isso também. Seja bonzinho com ele – disse ela, apontando um dedo para o irmão. E depois falou para mim: – Maxim, vejo você amanhã, tá? Não se preocupe. Descanse um pouco. – Ela me deu um abraço rápido e, quando me soltou, finalmente recuperei minha voz.

– Muito obrigado a vocês dois. Sinto muito pelo incômodo.

– Incômodo algum – ele respondeu, e parecia estar dizendo a verdade. – Pronto para ir?

Confirmei com um aceno de cabeça, pegando meu caderno com a foto de Liliya que estava sobre o balcão, e segui Derek através da multidão e para fora do bar. Eu não sabia se era o *jet lag* ou o roubo ou o álcool no estômago vazio ou a surpresa de me sentir atraído pelo irmão mais velho de Ellen, mas algo me deixou desequilibrado.

Vamos lá, Maxim. Recomponha-se.

No final do quarteirão, paramos no cruzamento, esperando o semáforo ficar verde para que pudéssemos atravessar a rua. Respirei fundo algumas vezes, torcendo para que o ar frio da noite pudesse clarear um pouco minhas ideias.

– Então – Derek olhou rapidamente para mim –, você está bem longe de casa.

– Estou – respondi. Ele parecia esperar que eu continuasse a conversa, mas era como se minha língua estivesse cheia de nós. Eu não encontrava as palavras certas.

O semáforo ficou verde e atravessamos a rua, andando lado a lado.

– Parei no estacionamento. Terceiro andar.

Subi dois lances de escada atrás dele e depois o segui até um Range Rover preto lustroso. *Até o carro dele é lindo.* Ele destrancou as portas e eu ocupei o banco do passageiro. O interior do veículo era tão impecável quanto seu exterior. Eu queria elogiá-lo por isso, mas tudo que fiz foi olhar fixamente para suas mãos enquanto ele prendia o cinto de segurança.

Então meu estômago roncou – um ronco comprido, alto e animalesco.

Nossos olhos se encontraram, e Derek tinha uma expressão divertida.

– Está com fome?

– Hum, sim. – Ri, embaraçado.

– Quando comeu pela última vez?

Tive que pensar antes de responder.

– No avião. No primeiro.

Ele anuiu com um gesto de cabeça e deu a partida no carro.

– Não me admira estar com fome. Vamos arranjar algo para você comer.

– Não precisa se preocupar com isso. – Ele já estava me recebendo em sua casa para dormir. Eu não queria que tivesse que me alimentar também. – Estou bem.

– Parecia um pastor alemão em seu estômago, Maxim. Você precisa comer. Não discuta.

Gostei de como ele disse meu nome – me tranquilizou. Além do mais, minha mãe havia me ensinado que era rude e ofensivo recusar ofertas de comida e bebida.

– OK. Obrigado.

Ele desceu em círculos até o nível da rua e saímos do estacionamento. Conforme passávamos pelo centro, esqueci temporariamente minha fome e olhei pela janela, maravilhado como uma criança. Passávamos por um cinema antigo atrás do outro, e eu esticava o pescoço para olhar os letreiros.

– Esta rua é incrível. Que lugar é este?

– É o antigo bairro da Broadway – disse Derek. – Tem uma arquitetura bem bonita dos anos 20, embora nem todos esses prédios ainda sejam cinemas.

– Parece exatamente a Califórnia que eu imaginava quando criança.

– É mesmo?

– Sim. Minha mãe é obcecada por musicais de Hollywood, então minha irmã e eu crescemos vendo esse tipo de filme.

– Também tem uma irmã, então?

– Sim, Liliya. Tem oito anos. – Como estávamos parados no semáforo, puxei a foto dela do meio do caderno e segurei para que Derek a visse.

– Ela é muito mais fofa do que a *minha* irmã – ele disse. – E provavelmente muito menos irritante.

Ri.

– Não sei. Achei sua irmã bem legal.

Ele balançou a cabeça, acelerando novamente.

– Ela é legal, não posso negar. É só meio maluquinha.

Uns vinte minutos depois, embicou em uma entrada de garagem próxima a uma casa de tijolos com dois andares, a luz do alpendre acesa e uma porta principal branca. Era muito bonita, mas não era o tipo de casa que imaginei que ele teria. Por algum motivo, eu havia imaginado algo mais moderno e masculino para Derek – um condomínio com muito vidro, metal e cantos afiados ou algo assim, não algo tradicional.

Isso é ridículo. Você nem o conhece.

Ele estacionou na garagem da parte de trás do terreno, e eu o segui até a porta dos fundos. Ele a abriu e se afastou, como se quisesse me dar passagem. Hesitei. Não parecia certo entrar na casa antes do dono, principalmente quando eu era um convidado inesperado. Olhei para Derek, e houve um momento constrangedor em que nenhum de nós soube o que fazer.

– Tudo bem, então. – Ele entrou primeiro e acendeu a luz, e fui atrás.

A primeira coisa que notei ao entrar na casa do Derek foi o cheiro bom – de algo limpo, fresco e um pouco amadeirado. Respirei fundo enquanto ele passava por mim para fechar a porta.

– Que cheiro é esse? – perguntei. – É maravilhoso.

Ele pareceu confuso por um instante, depois apurou o olfato.

– Não sinto cheiro nenhum. – Depois de deixar as chaves em uma prateleira, tirou os calçados e os alinhou perfeitamente rentes à parede, ao lado de outros pares. Deixei os meus sapatos alinhados junto à parede também e o segui até a cozinha.

Ele acendeu as luzes e, com um gesto, apontou para uma mesa redonda de madeira, ladeada por quatro cadeiras.

– Sente-se. Vou só acender umas luzes e já preparo algo para você comer.

– Não precisa fazer isso. De verdade.

Ele me imobilizou com um olhar.

– Eu sei.

Senti um aperto por dentro. Era isso que Ellen quisera dizer com rude? Eu meio que gostava daquilo – seu olhar intimidador, o tom de "chega de papo furado", a forma como ele disse como seriam as coisas dali em diante e como não queria saber de discussão. Era sexy pra caramba.

Derek desapareceu sob um arco, e uma luz foi acesa no cômodo ao lado. Olhei em volta, registrando tudo. Do piso de madeira encerada aos armários escuros, aos balcões de mármore claro, às pastilhas de vidro de diferentes tons de verde na parede, a cozinha parecia saída das páginas de uma revista. E estava tão limpa! Tudo brilhava – os eletrodomésticos de aço inoxidável, os tampos de granito, até as maçãs verdes que estavam em uma fruteira em cima da mesa. Será que eram de verdade? Eu estava debruçado sobre elas, inspecionando, quando Derek voltou.

– Você provavelmente está faminto o bastante para comer essas frutas de plástico, mas não faça isso.

Ri e endireitei o corpo.

– Não sabia se eram de verdade ou não. Esta cozinha podia ser um cenário de filme, é tudo tão perfeito.

– Obrigado. – Ele foi até a grande pia branca e lavou as mãos. – Foi um projeto e tanto, mas ainda bem que deu tudo certo.

– Você fez tudo isso sozinho? – perguntei, impressionado.

– A maior parte. – Ele enxaguou as mãos e as secou com um pano de prato que estava dobrado sobre o balcão. – Provavelmente foi por isso que demorou tanto para ficar pronta, mas jamais confio em outra pessoa para fazer um trabalho bem-feito. Sou um pouco controlador.

Concordei com um gesto de cabeça. Ellen havia dito exatamente a mesma coisa enquanto o aguardávamos no bar, mas não achei que devesse dizer nada a respeito.

– Posso usar o banheiro?

– Claro. Fica bem ali. – Ele apontou para uma porta no fim do corredor.

– Obrigado. Volto já.

Entrei no banheiro, fechei a porta e me olhei no espelho um instante, tentando imaginar o que alguém como Derek havia visto ao olhar para mim. Não era muito animador. Meu cabelo estava despenteado. Meus olhos, injetados. Meu rosto tinha o tom pálido e amarelado de alguém que não comia ou dormia bem havia dias.

E meu coração estava acelerado.

Ainda bem que isso ele não podia ver.

cinco

DEREK

ELE PARECIA TÃO *JOVEM*.

Talvez fosse só porque ele tivesse precisado de resgate naquela noite. Mas, além disso, havia algo de jovem e terno nele. A forma como olhara fixamente pela janela do carro para aqueles cinemas antigos caindo aos pedaços. A animação em sua voz quando falou sobre vir para a Califórnia. O fato de não ter agido feito um imbecil quando sua mala foi roubada no bar. Fiquei me sentindo mal por ter reclamado tanto ao ser obrigado a ajudá-lo. Pobre rapaz – que puta azar ele tivera, ser roubado pouco depois de descer do avião. Ele devia estar exausto e gostoso.

Faminto. Eu quis dizer, faminto.

Não que ele não fosse atraente. Só se fosse cego para não apreciar a simetria perfeita de seus traços. O vívido tom dos olhos. O maxilar bem-feito. Era fato: em se tratando de seres humanos, ele era agradável ao olhar. Não há nada de errado em admitir isso. Nada de pecaminoso. E, como tenho consciência corporal, pude notar que ele se mantinha em forma e gostava de malhar. Eu não precisava me sentir mal por isso.

Franzindo a testa, me concentrei em temperar o bife que havia tirado da geladeira para ele. Aqueci um pouco do azeite na frigideira e, quando estava no ponto, joguei o bife lá dentro. Chiou bastante.

Eu me perguntava quantos anos ele teria de fato. O que fazia na Rússia. Se era solteiro. Quanto tempo ficaria aqui. O que havia em sua vida que o fizera sair de lá. O clima? A economia? A política? Eu não ficava tão curioso assim sobre alguém já fazia tempo.

Ouvi a descarga e a água correndo na pia ali perto.

Para mim, era estranho estar em minha casa com outro homem. Eu gostava de entreter e frequentemente recebia amigos para ver filmes ou jantar, mas não me lembrava de ter ficado a sós com outro cara ali. A maioria dos meus melhores amigos era casada e continuava casada desde que comprei a casa. Nem mesmo uma mulher havia dormido em casa. Gabrielle e eu nos separamos antes que eu pegasse as chaves.

Na verdade, eu estava prestes a pedi-la em casamento quando ela pareceu surtar, convencida, de repente, de que eu não a amava de verdade. É claro que *ela* não parecia achar que tenha sido repentino – disse que já estávamos afastados havia meses e que não conseguia mais ignorar aquilo.

Fragmentos de nossa briga final martelavam minha mente como chuva de granizo – as exigências e acusações dela, minhas dúvidas e desculpas e, por fim, o triste rompimento.

Seja sincero pelo menos uma vez.
Por que está fazendo isso?
Você não me quer.
Não estrague tudo.

Tudo isto é falso.
O que você quer?
Quero mais.
Não tenho mais nada a oferecer.

Tentei consertar as coisas, tentei ser o homem que ela queria que eu fosse, tentei sentir as coisas que eu supostamente deveria sentir. No fim, estava paralisado. Exausto. Vazio.

Da próxima vez, faria tudo certo.

Franzindo a testa, lembrei-me do recente desastre com Carolyn. Ela não parecia ter ficado tão chateada, mas eu estava. Devia haver algo que eu pudesse fazer para termos mais química, mas o quê? Fui até a geladeira e comecei a pegar ingredientes para a salada – alface, tomate, pepino, cenoura, rabanetes. Quando eu estava fatiando o tomate, Maxim voltou à cozinha, inspirando profundamente.

– Que cheiro ótimo. Estou com água na boca.

– Espero que goste de bife. – Coloquei os vegetais verdes, acrescentei as fatias de tomate e comecei a cortar o rabanete. – Eu tinha descongelado um para fazer hoje à noite, mas acabei saindo para jantar.

– Eu poderia comer até o prato, com a fome que estou. Mas, sim, adoro bife. É muita gentileza sua.

Meus olhos encontraram os dele rapidamente e então desviei o olhar para a tábua de corte. *Droga. Aquele azul.*

– Sem problema. Gosto de cozinhar.

– Estou começando a achar que foi bom minha carona não ter aparecido no aeroporto para me buscar. Eu não comeria tão bem se tivesse aparecido.

Terminei a salada e virei o bife.

– A pessoa simplesmente não apareceu?

Ele suspirou fundo, passando a mão pelos cabelos.

– Não. Mas espero que tenha sido apenas uma falha de comunicação. Ei, posso carregar meu celular?

– Claro. Tem um carregador ali no balcão. – Apontei para o lugar e ele pegou o telefone do bolso e o plugou.

– Obrigado. Não acredito que esqueci o meu.

– Acontece. – Notei que ele olhava para a sala de jantar por cima do meu ombro, com uma expressão de curiosidade no rosto. – Vá em frente. Pode dar uma volta pela casa, se quiser.

– Tem certeza? Não quero ser invasivo. Mas sua casa é muito bonita.

– Tenho. E obrigado. – Peguei uma garrafa de vinho do frigobar sob a bancada. – Decidi tomar uma taça de vinho. Me acompanha?

– Não, obrigado. Não sou muito de vinho.

– Quer outra coisa? – perguntei, puxando a rolha com um saca-rolha – Vodca?

– Também não sou muito fã de vodca.

– Achei que todo mundo bebesse vodca na Rússia. – Peguei uma taça do armário e então me senti embaraçado. – Desculpe. Esse é provavelmente um estereótipo.

Mas ele sorriu.

– Muitos russos bebem vodca. Deve ser uma coisa de geração.

– Quantos anos você tem? – Não pude deixar de perguntar, enquanto arrancava a rolha da garrafa.

– Vinte e quatro.

Vinte e quatro. Senhor! Servi um tanto de vinho em minha taça. Muito.

– Imagino que você prefira tomar vinho? – ele perguntou.

– Às vezes. Gosto de uísque também. – Guardei a garrafa e tirei o bife do fogo. – Vá conhecer a casa. Mais alguns minutos e já termino aqui.

Ele desapareceu na sala de jantar, e eu tomei um bom e longo gole de vinho.

SEIS

MAXIM

ERA óbvio que Derek tinha bom gosto e muito orgulho de sua casa. Não era enorme nem superluxuosa, mas era bonita e limpa, e cada cômodo tinha certos detalhes que o tornavam agradável e aconchegante. Assim como a cozinha, cada cômodo que vi parecia um cenário de Hollywood.

As paredes da sala de jantar eram pintadas de azul-claro acinzentado, e havia um vaso prateado e brilhante cheio de flores brancas sobre a mesa comprida e retangular. Depois ficava a sala de estar, onde grossos tapetes brancos cobriam o piso e grandes poltronas e sofás de cores neutras estavam dispostos ao redor de uma grande otomana. Havia várias fotografias emolduradas sobre o aparador branco da lareira de tijolos da sala, e fui até lá para olhar mais de perto.

Sorri ao ver uma foto de Derek e Ellen quando crianças. Ele parecia ter uns dez anos; ela, talvez metade dessa idade. Outro garoto, um pouco mais baixo que Derek, estava entre eles, e me perguntei se haveria um terceiro irmão. Os três usavam roupas de banho e sorriam abertamente, apertando os olhos sob o sol. Todos tinham pelo menos um dente faltando.

Havia outras fotos de família, tiradas em formaturas e Natais e no casamento de alguém – do outro irmão, talvez? Parece que Derek tinha sido padrinho. Eu imaginava se ele já fora casado, ou se estava namorando. Provavelmente. Que cara da idade dele, que fosse tão bonito e obviamente gentil, inteligente e bem-sucedido, ainda estaria solteiro?

– Está pronto.

Ao som de sua voz, me virei.

– Estava vendo suas fotos. Posso perguntar quem são essas pessoas?

– Claro. – Ele veio para a sala e parou ao meu lado, enfiando as mãos nos bolsos.

– Além de uma irmã, você também tem um irmão?

– Sim. David. Dois anos mais novo. – Apontou para a foto deles em ternos escuros formais. David era alto como Derek, mas não tinha a mesma beleza rústica. – Esta foi no casamento dele, três anos atrás. Ele e a esposa moram em San Diego e têm um bebê de seis meses, Gavin.

– É este aqui? – indiquei a foto de Derek segurando um bebê nos braços.

– É. Isso foi no batizado dele. Sou o padrinho. – Um tom de orgulho soou em sua voz, o que me fez sorrir. – Enfim... quer comer?

– Se quero!

Voltamos para a cozinha, onde Derek havia posto a mesa para mim, com direito a jogo americano e guardanapo de tecido, faca de carne à direita e garfo à esquerda. Um copo de água gelada também havia sido posto para mim.

– É como se eu estivesse em um restaurante cinco estrelas – eu disse ao me sentar, colocando o guardanapo sobre as pernas. – Sinto que não estou vestido de forma apropriada ou algo assim.

– Besteira. É que tenho um problema com guardanapos de papel. Detesto. – Ele pôs o prato em minha frente, e eu quase chorei de tão gostoso que parecia: um bife perfeitamente temperado e ao ponto e uma salada verde fresca. Simples, mas perfeito.

Comecei a comer imediatamente.

Derek arrumou a cozinha, depois trouxe sua taça de vinho para a mesa, sentando-se na cadeira à minha frente.

– Uau. Você *estava mesmo* com fome.

Sorri timidamente e cortei mais um pedaço do que restava do bife.

– Meus avós cresceram em tempos difíceis e me ensinaram a jamais sair da mesa enquanto houver comida no prato, pois nunca se sabe se conseguirá fazer uma boa refeição no dia seguinte. E, além disso, está delicioso.

– O bife está no ponto certo?

– Perfeito.

– Ótimo. Acho que eu deveria ter perguntado antes como você prefere comer.

Congelei por um segundo com o garfo no ar a caminho da boca antes de me recuperar. *Deixe de ser pervertido. Ele estava falando do bife.*

– Gosto assim, como você preparou – garanti. Mas eu não conseguia levantar os olhos do prato e, enquanto mastigava, me sentia constrangido. Então engoli antes do que devia e tive que tomar um grande gole de água para fazer a comida descer.

– É sua primeira vez nos Estados Unidos? – ele perguntou, cruzando os braços sobre o peito.

– Segunda. Fui a Nova York três anos atrás.

– Vai ficar por quanto tempo?

Decidi ser sincero. Na Rússia, as pessoas acreditam que dá azar falar de planos que ainda não se concretizaram, é como jogar uma espécie de maldição, mas algo em Derek me fez querer confiar nele.

– Espero que para sempre.

– Sério? Quer imigrar?

– Sim.

– E você pode? Quer dizer, é permitido?

– Sim e não. É complicado. – Terminei o bife e tomei outro gole de água. – Tenho permissão para ficar seis meses por causa do meu visto. Depois disso, veremos.

– Você não parece estar muito preocupado. Está?

– Na verdade, não. – Dei de ombros. – Farei o que for preciso.

– Pode ser difícil.

– Sem dúvida, será difícil. E provavelmente arriscado, mas não me importo. Gosto de correr riscos. Na Rússia, costumamos dizer que *kto ne riskuyet tot ne pyet shampanskoye*, que eu traduziria mais ou menos como "quem não se arrisca, não toma champanhe".

Ele concordou pensativo.

– Aqui dizemos "quem não arrisca, não petisca". A ideia é a mesma.

– Exatamente.

– Você tem uma família grande na Rússia? Não sentirá falta dela? – Ele parecia genuinamente curioso.

Pensei em minha mãe, recém-divorciada pela segunda vez e lutando para sustentar a si mesma e a Liliya, e senti uma pontada de culpa.

– Sim, sentirei falta da minha família. Detesto sentir como se eu tivesse abandonado minha mãe e minha irmã. Mas minha mãe entende o motivo de eu ter vindo para cá.

– E que motivo é esse? – Ele pegou a taça.

– Quero ser roteirista em Hollywood.

Ele deu uma risadinha.

– Então acho que está no lugar certo. Já escreveu algum roteiro?

– Comecei uns cinquenta, mas nunca terminei nenhum – admiti. – Quero fazer alguns cursos aqui. Já fiz alguns on-line, mas acho que estar na mesma sala que o professor e outros alunos será muito melhor, principalmente para o meu inglês.

– Seu inglês já é bom pra caramba. Que tipo de trabalho você fazia na Rússia?

– Obrigado. Eu era redator técnico de uma empresa petroquímica. Era um bom emprego, mas nunca foi minha paixão. E você faz o quê?

Ele tomou mais um gole e pôs a taça sobre a mesa.

– Desenvolvo projetos de empreendimento imobiliário para a empresa do meu pai.

– Gosta do que faz?

– Acho que sim.

– Mas não é sua paixão?

Ele deu de ombros.

– Não sei se tenho uma paixão, não como a sua. – Então, ele deu um sorriso irônico, erguendo as sobrancelhas. – Sabe, para ser sincero, fiquei surpreso quando o encontrei. Esperava alguém totalmente diferente.

– Sério? Como quem, por exemplo?

Ele recuou embaraçado, mas então começou a rir.

– Como Boris Yeltsin. Usando um daqueles chapéus russos feitos de pele.

Ri também.

– Que decepção eu devo ter sido pra você.

Ele recostou-se na cadeira, com um sorriso ainda no canto dos lábios.

– De jeito nenhum.

Meu coração acelerou um pouco no peito. Era bom ficar sentado à mesa com ele, sendo o único foco de sua atenção, fazendo-o sorrir. Eu gostava da determinação em sua voz, do jeito tranquilo como ele se recostava na cadeira, das ruguinhas que se formavam ao redor dos olhos quando ele ria. Eu gostava de seu peito largo, dos lábios carnudos, da forma que ele me olhava naquele instante, quase como se dividíssemos um segredo. Eu queria escrever tudo aquilo no meu caderno para me lembrar dos detalhes daquela noite para sempre.

– Vou deixá-lo descansar um pouco. – Levantando-se, Derek pegou meu prato e o colocou na pia. Levei meu copo até lá e ele enxaguou as coisas e as colocou na lava-louças.

– Onde coloco o guardanapo? – perguntei, segurando o objeto.

– Oh, aqui. – Ele pegou o guardanapo da minha mão e nossos dedos se tocaram. – Vou levar para a área de serviço.

Ele desapareceu pelo corredor dos fundos. Pouco depois, voltou à cozinha e esticou o braço na direção do interruptor, às minhas costas, para apagar as luzes. Por um instante, ficamos parados no escuro, nenhum de nós se mexeu. Ele estava tão perto que dava para ver seu peito subindo e descendo, ouvir a respiração, perto o suficiente para que eu me pegasse pensando em duas palavrinhas perigosas – *e se?*

Então ele passou por mim.

– Você deve estar exausto. Vamos subir. Vou mostrar seu quarto e depois desço para apagar o resto das luzes.

Sem dizer nada, eu o segui pela sala de jantar e pela sala de estar até o andar de cima. Eu *estava* exausto – tão exausto que minha mente estava me pregando peças. Fazendo com que eu imaginasse loucuras.

Porque, por um segundo, quase achei que Derek fosse me beijar.

Vá dormir, Maxim. Você está delirando.

Depois de chegar ao topo da escada, Derek virou à esquerda.

– O banheiro de hóspedes fica aqui à direita – disse, abrindo uma porta no corredor e acendendo a luz. – As toalhas ficam aqui na pia, e... – Ele abriu uma gaveta e pegou pasta e escova de dente, ainda em suas embalagens. – Pode usar estas.

Eu estava do lado de fora do banheiro, espiando.

– É incrível. Na Rússia, geralmente temos um único banheiro em casa, que é usado por todos os membros da família.

– Parece disputado. – Ele abriu a porta do box como se fosse verificar se faltava algo. – Tem xampu e condicionador aqui.

– Obrigado.

Ele saiu do banheiro e eu me afastei para que ele passasse, mas seu ombro roçou no meu peito. Senti um frio na barriga – fazia tempo que não me sentia tão atraído por alguém.

– E você pode dormir neste quarto – ele disse, abrindo a porta seguinte no corredor. Entrou no quarto e acendeu a luz.

Havia uma grande cama de casal muito arrumada com uma colcha listrada, uma cômoda de madeira escura sob um enorme espelho com moldura e mesinhas de cabeceira combinando, encimadas por abajures idênticos. Assim como todos os cômodos do andar inferior, havia pequenos toques pessoais que tornavam o quarto de hóspedes ainda mais aconchegante – quadros nas paredes. Velas. Plantas nas janelas. Uma garrafa d'água na mesinha de cabeceira. Meia dúzia de travesseiros sobre a cama, e um deles dizia "Durma Bem".

– É lindo – eu disse.

– Sei que você provavelmente preferiria ficar num hotel, mas espero que se sinta à vontade.

– Bobagem. – Balancei a cabeça, incrédulo. – Aqui é muito melhor que um hotel.

Ele deu de ombros como se não fosse grande coisa e enfiou as mãos nos bolsos.

– Precisa de mais alguma coisa? Posso lhe arranjar um pijama, se quiser. Ou algo para vestir amanhã?

Em outra ocasião, eu teria recusado a oferta, mas a ideia de vestir algo do Derek era muito tentadora.

– Se não for muito incômodo. Parece que estou usando esta roupa há dias.

– Incômodo algum. Espere um pouco. – Ele saiu do quarto, e eu fiquei lá parado me sentindo culpado. Poucas horas antes, eu não queria nem aceitar quando ele me convidou para dormir em sua casa. E agora estava querendo as roupas dele? *Você não precisa dessas roupas, droga. Pare com isso.*

Mas, quando ele voltou e colocou uma pilha de roupas sobre a cama, meu coração acelerou.

– Obrigado.

– Se precisar de mais alguma coisa, é só dizer. Meu quarto fica bem em frente.

Ah, meu Deus...

– OK.

Ele enfiou as mãos nos bolsos de novo.

– Amanhã, provavelmente você vai querer dormir. Vou sair cedo para ir à academia, mas tentarei não te acordar. Volto lá pelas nove.

Concordei com um aceno de cabeça, mas mal ouvi o que ele disse. Estava ocupado demais tentando não pensar no quarto dele bem em frente ao meu.

– Se você acordar e quiser tomar café da manhã, prepare o que quiser na cozinha. – Ele ergueu os ombros. – Acho que é isso.

Não vá embora.

– Derek, agradeço mais uma vez por tudo.

– Disponha. – Ele foi até a porta. – Boa noite.

– Boa noite.

Ele fechou a porta atrás de si, e eu fui até a cama, sentei perto das roupas que ele havia trazido e coloquei a mão sobre a pilha.

Disse a mim mesmo que ele era gentil com todo mundo.

Disse a mim mesmo que eu não era especial – ele estava apenas fazendo um favor à irmã.

Disse a mim mesmo que havia imaginado a tensão entre nós no escuro lá embaixo.

Mas queria que não fosse assim.

SETE

DEREK

FECHEI a porta do quarto de hóspedes atrás de mim e fiquei imóvel por um instante, com a mão ainda na maçaneta. Será que eu não havia esquecido de nada? Será que ele precisava de mais alguma coisa? Eu disse a ele onde estavam as toalhas, não disse? Talvez ele quisesse um cobertor a mais? Desodorante? Lâmina de barbear?

O que está fazendo? Deixe o cara em paz.

Tirei a mão da maçaneta rapidamente, como se estivesse em brasas, e desci a escada. Depois de trancar a porta dos fundos e ligar o alarme, andei pela cozinha na penumbra e notei seu caderno sobre a bancada, ao lado do celular. Peguei o caderno, controlando-me para não abri-lo. O que seria? Um diário ou algo assim? Um roteiro? Minha curiosidade a respeito dele brigava com minha consciência.

Deixe isso aí, seu babaca. Seja lá o que for, é particular.

Devolvi o caderno à bancada, mas não conseguia parar de olhar para o objeto. Talvez ele quisesse ficar com o caderno lá em cima. E o celular? Talvez ele precisasse do telefone, não?

Pare com isso. Provavelmente, ele já está dormindo.

Eu poderia bater à porta de leve.

Você poderia esperar até amanhã cedo.

Mas talvez ele quisesse ligar de novo para o amigo naquela noite.

É só um pretexto e você sabe disso.

Era mesmo. E eu sabia.

Franzindo a testa, fiquei lá parado por alguns minutos com o celular dele na mão. A verdade era que eu me sentia atraído por ele, e não era só por causa da aparência. Era por sua simpatia e seu otimismo. Seus modos. Sua gratidão. Ele me pareceu ser do tipo que dá valor às coisas, ao contrário de muitos americanos. E gostei de como ele viera para cá determinado a mudar de vida, deixando tudo e todos para trás. Não porque achava que merecia algo melhor, mas porque tinha um sonho e estava disposto a lutar por ele. Ele era quase como alguém vindo de outra época – parte de uma geração de imigrantes que chegou aqui e fez deste país o que ele é hoje. Eles podiam não ter muitos recursos, mas tinham coragem. Força. Determinação.

E, tudo bem, confesso, gostei que ele tivesse tirado os sapatos sem eu ter pedido.

Mas também estava preocupado com ele. Do que ele ia viver? Tinha pelo menos algum dinheiro guardado? Onde ia morar? O que ia comer? De alguma forma, eu sentia vontade de protegê-lo, quase como se, já que eu o tinha resgatado, agora fosse minha responsabilidade garantir que ele ficasse bem aqui.

Não seja ridículo. Ele tem vinte e quatro anos, não doze. Ele não precisa de você. Além disso, ele já tem um amigo no país.

Mas veja a situação em que ele havia colocado Maxim. Quão irresponsável ele era? E Maxim não conhecia mais ninguém, então talvez precisasse de alguém como eu para ajudá-lo. Pelo menos até fazer novos amigos.

Não que isso fosse demorar. Ele provavelmente logo arranjaria uma namorada também. É claro que arranjaria. Uma jovem linda e loira com grandes olhos azuis como os dele. Cheia de curvas. Com pernas longuíssimas. Eles se apaixonariam rapidamente e se casariam sem demora, o que resolveria a questão de sua imigração, mas ninguém jamais acharia que ele havia se casado com ela só para poder ficar – seria evidente o quanto eles amavam um ao outro. Seriam absolutamente perfeitos juntos. Sua vida de sonho se transformaria em realidade. Corta para o pôr do sol.

Eu estava irracionalmente irritado com tudo aquilo.

O que significava que não tinha importância se eu quisesse passar mais alguns minutos conversando com ele aquela noite, certo? Afinal, depois que ele partisse no dia seguinte, eu provavelmente não o veria nunca mais. Então que fosse assim.

Tirei o carregador da tomada.

Um minuto depois, eu estava no corredor do andar de cima, parado diante da porta fechada do banheiro, escutando o barulho do chuveiro. Deveria ter deixado as coisas dele no quarto de hóspedes, onde ele as encontraria, e depois ter ido dormir. Mas não foi o que fiz. Em vez disso, fiquei lá parado feito um esquisitão, imaginando o cara nu debaixo da ducha.

Pare agora mesmo. Isso não é certo.

Ouvi o chuveiro ser desligado, mas não me mexi. Pensei nele se enxugando com uma das minhas toalhas, que depois penduraria (sim, em minhas fantasias, as pessoas sempre penduram as toalhas), e vestindo minhas roupas. Eu tinha uma cueca ainda na embalagem e um par de meias novas, que entreguei a ele junto com uma calça de agasalho, uma camiseta limpa e uma blusa de moletom. Eu jamais havia emprestado minhas roupas a outro cara.

Jesus, e de que isso importa? Saia do corredor antes que ele abra a porta e pegue você aí parado, seu maluco do cacete!

Corri até o quarto dele e deixei o caderno e o celular na mesinha de cabeceira, mas não fui rápido o bastante. Ele entrou no quarto quando eu me virava para sair.

– Ei – ele disse, parecendo surpreso. Passou a mão pelos cabelos molhados. Ele estava sem camisa, e a calça do agasalho estava tão abaixo da cintura que dava para ver a parte de cima do "V" de seus músculos abdominais. Embora ele não fosse musculoso, cada músculo do seu corpo era perfeitamente definido. Meus olhos vagaram por sua pele, principalmente pelas partes baixas. Algo dentro de mim se agitou perigosamente.

Merda. Isso está errado.

Forcei meu olhar para cima.

– Ei. Desculpe incomodar você. Eu só... – Parei, sem saber ao certo como terminar a frase. – Achei que você poderia precisar do seu telefone e do caderno. Deixei os dois na mesinha de cabeceira.

Ele sorriu.

– Muito gentil de sua parte. Eu estava pensando que deveria ligar para minha mãe.

Concordei com um movimento rápido de cabeça e fui em direção à porta, mantendo uma boa distância em relação a ele.

– Boa noite.

– Boa noite – ele respondeu.

Mas eu já estava na metade do corredor.

■

DEZ MINUTOS DEPOIS, eu estava deitado em minha cama, olhando para o teto, com as mãos entrelaçadas atrás da cabeça.

Estava irritado comigo mesmo. Eu deveria saber que não podia permitir que aquele meu lado depravado viesse à tona, ainda que rapidamente. Tudo que eu pretendia alcançar na vida dependia de conseguir manter aqueles desejos sombrios e confusos enterrados. E eu já não era mestre na arte do disfarce? Já não passara anos aprendendo a controlar minha libido? Já não havia conseguido reprimir qualquer desejo proibido, de modo que agora eu já não tinha desejo algum? Por que eu permitia que algumas horas na companhia de um estranho bonitão estragassem tudo?

Porque é gostoso desejar.

Expirando, fechei os olhos. Era mesmo boa aquela sensação sombria e perigosa que ele despertara em mim. Eu me sentia viril. Carnal. Vivo. Sentia fome, sede, vontade. Mesmo naquele instante, aquela sensação ameaçava vencer minhas barreiras conforme eu deslizava minha mão direita para dentro das calças.

Porque é gostoso desejar.

Meu pau ficou duro na minha mão enquanto eu imaginava o peito nu, o abdômen durinho e o V profundo de Maxim. Joguei as cobertas para o lado, odiando a mim mesmo.

Porque é gostoso desejar.

A pele dele estaria quente e úmida do banho. A boca firme e generosa. As mãos fortes. Gostaria que fossem as mãos dele em mim em vez das minhas. Queria que as minhas estivessem nele. Eu queria ser rude com ele, puni-lo por me fazer sentir daquele jeito. Ser punido por ele por me sentir daquela maneira, por me entregar a ele.

Porque é gostoso desejar.

Minha mão ficou mais forte, mais rápida, mais apertada. Meus quadris se flexionaram. Meu estômago se contraiu. Imaginei nós dois juntos – dois corpos musculosos, fortes e rijos indo um de encontro ao outro –, sem fingimento, sem pudores, sem desculpas. Ouvi meu nome em seus lábios. Lambi sua pele. Senti seu corpo todo enrijecer – ou talvez fosse o meu –, toda a tensão terrivelmente presa dentro de mim, como se ainda estivesse tentando reprimir o desejo, guardar o segredo, domar a fera, mas estivesse condenado a falhar, não havia nada mais forte que o tesão naquele momento, nenhuma força tão grande, e tudo o que eu era escapou de mim de forma repentina, rápida e pulsante.

Depois, com o coração ainda martelando no peito e o abdômen pegajoso, fiquei lá deitado, torcendo para não ter feito nenhum barulho ou, se tivesse feito, que o corredor que separava nossas duas portas tivesse sido suficiente para abafá-lo.

Um minuto depois, fui ao banheiro me limpar, bravo comigo mesmo por ter me permitido tal fantasia, mas determinado a não pensar mais naquilo. O que fiz foi errado, mas no fim não queria dizer nada. Não precisava me angustiar ou me torturar. Eu não estava confuso; só tive um momento de fraqueza, nada mais.

Mas agora o momento tinha passado, e eu havia recuperado totalmente o controle do meu corpo, da minha mente, dos meus atos.

E não perderia o controle de novo.

OITO

MAXIM

ACORDEI pensando nele. E também havia dormido pensando nele.

Mas era natural, certo? Eu estava usando as roupas do cara, dormindo sob seu teto, completamente pasmo com sua generosidade. Era gratidão, só isso. Eu estava apenas muito, muito grato. Não tinha nada a ver com o fato de ele ser absurdamente gostoso e, de toda forma, não importava, porque ele era hétero.

Só que eu não conseguia deixar de pensar em como ele havia me olhado ontem à noite, quando saí do banho. Eu tinha voltado para o quarto usando a calça, mas o jeito como ele olhou fixamente para meu corpo fez com que eu achasse que tinha esquecido de vesti-la. Tive que olhar para baixo para garantir que a calça estava onde deveria. Naquele instante, a atração entre nós me pareceu inegável. Mas ele deixou o quarto tão rápido depois disso que eu não tinha certeza de mais nada.

Perestan' vydumyvat', Maxim. Deixe de bobagem. Ainda que Derek fosse gay, o que ele não é, por que se interessaria por você?

Não se interessaria. Porque poderia ter quem quisesse. Alguém tão inteligente e sexy e bem-sucedido quanto ele. Alguém com uma carreira. Alguém maduro. Alguém que tivesse educação superior, uma casa linda e uma Ferrari na garagem – talvez duas. Era esse tipo de cara que ele iria querer, e o tipo de cara que ele merecia. Não um imigrante russo desalinhado que nem sabia ao certo onde ia arranjar sua próxima refeição.

Além disso, eu tinha coisas demais a fazer naquele dia para me distrair com Derek. Peguei o celular para ver se Jake havia ligado ou mandado uma mensagem de texto e notei que recebera uma mensagem de voz dele.

Com o telefone no ouvido, dei *play* na mensagem.

– Ei, cara, é o Jake. Estou tentando falar com você, mas seu celular me manda para a caixa postal. Provavelmente você já deve ter chegado. Enfim... meu carro quebrou nas montanhas e ficarei preso aqui por mais um ou dois dias, até o carro ser consertado. Desculpe não poder buscá-lo no aeroporto, mas você pode pegar um táxi e ir direto para o apartamento. Fica em Hollywood, vou te passar o endereço por mensagem de texto. Meu amigo Mike mora lá e está esperando por você. Ele também é a pessoa com quem deve falar sobre trabalho que pague em dinheiro vivo. Vou mandar o contato dele para você. Desculpe mais uma vez por eu não poder buscá-lo. Espero que chegue bem. Tchau.

Chequei minhas mensagens e vi que Jake havia me enviado um endereço e informações de contato de alguém chamado Mike Jones. Logo mandei uma mensagem de texto para Mike dizendo que eu era o amigo de Jake que havia alugado o apartamento e queria me mudar para lá naquele dia. Também perguntei se ele sabia de algum trabalho imediato que pagasse em dinheiro vivo. Eu falara com minha mãe na noite anterior e, depois de se desesperar com o que havia acontecido comigo (e de exigir saber se Derek era um astro do cinema), ela prometera transferir minhas economias assim que o banco abrisse na segunda. Eu esperava que Mike me arranjasse algum trabalho que desse para pagar os gastos dos próximos dias.

Deixei o telefone de lado e abri a gaveta da mesinha de cabeceira, esperando encontrar uma caneta. É claro que havia uma caneta. E um bloco de anotações, e uma luz de leitura, e uma caixa de fósforos. *Derek deveria ser gerente de hotel ou algo assim*, pensei. *Ele é tão bom nisso. Provavelmente deve ser bom também em seu trabalho real. Provavelmente deve ser bom em tudo.*

Sentando com as costas apoiadas na cabeceira da cama, abri o caderno em uma página em branco e escrevi tudo que me lembrava dele da noite passada e de como eu me sentira vendo-o sentado à minha frente. Depois de encher uma página inteira, fechei o caderno e o devolvi à mesa de cabeceira.

Ao sair da cama, vesti meu jeans do dia anterior e a camiseta e as meias limpas que Derek havia me dado. Era a primeira vez que eu usava roupas de outro homem. Era estranhamente íntimo, o que era exatamente o que eu queria, é claro. A culpa me atingiu de novo. *Pare de pensar nele desse jeito.*

Fiz a cama e deixei a calça que havia usado para dormir bem dobrada nos pés da cama. No banheiro, usei mais uma vez a escova e a pasta de dente que ele me dera e umedeci um pouco os cabelos.

Assim que comecei a descer os degraus, senti o cheiro de café e de comida sendo preparada. Meu estômago roncou. Quando cheguei à cozinha, Derek estava ao fogão. Ele olhou para mim por cima do ombro enquanto eu entrava no cômodo.

– Bom dia – ele disse. Havia acabado de tomar banho, seus cabelos escuros ainda estavam um pouco úmidos. Usava jeans puído e uma camiseta preta ajustada que deixava suas costas e braços musculosos em evidência.

– Bom dia. – Tentei não olhar fixamente.

Ele voltou-se para o fogão.

– Dormiu bem?

– Sim. Mais do que bem.

– Vejo que as roupas serviram.

– Sim. Devolverei logo.

– Sem pressa. Está com fome? Quer comer alguma coisa?

– Sim – admiti. – O cheiro é delicioso. Mas você já preparou comida para mim uma vez e não quero abusar.

– Não está abusando. São só ovos. E, como eu disse, gosto de cozinhar para os outros. – Ele começou a pôr comida em dois pratos. – Sirva-se de café. Tem uma xícara aí para você.

Grato por ter o que fazer, enfiei o celular no bolso e despejei um pouco do café do bule na xícara vazia. Percebi que a xícara dele estava pela metade.

– Posso servir mais para você?

– Claro. Obrigado.

Nossos cotovelos se tocaram enquanto eu enchia a xícara, mas ele não se afastou. Coloquei o bule no lugar e levei as xícaras até a mesa, colocando-as no que eu considerava "nossos lugares" desde a noite anterior.

– Quer que eu ponha a mesa?

– Sim. Os jogos americanos estão nesta gaveta. – Ele indicou com a cabeça uma gaveta próxima de seu quadril. – Os talheres estão naquela mais à direita.

– OK – eu disse, abrindo a gaveta em que estavam os jogos americanos. Toda vez que eu me aproximava dele, sentia um frio na barriga.

Arrumei os jogos americanos e os talheres na mesa, e Derek trouxe os pratos um minuto depois. Quase gargalhei quando vi o que havia neles. O que ele chamara de "só ovos" era, na verdade, uma omelete recheada de legumes, tiras crocantes de bacon e duas fatias de melão fresco.

– Parece ótimo. Você deve ter sido *chef* na outra vida.

Ele revirou os olhos enquanto sentávamos.

– Você parece a Ellen. Não me diga que acredita nessas coisas.

Sorri.

– OK, não digo.

Ele suspirou alto, e algo naquele som me excitou.

– Não acredita em nada do que ela acredita? – perguntei quando começamos a comer.

– Não. Preciso ver para crer. Alguma notícia do seu amigo?

– Sim. Ele está preso nas montanhas porque o carro quebrou, mas pediu desculpas e me passou o endereço do apartamento que aluguei.

– Onde fica?

– Em Hollywood. Perfeito para mim, não acha?

Ele pegou a xícara e deu um gole sem responder. Depois de colocá-la sobre a mesa, disse:

– Levo você lá depois do café.

– Achei que Ellen...

– Falei com ela mais cedo. Ela tinha esquecido de algo que precisava fazer hoje, é claro, então me ofereci para levá-lo.

– Oh. – Eu me senti culpado por ficar feliz em saber que Ellen estava ocupada, mas gostava da ideia de passar mais tempo com Derek, ainda que fosse apenas uma carona. – Obrigado. Você já fez tanto por mim. Espero não estar atrapalhando seus planos.

Ele não tirou os olhos do prato.

– Imagina. Vou receber uns amigos no jantar, mas isso é só mais tarde. Tenho tempo de sobra para preparar tudo.

– Tem certeza? – perguntei. – Parece abusivo mantê-lo ocupado quando você tem convidados a receber.

Ele finalmente me olhou nos olhos.

– Não é. Quero levá-lo. – Nossos olhares se encontraram e os pelos dos meus braços se arrepiaram.

Nada mais foi dito, mas ainda assim senti que havíamos trocado mais que um olhar.

Mas ele baixou os olhos novamente, e a sensação desapareceu.

nove

DEREK

ENQUANTO EU ESTAVA na academia me punindo com um treino especialmente pesado naquela manhã, Ellen me ligou de novo e deixou uma mensagem de voz implorando que eu fizesse a ela outro favor – será que eu poderia ajudar Maxim a localizar o amigo dele e levá-lo aonde precisasse ir?

Voltando para casa, liguei para ela e falei um monte, embora, no fundo, eu não me importasse. Eu gostava de verdade do Maxim e queria me certificar de que ele estava bem. Além disso, eu estava raciocinando bem melhor naquela manhã.

O que acontecera na noite anterior era culpa das trevas que me engoliram.

Da hora avançada.

Do vinho.

Da solidão.

E Maxim era muito carismático. Foi uma combinação perfeita de fatores que mexeu comigo, me fez achar que eu queria algo que não queria de fato. Hoje seria diferente. Eu jamais confessaria meu pecado em voz alta, mas, pelo menos, poderia espiá-lo com gentileza. E, se eu sentisse o menor sinal do que sentira na noite passada, não deixaria que a sensação me dominasse – eu resistiria.

Então eu o vi usando minhas roupas, e a primeira coisa que pensei foi: *Tire tudo. Não porque eu não queira que você as use, mas porque quero vesti-las agora mesmo, senti-las em meu corpo como quero sentir você.*

Não eram exatamente palavras de resistência.

Mas me recuperei, mantendo a cabeça no lugar mesmo enquanto ele andava pela cozinha como se morasse ali. Era tão bom que eu precisava argumentar comigo mesmo de forma condescendente. *O problema não é ele. É que você está sozinho. Quer alguém com quem dividir sua vida. Deseja esse tipo de proximidade com alguém. Você gosta de cuidar das pessoas, e ele parece precisar de cuidados. Não confunda as coisas.*

Durante o café da manhã, me saí bem enquanto não fizemos contato visual. Porque cada vez que fizemos, senti que involuntariamente revelava a ele um pouquinho do meu segredo. O efeito que isso teve em mim foi inquietante. Eu nunca havia sentido nada assim.

Óculos escuros – isso ajudaria.

Peguei os óculos na prateleira do corredor dos fundos e os coloquei no rosto.

– Pronto para ir?

– Sim – ele disse, mostrando a tela de seu telefone para mim. – Aqui está o endereço.

Eu me encolhi um pouco ao pensar num apartamento naquela área, mas, para Maxim, Hollywood provavelmente parecia o endereço mais glamoroso da Califórnia. Eu não queria decepcioná-lo.

– Já sei onde é.

No trajeto, perguntei a ele qual era seu plano.

– Meu plano para o quê?

Olhei para ele de relance. Parecia totalmente despreocupado, embora não tivesse nada além de um celular, uma sacola com roupas sujas e um caderno com seu nome.

– Para morar aqui. Você deve ter feito um plano antes de vir para cá, certo? O que pretende fazer, do que vai viver?

– Oh. – Ele não disse nada por um instante. – Na Rússia, dizemos *"yesli khochesh' rassmeshit' Boga, rasskazhi yemu o svoikh planakh"*. Significa "se quiser fazer Deus rir, conte a Ele seus planos".

Revirei os olhos.

– Deus não está perguntando nada. Eu estou. E, de qualquer modo, tenho quase certeza de que Deus é do tipo que faz planos.

– Bem, eu tenho o apartamento. Já paguei o primeiro mês de aluguel.

– E é um lugar bom?

– Não sei. Nunca vi.

Franzi a testa.

– O que quer dizer com "nunca vi"? Você disse que já pagou o aluguel.

– Tive que pagar para não perder a oportunidade. Jake, o cara que deveria ter ido me buscar, disse que não há muitas opções para alugar pelo preço que posso pagar agora que estou começando.

– Você pagou por um lugar que nunca *viu*? – Eu estava chocado, mas Maxim não parecia preocupado.

– É – ele disse, dando de ombros. – Mas, fora isso, não tenho, de fato, um plano. Porque, embora eu já pensasse em vir para cá havia alguns anos, a decisão de vir mesmo foi meio que... não encontro a palavra. Sabe quando você faz algo sem pensar muito no que acontecerá depois? – Olhou para mim em busca de ajuda.

– Por impulso?

– Isso. Por impulso. Decidi vir para cá por impulso. Não pensei muito nem discuti a ideia.

– É uma decisão importante demais para ser tomada por impulso.

– Verdade. Mas acho que, se você planejar cada detalhe da sua vida, ficará focado demais no plano e deixará passar todas as outras possibilidades. Você pode ignorar seus instintos. Eu gosto de seguir os meus. Acho que, se você faz isso, toma sempre a decisão certa.

Eu não tinha tanta certeza disso. Eu era uma pessoa que gostava de ter um plano e nem sempre confiava que meus instintos fariam o que era melhor para mim. Os instintos podem ser úteis, mas não passam de instintos – baseados em compulsões inatas, não na razão nem nos fatos. Mas eu não queria discutir aquele assunto com Maxim. A vida era dele, não minha.

– Tudo bem, mas vamos pensar de forma prática por um instante. Como você vai se sustentar? – Olhei para trás antes de trocar de faixa. – Você tem algum dinheiro guardado ou vai tentar arranjar um trabalho?

– Em algum momento, terei que trabalhar, mas por enquanto minha mãe vai transferir minhas economias para mim. Não deve demorar muito.

– Demora quanto?

– Uns dois dias.

– Uns dois dias? – Olhei para ele. –Você não pode ficar sem comer uns dois dias, Maxim.

– Não vou ficar. O cara que está alugando o apartamento vai me arranjar uns trabalhos que paguem em dinheiro vivo.

Parecia suspeito.

– Fazendo o quê?

– Não sei. Mas não precisa se preocupar comigo. Mesmo. Você já fez muito por mim. – Ele esticou a mão como se fosse tocar meu braço ou algo assim, mas recuou. – Minha mãe perguntou se você era um astro do cinema.

Aquilo me fez rir.

– Verdade?

– Sim. Na cabeça dela, Hollywood está cheia de astros do cinema. Estão por toda parte. Ela também acha que todos os americanos adoram armas de fogo e comem no McDonald's todos os dias.

– Hã... não e não. Não este americano aqui, pelo menos. – Pensei um pouco. – Mas não posso culpá-la. Tudo que eu sei sobre os russos são estereótipos. Não que você se encaixe neles.

– Como, por exemplo, que somos todos frios e antissociais e que nunca sorrimos? E que ficamos por aí bebendo vodca e fazendo cara feia?

– Sim, esse tipo de coisa.

– Os russos sorriem, só que não com tanta frequência quanto os americanos, nem tão facilmente, e com certeza não sorrimos para estranhos. Não somos tão receptivos e amigáveis com pessoas que não conhecemos.

– *Você* é.

Ele deu de ombros.

– Estou me adaptando.

– Como são os russos, *de verdade*?

– Hmmm. Calorosos depois que conhecemos alguém. Generosos. Adaptáveis e engenhosos, porque precisamos ser assim. Oh, e bastante supersticiosos.

Gostei de como ele dissera "bastante". Havia pronunciado o segundo *t* como o primeiro, enquanto os americanos o diriam de um jeito mais suave.

– É mesmo? Com relação a quê?

– Praticamente tudo. Por exemplo, percebi que havia esquecido o carregador quando estava a caminho do aeroporto em Kiev, mas voltar para buscá-lo daria azar. Os russos acreditam que nunca se deve voltar para casa a fim de buscar algo que esqueceu.

– Sério?

– Sim, e, se você voltar mesmo assim para buscar alguma coisa, deve se olhar no espelho antes de sair de novo.

Balancei a cabeça, mas estava rindo.

– Isso é totalmente absurdo.

– Aqui vai mais uma – ele disse. – Jamais faça gestos em si mesmo ou em outra pessoa ao descrever algo negativo. Como ao falar sobre uma cicatriz terrível no rosto de alguém. Nunca faça um gesto para representar a cicatriz em seu rosto. Se fizer isso por descuido, para remover a energia negativa, terá que esfregar seu rosto com uma toalha ou outro pano e depois jogá-lo fora.

– Ridículo. Meu Deus, não me admira que você e Ellen tenham se dado bem. *Vocês dois* são loucos. – Mas ambos me faziam rir. E eram destemidos e espontâneos e totalmente confiantes. Não importava o que a vida lhes impunha, eles davam um jeito. No fundo, eu os invejava. Eu tinha força e tenacidade, mas às vezes me perguntava como seria se tivesse feito escolhas diferentes, se tivesse um pouco do espírito livre da Ellen. Ou se me importasse menos com o que os outros pensavam de mim.

– Ontem à noite, sua irmã me falou sobre ciclos de vida de doze anos – Maxim continuou – e como cada ciclo deve começar em um lugar novo, então foi bom eu ter vindo para cá depois de ter feito vinte e quatro.

– Cuidado. Quando se der conta, ela estará levando você a uma de suas sessões malucas de análise dos sonhos ou a uma consulta espiritual com um médium. Besteira total.

Ele me examinou.

– Você não acredita mesmo em nada que não possa ver?

Pensei um pouco.

– Não é bem assim. Quer dizer, acredito em Deus. Acho que acredito em livre-arbítrio em vez de destino. Creio que as coisas não são inevitáveis – você tem opções, e suas crenças orientam suas escolhas. Se você não quer que algo aconteça, não deixe que aconteça. E se deseja muito uma coisa, lute por ela.

– Sem dúvida, concordo com o que disse – Maxim falou. – É por isso que vim para cá. Mas também gosto de acreditar que algumas coisas tinham que acontecer. Que certas coisas acontecem por causa de uma força que está além do nosso controle. Até os sentimentos, às vezes, estão além do nosso controle.

Ah, estão mesmo.

– Mas nossas ações não estão – argumentei. – Sentir algo não significa que você deva agir para expressar esse sentimento. Se todos saíssem por aí expressando o que sentem, viveríamos em um completo caos.

– E o caos é uma bagunça.

– Sim.

– E você não gosta de bagunça.

Olhei de relance para ele e voltei a olhar para a frente. Para alguém que eu conhecera havia menos de vinte e quatro horas, era um palpite bem certeiro. Do tipo que me irritava.

– Não. Não gosto.

– Entendo. – Ficou em silêncio um instante e então voltou a falar. – Admiro sua disciplina e autocontrole. Eu provavelmente poderia ser um pouco mais assim. E não gostei de ter pago pelo apartamento sem vê-lo antes, mas que opção eu tinha? Eu queria vir para cá mais do que tudo. Decidi arriscar.

Peguei mais leve. Maxim era jovem – eu precisava me lembrar disso. Parte da coragem que eu invejava era apenas imaturidade. Alguém da idade dele precisava errar para aprender – eu certamente havia errado. E não podia culpá-lo por correr atrás do que queria.

– Eu entendo. Você só precisa pensar um pouco melhor nas coisas. Ser prático. Planejar com antecedência. Considerar todas as consequências possíveis antes de se arriscar.

– Tentarei – ele disse. – Quero muito que minha vida aqui dê certo.

E, antes que eu percebesse, as palavras saíram da minha boca.

– Vou ajudá-lo. Posso ajudá-lo.

Assim que disse isso, me arrependi. Não que eu não gostasse dele ou não quisesse que fosse bem-sucedido, mas porque não estava à vontade com o que sentia por ele. Achei que, se eu fosse gentil com ele naquele dia, ficaria menos incomodado com a noite anterior, mas não foi assim. Até mesmo estar no carro com ele me deixava tenso – o interior do Range Rover sempre me parecera perfeitamente espaçoso, mas, com Maxim no banco do passageiro, parecia apertado. Eu percebia o tempo todo como ele estava perto. Minha pele ardia por ele.

Tudo que eu queria era levá-lo até seu apartamento, desejar tudo de bom e tirá-lo da cabeça.

▪

O ENDEREÇO QUE MAXIM havia me dado era um edifício de dois andares a alguns quarteirões da via expressa de Hollywood. Franzi a testa assim que paramos. Nenhum morador de Los Angeles que se prezasse gostaria de viver naquela área. Só o que havia lá era trânsito, turistas e sem-teto. O próprio prédio parecia um *bunker* da Segunda Guerra, com a fachada aos pedaços e o gramado amarelado na entrada.

– Tem certeza de que é aqui? – perguntei.

– Tenho. Simpático, não acha?

Está de brincadeira?, pensei. Mas não disse nada, pois ele já saía do carro. Vai saber em que condições ele vivia na Rússia... Talvez aquele lugar parecesse um palácio para ele.

Ainda assim.

– Pretende ficar aqui por quanto tempo? – Saí do carro e fechei a porta, conferindo se a havia trancado. – Não é a melhor região.

– Por um tempinho, pelo menos. – Ele para no estacionamento e observa a nossa volta. – Espero que tenha transporte público por perto. Vou precisar.

– Transporte público? Você não vai muito longe com transporte público por estas bandas.

– Não? Acho que terei que ir a pé, então.

Olhei para ele.

– Maxim, aqui é L.A. Ninguém anda a pé em L.A. Nunca ouviu aquela música?

Ele parecia perdido.

– Não.

Respirei fundo, sentindo minha pressão sanguínea subir. Como alguém atravessava o Atlântico estando tão despreparado? Será que ele era uma daquelas pessoas para as quais as coisas simplesmente acabavam dando certo? Uma daquelas pessoas que conseguiam vencer dependendo apenas de instinto, determinação e sorte? Talvez Maxim estivesse mesmo a um passo de realizar o sonho americano, mas eu tinha um mau pressentimento com relação àquele lugar. Enquanto eu tentava descobrir como ajudá-lo sem me envolver demais, ele estendeu a mão para mim.

– Ei, obrigado por me trazer. E por... tudo. Jamais me esquecerei.

Apertei a mão dele, ignorando o calor que subiu pelo meu braço assim que as palmas se tocaram.

– Tem certeza de que está tudo bem? Talvez eu devesse esperar. Para ver se é este mesmo o lugar.

– Não. – Sua voz foi firme. – Você já fez muito por mim. Devolverei suas roupas o quanto antes.

– Fique com elas. – Eu gostava de pensar nele usando minhas roupas. Eu podia me permitir pelo menos aquilo, talvez até considerar como caridade, já que ele tinha tão pouco.

Nós nos olhamos por um instante, e agradeci por estar usando óculos escuros. Para evitar que eu dissesse ou fizesse algo que me arrependeria depois, enfiei as mãos nos bolsos.

– Bem, boa sorte.

– Obrigado. A gente se vê, acho. – Com um último sorriso, ele se virou e caminhou na direção da entrada.

Deu uns dez passos.

– Maxim! – Corri para alcançá-lo, embora cada fibra do meu corpo me dissesse para entrar no maldito carro e ir para casa. – Deixe-me ficar só para ver se está tudo certo. – Era razoável, não era? É o que Ellen faria. Havia todo tipo de maluco naquela região. E se o endereço estivesse errado?

– Pode ficar se quiser, mas não é necessário.

– Fico mais tranquilo se ficar. Ellen jamais me perdoaria se acontecesse algo de ruim com você – brinquei. Ao chegarmos à porta, eu estava quase totalmente convencido de que fazia aquilo por Ellen.

A porta dava para uma escadaria, o que imediatamente me pareceu uma falha de segurança. Quer dizer, então, que qualquer um podia ir simplesmente entrando?

– É no apartamento 202 – Maxim disse, olhando rapidamente a tela do celular enquanto subia os degraus. – Segundo piso.

No segundo andar, entramos em um corredor escuro e úmido que cheirava a fritura velha. Meu estômago revirou.

O apartamento 202 ficava bem em frente à escada. A porta estava entreaberta, e Maxim bateu antes de empurrá-la e abri-la de vez.

O ambiente estava escuro e enfumaçado, então demorou um pouco para os meus olhos se adaptarem. A primeira pessoa que vi foi um cara forte de cabelos escuros que vestia regata branca e fumava na cozinha, à direita de uma sala grande. Do outro lado, estavam algumas pessoas largadas num sofá encardido, concentradas em seus aparelhos eletrônicos. Uma das duas garotas disse "oi" e a outra acenou, mas o rapaz não tirou os olhos da tela. Ele estava totalmente concentrado em seu laptop coberto de adesivos. A TV estava no chão, ligada na CNN, embora ninguém parecesse estar assistindo. O lugar fedia a fumaça de cigarro.

– Ele não me disse que eram duas pessoas – falou o cara de regata.

– Não somos. Meu amigo veio só me trazer – Maxim respondeu. – Você é o Mike?

O cara confirmou com um movimento de cabeça.

– Prazer em conhecê-lo. É este o apartamento? – Maxim perguntou.

Imaginei se ele estaria torcendo para o cara dizer que não, assim como eu estava.

– É. Está vendo aquele corredor ali? Seu quarto é o da esquerda. – Mike apontou o cigarro em outra direção. – O banheiro fica lá, mas está ocupado no momento.

– Quantas pessoas moram aqui? – perguntei.

– No momento, seis.

– Seis? – Meu queixo caiu conforme eu olhava ao meu redor mais uma vez. De jeito nenhum aquele lugar era grande o bastante para seis pessoas. – Onde as pessoas dormem?

Mike deu de ombros.

– Onde conseguirem. Venha, vou lhe mostrar seu quarto.

Seguimos Mike para fora da cozinha e pelo corredor. Conforme eu andava, sentia algo parecido com areia sob meus pés. Mike abriu uma porta, que parecia ter sido bastante chutada, e entrou no quarto. Fiquei parado à porta atrás de Maxim, espiando por cima do ombro dele.

Era minúsculo e desconfortável. Tinha uma janela que dava para o estacionamento, um colchão de solteiro jogado no chão e sem lençol, uma cômoda detonada com gavetas que não fechavam direito. Cada centímetro de superfície estava coberto de poeira e fuligem, e a tinta verde-menta das paredes estava descascando. Minha pálpebra esquerda começou a tremer. Por que diabos eu insistira em ver aquele lugar?

– O que é ali? – Maxim perguntou, apontando para uma porta à nossa frente.

– Dá para o meu quarto – respondeu Mike. – Mas fique tranquilo. Tentarei não acordá-lo quando eu chegar ou sair.

– Espere aí. – Fiz um gesto com a mão. – Você tem que passar por este quarto para chegar ao seu?

– É – Mike disse, como se não fosse nada de mais. – Ali era um closet. – E então apontou para o colchão manchado e cheio de caroços. – É seu, se quiser. A garota que morava aqui antes o deixou. – Uma barata correu pelo chão e Mike a esmagou com a bota. – Merda. Vou limpar isso. – Ele passou por nós e desapareceu no corredor.

Maxim andava pelo quarto observando as coisas enquanto eu lutava com minha consciência. Por um lado, Maxim não era um cãozinho que precisava ser salvo – era um homem crescido, perfeitamente capaz de cuidar de si mesmo. E levá-lo de volta comigo era uma má ideia por um bom motivo. Mas como eu poderia deixá-lo naquele buraco infestado de insetos, com o piso sujo, o sofá encardido e o ar poluído, com um completo estranho atravessando seu quarto várias vezes por dia, sem nada além de um colchão manchado onde dormir? Ele nem ao menos tinha um lençol! Tremi ao pensar naquilo.

– Maxim. Você não pode ficar aqui.

– Não tenho outra opção. – Ele olhou para a tinta descascada e para o colchão sem lençol.

– Sempre há outra opção. Você pode ficar comigo até conseguir pegar suas economias. – Dois dias. Eu podia lidar com aquilo, certo? – E então conseguirá arranjar um lugar melhor, não?

– Acho que não. Não tenho muita grana e preciso comprar um laptop. Também gostaria de guardar dinheiro para as aulas de roteiro. – Ele balançou a cabeça e falou com firmeza: – Você já fez muito por mim, Derek. Agradeço pela oferta, mas é isto que posso pagar no momento, então é aqui que ficarei. Vou ficar bem.

Mike retornou ao quarto com um pedaço de papel-toalha na mão, o qual usou para limpar os restos da barata.

Soltei o ar, fechando os olhos por um instante. *Dê o fora daqui de uma vez. Ele não é responsabilidade sua. Ele decidiu vir para cá por impulso, agora precisa lidar com as consequências de seus atos.*

Mas eu não conseguia ir embora.

– E então? Vai ficar ou não? – Mike perguntou.

– Sim – respondeu Maxim.

– Não. – Olhei para ele, endireitando os ombros de forma desafiadora.

Ele fez o mesmo.

– *Sim.* Agradeço por tudo, Derek, mas não preciso de sua ajuda.

– Sei que não precisa. Mas vai aceitá-la. Agora, vamos embora. – Eu me virei e deixei o apartamento o mais rápido que pude, cruzando o saguão e a porta de entrada, inspirando o ar fresco.

Puta que pariu.

O que eu tinha feito?

DEZ

MAXIM

EU DEVIA TER RESISTIDO. Quase consegui.

Eu viera para cá sabendo que seria difícil. Eu não temia dificuldades. E não queria que Derek pensasse que eu não sabia me virar sozinho. Não queria que ele achasse que meus problemas eram da conta dele. Não queria que me visse como alguém que precisava ser salvo, porque eu não precisava.

Mas é claro que fui embora daquele apartamento com ele. Justifiquei o ato dizendo a mim mesmo que só um idiota se permitiria ser orgulhoso a ponto de ficar naquele lugar imundo, mas, no fundo, sabia que não era bem isso.

A verdade era que eu gostava do Derek. Gostava de como ele assumia o controle da situação. Gostava do tom cortante de sua voz rouca. Gostava do olhar que ele tinha quando queria que as coisas fossem feitas do seu jeito, um olhar de *não ouse me desafiar*. E, quando eu olhava para a vida dele, via alguém que tinha feito as coisas direito. Ele havia decidido o que queria e fora atrás. Eu sabia que poderia aprender com ele.

Ele havia acabado de cruzar a porta que dava para as escadarias quando o alcancei.

– Ei – eu disse. – Não precisava ter feito isso.

– Sei que não. – Colocou os óculos escuros de novo. – Quanto pagou por aquele colchão de merda?

– Quatrocentos dólares.

– Pegue de volta. Por metade desse valor, alugo meu quarto de hóspedes para você por duas semanas. – Ele começou a caminhar na direção do estacionamento e eu o segui.

– Pagarei os quatrocentos. – Aceitar sua generosidade era uma coisa, mas eu queria fazer a minha parte. Meu orgulho exigia isso.

– Você não pode pagar tudo isso agora, Max. Acredite em mim. Sei quanto custa um apartamento decente por aqui.

– Então devolverei o dinheiro um dia – argumentei, só um pouco desconcertado pelo fato de ele ter me chamado de Max. Sugeria familiaridade, proximidade até. Gostei.

Chegamos ao carro e entramos.

– Quanto você tem guardado? – ele perguntou.

– Uns dois mil dólares.

Ele olhou para mim. Piscou.

– Precisamos arranjar um trabalho pra você.

– Claro. Era o que eu pretendia fazer.

– Você não disse isso quando perguntei antes se você tinha um plano. – Sua testa franziu.

– Porque, se eu dissesse – admiti –, poderia não dar certo.

Ele pareceu ainda mais confuso e desconfiado.

– É uma crendice russa?

Quase sorri.

– Sim.

Suspirando, ele deu a partida.

– Correndo o risco de atrair azar para você ou algo assim, verei se posso ajudá-lo de alguma forma. Talvez, Ellen possa arranjar um trabalho para você no bar.

– Adoraria trabalhar para Ellen. E já trabalhei em um bar.

– Ótimo – ele disse, alcançando o trânsito. – Embora você já saiba como Ellen é. Ela diz que contrata as pessoas por causa de suas *auras*, não de seus currículos. Como é a sua aura?

Dei risada.

– É boa, acho. Embora eu não saiba exatamente o que é uma aura.

– Nem eu. – Ele balançou a cabeça. – Mas até agora tem dado certo para ela. O bar está indo bem.

– Isso é ótimo.

– É sim. Fico feliz por ela. Por um tempo, achei que ela nunca fosse descobrir o que queria da vida. Diga uma profissão e ela provavelmente já quis ser isso em algum momento: astronauta, artista de circo, veterinária, bailarina, aeromoça. Ela sempre foi muito desorganizada. Totalmente diferente de mim.

– Mas vocês parecem se dar muito bem.

– Nos damos – ele refletiu. – É engraçado porque nosso irmão, David, é diferente de nós dois. Ele nunca quis trabalhar com a família porque não tem nada a ver com nossa cultura corporativa. Ele diz que não suporta negociações. Mas sempre se dedicou muito a estudar biologia marinha para ser professor.

– Professor. Que bacana.

Derek deu de ombros.

– Ele parece feliz, principalmente agora que se casou e tem um filho. Gostaria que eles morassem mais perto, embora provavelmente ele goste de ficar longe dos meus pais. Ele não se dá muito bem com meu pai.

Eu não sabia o que dizer. Estava morrendo de curiosidade, mas não ia perguntar. Felizmente, ele continuou.

– Não é nada de mais, eles são apenas diferentes. E meu pai foi bem rígido com a gente quando éramos crianças. Muito religioso, muito mandão. Mas também muito orgulhoso de nós quando atendíamos às suas expectativas. Eu sempre consegui lidar melhor com a pressão do que David.

Concordei com um movimento de cabeça, assimilando aquilo tudo.

– Sua família é religiosa?

– Meus pais são. Eu não sou nem um pouco. Mas estudei em escolas católicas. Fui coroinha e tudo mais. Não concordo necessariamente com tudo o que a Igreja diz ou faz, mas quando você é doutrinado por tanto tempo, em casa e na escola, sempre fica alguma coisa dessa doutrina em você, querendo ou não.

– Ah.

– Gosto de *alguns* dos princípios básicos – Derek continuou –, do valor da vida humana, da importância da família e da comunidade, da obrigação de ajudar o próximo.

– Dá para ver que você e sua irmã gostam de ajudar o próximo.

Ele pareceu um pouco embaraçado com o elogio, suas bochechas coraram.

– E sua família? Vocês são unidos?

– Minha mãe e eu, sim. Mal conheço meu pai.

– É mesmo?

– É. Ele e minha mãe eram muito jovens quando nasci, e ele foi embora pouco depois.

– E sua irmã?

– Pai diferente. Mas também deu no pé.

– Que droga. Acho que sua mãe é atraída por esses tipos.

– É. Eu me sinto mal por ela. Imagino que ela sempre quis ter uma família perfeita.

Ele não disse nada depois daquilo, e fiquei pensando se ele achava que ela deveria ter controlado melhor seus sentimentos. Não ter deixado que eles guiassem sua vida quando era óbvio que não teria um final feliz. Mas eu realmente não entendia aquilo – como não seguir seus sentimentos? O que mais havia para seguir?

Pouco depois, chegamos à casa dele.

– Merda – ele disse, diminuindo a velocidade conforme entrava na garagem.

– Qual é o problema?

– Acabei de perceber que os jardineiros não vieram de novo. Deveriam ter vindo hoje de manhã. Não sei por que dou uma segunda chance a esses imbecis.

– O que precisa ser feito?

Ele grunhiu.

– Tudo. Posso fazer algumas coisas, mas essas malditas roseiras vieram junto com a casa e dão mais trabalho para manter do que uma mulher bonita. E, se eu não as achasse tão lindas, já as teria arrancado.

– Posso cuidar disso.

Ele me olhou como se eu estivesse maluco.

– Você já trabalhou com jardinagem também?

Dei de ombros.

– Já tive vários tipos de emprego. E, quando criança, passei todos os verões na casa de campo dos meus avós, ajudando-os a cuidar dos jardins. E, sim, tínhamos rosas. Minha avó cuidava delas como se fossem bebês.

– Vocês têm *rosas* na Rússia?

– Sim, Derek. – Ri, gostando de como seu nome soava em minha boca. – Não é só neve e gelo o tempo todo. Nós também temos sol e calor no verão.

– Desculpe. – Ele fez uma careta enquanto estacionava na garagem. – Prometo me livrar dos preconceitos sobre sua terra natal.

– E eu prometo ajudar e parar de atrapalhá-lo em duas semanas.

Derek desligou o carro.

– Não está me atrapalhando.

Ficamos sentados no escuro dentro do carro por um tempo, e achei que ele fosse dizer algo, mas não abriu a boca.

Havia mais canteiros e jardins nos fundos da casa. Derek ficou parado na entrada da garagem fazendo cara feia para todos eles e então viu que horas eram.

– Merda, já são duas da tarde e ainda nem fui ao mercado. Não poderei usar o pátio hoje à noite. Tem ervas daninhas e mato por todo lado.

Não tinha. O jardim, na verdade, era muito bonito e o pátio era lindo. Mas eu sabia que para Derek não existia isso de "bom o bastante". Tinha que ser perfeito.

– Posso dar um jeito nisso. É sério. Só me mostre onde estão as coisas e termino tudo em algumas horas.

Ele me olhou desconfiado.

– Tem certeza?

– Tenho. Gosto desse tipo de trabalho e sou bom com as mãos.

Os óculos escuros cobriam seus olhos, mas o leve movimento de sua cabeça para baixo me fez achar que ele tinha olhado para minhas mãos quando eu dissera aquilo. Ele limpou a garganta um instante depois.

– Tudo bem, então. O trabalho é seu. Descontarei do seu aluguel.

– Não. É um favor, Derek – eu disse enquanto caminhávamos na direção da casa. – Pagarei o valor inteiro.

Ele destrancou a porta dos fundos e a abriu.

– Como quiser. Mas você também precisará de dinheiro para comprar roupas.

Ah, sim. Eu meio que havia esquecido daquilo. Enquanto eu tentava achar uma solução, ele prosseguiu.

– Não vamos nos preocupar com o aluguel agora, tá? – Colocou as chaves e os óculos na prateleira e tirou os sapatos. – Falaremos disso quando você tiver recebido seu dinheiro. Vou ajudá-lo com o orçamento. E arranjaremos um emprego para você, para que possa guardar uma grana para as aulas.

Também tirei os sapatos e o segui até a cozinha.

– Parece um ótimo plano. Não sei como agradecer. – Mentira. Eu podia pensar em várias formas de agradecer.

Ele se apoiou na bancada e pegou o celular.

– Um dia você me paga.

– Pagarei. – Virando-me de costas, tirei o moletom que ele havia me emprestado e o pendurei no encosto da cadeira. Lá fora, fazia um clima agradável e eu não precisaria de moletom. Depois que tivesse terminado a tarefa, perguntaria a ele se eu poderia lavar minhas coisas e ficaria fora de vista durante o jantar. – Vou começar a trabalhar no quintal.

– As ferramentas estão na garagem. – Ele não tirou os olhos do celular. – Saio em um minuto. Só estou terminando minha lista de compras.

– OK. – Calcei os sapatos de novo e saí para o quintal ensolarado, incapaz de disfarçar o sorriso em meu rosto.

Já parecia uma vida nova.

ONZE

DEREK

MANTIVE os olhos na tela do celular até ter certeza de que ele não estava à vista.

Então respirei aliviado.

Não seria fácil tê-lo por perto durante duas semanas. E, ao mesmo tempo, seria muito fácil. Agradável, até. Isso era o mais estranho – eu me sentia à vontade com Maxim de inúmeras formas. Ele fazia a conversa fluir, me fazia rir e era interessante, engraçado e diferente. Eu também gostava de ouvi-lo falar de sua vida na Rússia. Isso me fazia entender melhor por que ele era daquele jeito.

Só era desagradável quando meu corpo reagia ao dele. Uma falta de ar. Um aperto no peito. Um calor pelo meu corpo. Provocava em mim a vontade de fazer apenas o que queria, sem pensar nas consequências.

Era irritante que eu não conseguisse sentir nada daquilo com alguém como Carolyn, que era perfeita para mim em todos os outros aspectos. Por que era Maxim que acendia esse fogo, e não ela? O que havia nele que não me deixava escapar de suas garras? Por que eu estava sendo punido daquela maneira?

Como se atraído por magnetismo, fui até a cadeira onde ele havia pendurado o moletom que eu lhe emprestara. Ao olhar através da porta de vidro que dava para o quintal, eu o vi em meio às roseiras na lateral do jardim, o sol cintilando dourado em seus cabelos. Peguei a blusa e a trouxe até meu rosto.

Ainda guardava o calor de seu corpo.

Inspirei devagar. Sabonete. Amaciante. Mas havia algo mais. A nota de fundo no ar que eu inalara era o cheiro másculo e inebriante de sua pele, que segurei em meus pulmões, fechando os olhos.

Você dentro de mim.

Minha mente se deleitou com aquele cheiro. Senti meus lábios em sua pele, minhas mãos em suas costas, meu peito contra o dele. Ele era quente, e forte, e duro, e...

Duas batidinhas rápidas na porta de vidro me sobressaltaram, e meu olhar vagou até encontrar Maxim parado no jardim, com a cabeça virada, olhando em outra direção. Deixei o moletom cair imediatamente sobre a cadeira e abri a porta.

– Oi.

Ele olhou para mim com o rosto impassível.

– Oi. Você tem luvas?

– Hã, tenho. – Provavelmente em meu rosto havia cinquenta tons de vermelho. Mas ele não havia percebido nada, certo? – Já vou aí.

Calcei os sapatos de novo e fui até a garagem, onde procurei por minhas luvas de trabalho. Onde diabos eu havia enfiado aquelas luvas? Eu sabia onde estava cada coisa naquela garagem, então, por que não conseguia encontrá-las? Minha mente estava nebulosa, um misto de confusão e vergonha. Será que ele tinha visto o que eu estava fazendo? Não deve ter visto. Ele nem estava olhando para mim quando bateu à porta. E, mesmo se tivesse visto, ele sabia como eu era com relação à organização. Provavelmente deve ter pensado que eu ia pendurar o moletom em algum lugar ou colocá-lo no quarto de hóspedes.

Meu coração se acalmou, e lembrei onde estavam as luvas. Tirei-as da prateleira e as calcei por um segundo, mexendo os dedos e cerrando os punhos.

– Encontrou? – Maxim perguntou do quintal.

– Encontrei. – Rapidamente, tirei as luvas e rumei para o quintal, apertando os olhos por causa da claridade. Eu havia esquecido de pôr os óculos escuros. – Aqui estão.

Entreguei-lhe as luvas e observei enquanto ele as calçava, deslizando os dedos para dentro dos espaços que os meus tinham ocupado um minuto antes.

Eu estava quase tocando nele.

■

– Oi. – Passei o celular para a mão esquerda e peguei alguns limões-sicilianos com a direita.

– Oi, irmãozão. Como foi hoje com nosso órfão russo? Obrigada de novo por ter ajudado.

– Sem problema. Hã, na verdade, aconteceu uma coisa interessante. – Peguei alguns limões-taiti também, para o caso de alguém decidir preparar *drinks*.

– Você o levou lá?

– Sim e não.

– Sim e não?

Franzi a testa diante das ervas finas, procurando tomilho.

– Eu o levei até o apartamento onde ele ia morar, mas não pude deixá-lo naquele lugar.

– Por que não?

– Era nojento.

Ellen riu.

– Tipo o quê? A tampa do vaso estava levantada? Havia toalhas úmidas espalhadas pelo chão? Migalhas de biscoito na bancada?

– Não, era nojento, tipo, infestado de baratas, imundo, com colchão manchado; nojento, tipo, não-passo-a-noite-neste-lugar-nem-por-um-milhão-de-dólares. – Uma mulher que estava ao meu lado escolhendo legumes olhou para mim horrorizada e se afastou.

Minha irmã arquejou.

– Sério? Então ele não quis ficar?

– Não, para *ele* estava tudo bem. Quer dizer, não estava, é claro que não estava, mas ele disse que não havia problema e que era aquilo que podia pagar e era apenas temporário.

– Espere um pouco, achei que ele fosse ficar na casa de um amigo, aquele que não havia aparecido na noite anterior.

– Não. O cara ia só levá-lo até o apartamento. Mas o carro dele quebrou nas montanhas ou algo assim.

Ela riu.

– Grande ajuda.

– Exatamente. De qualquer forma, eu não podia deixá-lo lá. Era ruim demais.

– Nossa. E o que fez com ele?

– O que eu podia fazer? A mãe vai transferir as economias dele, mas o dinheiro não deve cair na conta antes de segunda-feira. Então eu o trouxe para casa comigo.

– Claro que trouxe. – Ela deu uma risadinha. – Seu coração mole.

Fiz uma careta, inspecionando as pilhas de legumes e verduras. Onde estava o maldito funcho?

– Não sou coração mole. É só por um tempo, e estou lhe dizendo: ninguém deixaria um amigo naquele lugar.

– Quer dizer que agora são amigos? Que bonitinho!

– Não exatamente amigos, eu só... não sei o que somos. – Avistei um maço de funcho, que peguei e joguei no carrinho. – Mas eu disse a ele que o ajudaria.

– Ajudaria com o quê?

– Com tudo, Ellen. Ele é o cara mais legal do mundo, mas se mudou para cá num impulso e não planejou direito as coisas.

– Ele se mudou para cá? Achei que estivesse a passeio.

– Ele quer ficar. – Mudei o telefone para a orelha direita e empurrei o carrinho na direção das caixas de batatas e cebolas que ficavam no centro da seção de hortifrúti. – Ele quer ser roteirista.

– E quem não quer?

– Certo. Ele tem uns dois mil dólares guardados e, com esse dinheiro, precisa comprar comida e um laptop, pagar o aluguel e as aulas de escrita de roteiro num futuro próximo.

– É, não dá.

– Foi o que eu disse a ele. – Joguei algumas cebolas e um saco grande de batatas Russet no carrinho. – Eu disse que ele poderia ficar por duas semanas e que durante esse tempo eu o ajudaria a organizar um orçamento e a encontrar um lugar que ele possa pagar assim que arranjar um trabalho.

– Um trabalho?

– É aí que você entra. Pode contratá-lo?

– Adoraria. Ele pode trabalhar legalmente?

Franzi a testa.

– Na verdade, não. Você teria que pagá-lo em dinheiro vivo. Fazer tudo por debaixo dos panos.

– OK. – Ellen não pareceu nem um pouco preocupada. – Esta noite não trabalho, mas posso levá-lo para o bar amanhã.

– Ótimo. – A tensão na minha lombar diminuiu um pouco. – Ele disse que já trabalhou em bar.

– Bom saber. Onde ele está agora?

– Nos fundos da casa, fazendo um serviço de jardinagem para mim.

– Já o colocou para trabalhar? – Ela riu e bufou. – É bem a sua cara fazer isso.

– Haha. Ele se ofereceu, se você quer saber. Ele disse que também entende de jardinagem, embora neste instante talvez ele esteja lá fora acabando com minhas roseiras.

– Ele é mesmo pau pra toda obra, não?

– Parece que sim.

– Pena que não seja atraente.

A imagem do rosto dele surgiu em minha mente, e eu a afastei.

– Não é atraente?

– Estou brincando, Derek! Não estava falando sério. Pelo amor de Deus, o cara parece saído de um *outdoor* de cueca da Calvin Klein!

– É, acho que sim. – *Não pense nele de cueca. Não pense nele de cueca. Não pense nele de cueca.*

– Você acha? Desculpe, mas só um morto não o acharia atraente. E só se tivesse morrido há muito tempo. Tinha que estar morto há séculos. – Ela suspirou. – Pena que seja gay.

Congelei, meu corpo todo ficou tenso.

– O quê?

– Ele é gay. Uma das atendentes o ouviu dizer isso a uma moça no bar naquela noite. – Ela riu. – Ao que parece, a moça ficou bem desapontada. Coitada.

– Oh, meu Deus. – O mercado girava.

– Que diferença isso faz? Vai agir como papai agora?

– Não! Não faz diferença nenhuma. Eu só não tinha percebido. – Minha voz soou estranha aos meus ouvidos.

– Que bom. Você me assustou por um instante. Só aguento um parente intolerante. Enfim, preciso ir agora. Ainda tenho que cuidar de um monte de coisa do inventário.

– OK.

– Ei, o que vocês vão fazer hoje à noite? Estou de folga. Quer ir ao cinema ou algo assim?

– Hã, não. Quer dizer, não posso. Talvez Maxim queira ir. – O nome dele soou diferente em meus lábios.

– Por que não pode?

– Vou receber amigos no jantar.

– O que vai preparar?

– Frango assado com legumes. – Que eu deveria estar comprando, para poder voltar para casa e prepará-lo, mas ainda estava ali me escorando nas batatas.

– Hummm! Tem lugar para mais uma?

– Claro – respondi distraidamente.

– Ótimo! A que horas devo ir?

– Hã, às sete está bom.

– Perfeito. Dá tempo de ir para casa tomar um banho. Quem mais vai?

Eu me forcei a recomeçar a andar, mantendo o foco na tarefa que precisava cumprir. *Frango. Preciso de um frango.*

– Hã... Gage e Lanie. Carolyn.

– Oh, essa é a namorada?

– Não é minha namorada. É só... alguém com quem estou saindo.

– Não importa. É só que você falou dela e eu já queria conhecê-la. Vejo você à noite!

– OK. Tchau. – Encerrei a chamada e peguei minha lista de compras, para que pudesse botar no carrinho o que faltava e ir embora, mas toda hora eu precisava conferir a lista, tão preocupado eu ficara com o que Ellen havia dito.

Maxim era gay?

Se eu havia conseguido alcançar o mínimo da tranquilidade para lidar com sua presença em minha casa durante as duas semanas seguintes, aquela notícia acabara com tudo.

Era verdade? Importava?

Oh, sim, e como! Minha atração por ele de repente pareceu ser mil vezes mais perigosa, agora que eu sabia que poderia ser recíproca.

Será que era? Será que Maxim estava atraído por mim? Revi a noite anterior e aquele dia na minha cabeça, buscando o menor sinal – uma palavra, um toque, um olhar –, qualquer coisa que o denunciasse, mas não encontrei nada. Talvez fosse porque ele não sentia nada. Talvez fosse porque ele era russo e mestre na arte de fingir desinteresse. Ou talvez fosse porque eu estava *tão obcecado com meus próprios sentimentos*, voltado constantemente para mim, focando no que ele *me causava,* que não sabia se eu havia chamado a atenção dele tanto quanto ele chamara a minha.

Por uma fração de segundo, fiquei decepcionado.

Qual é o seu problema, imbecil? Isso é bom. A última coisa de que você precisa é que ele se interesse por você. Você não quer isso. Não pode querer isso. É errado. Não vai acontecer nada.

Respirei fundo mais algumas vezes e repeti aquelas palavras mentalmente.

Não vai acontecer nada.

DOZE

MAXIM

EU VI.

Através do vidro, eu vi.

Eu estivera observando as roseiras, vendo o que precisava ser feito, quando percebi que precisaria de luvas para poder começar. Conforme avancei na direção da casa, vi Derek através da porta de vidro do quintal e decidi bater. Então, me aproximei e notei que ele segurava o moletom que eu havia usado. Estava com o rosto enterrado nele.

Primeiro, achei que fosse ilusão de ótica causada pela luz refletida no vidro, minha mente fantasiando com o reflexo. Mas pisquei várias vezes e ele continuava na mesma posição.

Meu coração bateu mais rápido. Por que um homem cheiraria a roupa de outro homem daquele jeito se não fosse para tentar sentir o cheiro dele? Senti um frio na barriga.

Mas, em vez de ficar parado lá, correndo o risco de ser pego, decidi olhar para o outro lado enquanto batia no vidro. Fazer com que pensasse que eu não tinha visto nada. A outra opção teria sido estranha demais para nós dois.

Felizmente, eu era um bom ator. Perguntei a ele sobre as luvas sem nenhum tremor na voz e consegui me manter impassível. Ele, por outro lado, tinha as bochechas muito vermelhas e evitou contato visual. Eu nunca o tinha visto tão perturbado. Ele saiu e foi até a garagem sem nem olhar na minha direção.

Quando encontrou as luvas e as entregou a mim, já parecia recomposto, em seu estado natural. Disse o que queria que eu fizesse no quintal como um todo, quais eram as prioridades do dia e onde estavam as ferramentas. Escutei, fiz perguntas e garanti que era capaz de fazer tudo o que ele queria, mas, em minha mente, só conseguia vê-lo enterrando o rosto naquele moletom.

Fiquei obcecado com aquilo a tarde toda, acrescentando todos os detalhes significativos – a inexistência de uma namorada ou esposa. O momento estranho na cozinha, quando passou pela minha cabeça aquela ideia doida de que ele poderia me beijar. A forma como olhou para mim na noite anterior, em meu quarto.

Talvez eu não estivesse maluco.

Será que eu *havia* sentido uma química entre nós? Será que a atração era recíproca? Será que ele estava cheirando aquela blusa pelo mesmo motivo que eu aceitara suas roupas emprestadas na noite anterior – para viver a ilusão de intimidade sem que tenha havido de fato um toque físico?

Naquela manhã, eu teria dito que não era nada daquilo.

Agora começava a duvidar.

■

QUANDO DEREK VOLTOU do mercado, levou as compras direto para a casa, sem nem olhar na minha direção. Ele passou a tarde toda cozinhando e preparando o jantar sem me dirigir a palavra, embora a certa altura tenha feito para mim um sanduíche e batatas fritas que deixou na mesa do pátio – uma mesa de madeira comprida com um banco de cada lado. Ao lado do prato, deixou um copo grande de água gelada. "Almoço", gritou para mim antes de voltar para dentro.

Agradecido, fiz uma pequena pausa para comer e descansar e, quando terminei, deixei o prato e o copo na mesa, pensando em levar tudo para dentro quando acabasse o serviço. Mas pouco depois, olhei para a mesa e descobri que ele já os havia levado.

A essa altura, eu estava a ponto de concluir que tinha me enganado completamente com relação a ele. Derek não estava, de jeito nenhum, agindo como alguém interessado em mim. Na verdade, eu começava a achar que ele estava irritado comigo por algum motivo.

Por fim, ele saiu para falar comigo. Eu estava aparando a grama quando ele apareceu, com as mãos nos bolsos. A tarde estava quente, então eu havia tirado a camiseta e, ainda que ele estivesse usando óculos escuros, pude ver como olhava para o meu corpo. Eu sentia o sol quente nas costas, mas o olhar dele no meu peito era ainda mais quente.

– Você precisa de protetor solar – disse.

Desliguei o cortador de grama.

– Talvez. Mas o sol está tão gostoso.

Ele me olhou fixamente por alguns segundos antes de examinar o quintal.

– Hoje você trabalhou bastante por aqui. Na verdade, acho que o seu trabalho ficou melhor do que o dos meus jardineiros.

– Obrigado. Ainda não terminei as roseiras.

– Não se preocupe. Pode ficar para amanhã.

– Termino hoje, antes de anoitecer.

– Bem, o jantar é por volta das sete e meia, e já são umas seis. Eu não sabia de quanto tempo você precisava para se arrumar, ou se queria lavar alguma roupa ou pegar algo emprestado.

– Obrigado, mas não preciso participar do seu jantar. Posso ficar lá em cima quando seus convidados chegarem.

– Na verdade, você me faria um favor se viesse.

– Um favor?

– É. – Ele tinha uma expressão embaraçada, baixou os olhos para os sapatos. – Originalmente, seriam apenas um amigo e sua esposa e essa mulher com quem estou saindo, Carolyn.

Ele está saindo com uma mulher. A decepção me atingiu como um soco no estômago.

– Mas eu estava falando com minha irmã hoje, e ela perguntou se poderia vir. Eu respondi que sim sem pensar. Com isso, serão cinco pessoas – ele disse, como se isso explicasse o problema.

Fiquei um pouco confuso.

– Cinco pessoas?

– Tenho problema com um número ímpar de pessoas na mesa de jantar. – Ele revirou os olhos e deu de ombros. – Sei que parece estranho, mas não suporto isso. Gosto de números pares. Isso não significa que eu seja supersticioso – disse na defensiva, provavelmente porque eu começara a sorrir. – É só porque, visualmente, gosto que todos os assentos estejam ocupados. É uma questão de preferência.

– Claro.

– Tenho bastante comida e sei que Ellen adoraria vê-lo, então seria ótimo se você se juntasse a nós. – Ele finalmente me olhou nos olhos e disse as palavras que eu queria ouvir. – *Eu gostaria* que você se juntasse a nós.

Senti de novo aquela atração entre nós.

– Então conte comigo. – Na verdade, eu teria dito "sim" mesmo se ele não tivesse falado que queria que eu fosse, pois eu gostava da ideia de fazer um favor a ele. – Você disse sete e meia?

– Isso.

– Vou terminar rapidinho. – Olhei para meu jeans cheio de terra e para meu peito, que estava sujo e brilhava de suor. – E depois vou tomar um banho e talvez lavar algumas roupas.

Derek parecia não saber para onde olhar – foi do meu tórax para meus olhos e para a casa em um intervalo de cinco segundos.

– Vou deixar na sua cama mais algumas roupas que acho que podem servir, depois podemos colocar tudo para lavar.

Concordei com a cabeça.

– Obrigado.

Ele voltou para dentro, e eu terminei de cortar a grama, limpei tudo e guardei as ferramentas exatamente onde as havia encontrado. Eu sabia como Derek era com relação à organização.

Quando acabei, peguei minha camiseta na entrada da garagem e subi para o quarto de hóspedes. Derek havia deixado em minha cama um jeans e duas camisetas, junto com mais uma cueca e meias novas. Balancei a cabeça, incrédulo. Quantas coisas sem usar, ainda com etiqueta, uma pessoa poderia ter?

Tirei as roupas, enfiando todas as peças sujas na sacola que usara antes. Tomei um banho rápido, para remover o suor e a sujeira daquele dia, e tentei muito não imaginar outras mãos que não as minhas percorrendo meu corpo. *Ele está namorando uma mulher, lembra? Não se interessa por homens, nem por você, nem por nada disso que você está pensando. Então pode tirá-lo da cabeça.*

Derek havia deixado sobre a pia uma toalha nova dobrada, e ela estava quentinha, como se tivesse acabado de sair da secadora. Ele também havia deixado um pequeno kit de viagem, que continha lâmina de barbear, desodorante, pente e alguns produtos para o cabelo. *Ele tem sido tão bom para mim.* Mas seria só porque acreditava em ajudar os outros? Será que se sentia obrigado a ser tão gentil ou era alguma outra coisa?

Depois de secar um pouco os cabelos com a toalha, eu a pendurei e fui para o quarto, onde vesti as roupas do Derek mais uma vez. Gostava do fato de serem roupas dele, não novas – o que significava que ele já as havia usado antes. Na verdade, antes de enfiar os braços nas mangas da camisa, me peguei cheirando a gola, procurando algum vestígio dele, mas fiquei chateado por não ter encontrado nada. Depois de vestido, examinei meu reflexo no espelho de corpo inteiro da porta do closet.

Me agradava que suas roupas ficassem quase perfeitas em mim. Não, era mais que isso – me deixava excitado. Eu sentia como se compartilhássemos algo (o que não era verdade). Sentia como se houvesse uma proximidade física entre nós (que não havia). Sentia meu corpo reagindo ao imaginá-lo tirando aquelas roupas de mim, substituindo-as pelo calor de sua pele (o que jamais aconteceria).

Já chega.

Fechei os olhos, querendo que o sangue deixasse de correr acelerado, que o desejo parasse de crescer, que a agitação sob minha pele sumisse. O mais maluco era que minha atração parecia ter aumentado desde que eu o ouvira dizer que estava saindo com uma mulher. O que aquilo significava?

Significa que você quer o que não pode ter, imbecil. Agora pare de se iludir com ele. Ele é só um cara muito bacana. Não está nem nunca estará interessado em você. Pare com isso.

Não vai acontecer nada.

TREZE

DEREK

EU CONVIDARA Maxim para jantar por um motivo.

Além do fato de não suportar cadeiras vazias à mesa quando tinha convidados, eu queria provar algumas coisas para mim mesmo. Que qualquer perturbação que Maxim causara em mim era simplesmente a canalização equivocada do desejo de estar com alguém como Carolyn, que era tão perfeita que meu consciente provavelmente me fazia achar que era boa demais para mim. Que vê-los lado a lado deixaria bem claro que minha atração por Maxim não era real, e sim uma tentativa desesperada de estabelecer uma ligação com alguém, já que eu me sentia um pouco solitário. Que Deus não estava me punindo por meus pecados – estava me testando.

Era minha obrigação provar que eu conseguia resistir à tentação, não importando quão poderosa ela fosse. Eu podia superá-la. Eu podia vencê-la.

Eu não estava me saindo muito bem.

– Então, Maxim, fiquei sabendo que você quer ser roteirista, é verdade? – Carolyn perguntou.

Ela estava sentada à minha direita, linda em uma blusa de seda vermelha que deixava seus ombros nus, jeans *skinny* e salto alto. Quando chegou, eu a recebi com um grande beijo nos lábios. Foi estranho e forçado, e só fiz aquilo porque Maxim estava por perto. Ele desviou o olhar e eu fiquei irritado.

Olhe para mim. É isto que eu sou.

Mas não era. Eu não podia estar mais desinteressado na bunda dela com aquele jeans justo e mais interessado em Maxim com meu jeans. Fiquei irritado com aquilo também.

– Meu objetivo é esse – Maxim respondeu –, mas preciso estudar primeiro. – Eu o havia colocado na outra ponta da mesa porque era a cadeira mais longe de mim, mas é claro que isso nos deixou de frente um para o outro, e tudo que fiz foi encará-lo a noite toda. Nem a luz baixa ajudou, já que o maldito era ainda mais bonito à luz de velas.

– Oh, você pode escrever filmes de espionagem russa. – Ellen colocou mais vinho em sua taça e deu uma risadinha. – Sempre que penso na Rússia, penso em espiões. Isso é terrível da minha parte, não? Espere um pouco, você não é espião, é?

– Não. Não sou. – Ele lançou a ela um sorriso malicioso que eu gostaria que tivesse lançado para mim. – Não que eu lhe diria se fosse.

Ellen riu, brincalhona, e então estalou os dedos.

– Droga. Achei que poderia me gabar por ter sentado perto de um agente da KGB no jantar.

– A KGB ainda existe? – perguntou Gage. Era meu amigo desde a sétima série, fui seu padrinho quando se casou com Lanie oito anos antes. Agora eles tinham três filhos menores de seis anos e raramente compareciam a eventos sociais, mas ele e eu tentávamos tomar uma cerveja algumas vezes por mês para manter contato. – Fico um pouco envergonhado por não saber.

– É triste que tudo que sabemos sobre os russos, ou tudo que eles sabem sobre nós, sejam os estereótipos mostrados nos filmes – disse Lanie. – Por quê?

– Porque é *longe* pra caramba? – disse Gage, pegando sua bebida.

– É longe – disse Maxim com um sorriso –, mas acho que nossas diferenças culturais tornam difícil entender uns aos outros, mesmo quando estamos no mesmo lugar. Hoje mesmo eu estava dizendo ao Derek que os russos têm a reputação de serem frios, mas não são. Não mesmo. Nós apenas nos expressamos de forma mais contida. E, mesmo quando queremos saber mais sobre alguém ou algo, não fazemos perguntas pessoais, porque não queremos ser indelicados.

– E aqui nos Estados Unidos isso pareceria indiferença – disse Ellen. – Talvez até grosseria, como se você não se importasse o bastante para perguntar ou sorrir para alguém.

– Sim. – Maxim concordou com a cabeça. – Acho que é só parte da cultura oriental, onde as pessoas estão mais concentradas em seu próprio mundo do que no que acontece ao redor delas. Se você pegar o metrô em Moscou, por exemplo, não verá muita gente sorrindo. Todo mundo está mergulhado nos próprios pensamentos, e seus rostos não demonstram expressão. Mas, se você conhecer essas pessoas, verá que, no fundo, são muito simpáticas. Na verdade, se você for a uma casa russa para jantar ou algo assim, se surpreenderá ao perceber como os anfitriões são acolhedores e generosos.

– Tenho que admitir que sempre imaginei a Rússia como um lugar frio e exótico. Mulheres em casacos de pele, cobertas de diamantes e comendo caviar. – Carolyn deu uma risadinha. – Mas provavelmente também tirei essa ideia dos filmes.

– Há pessoas ricas na Rússia, mas também é muito comum que aqueles que tiveram uma infância pobre gostem muito de coisas caras, de luxo. – Maxim deu de ombros. – Muitas pessoas nunca tiveram roupas novas ou brinquedos. Muitas vezes até a comida faltava. Quando se cresce desse jeito, você não quer mais passar por isso de novo. Essa é minha história também.

– Entendo – Lanie disse.

Ele teve uma infância pobre, pensei, louco para saber mais detalhes sobre a vida dele. Fiquei imaginando quão pobre. Teria crescido na miséria? Faminto? Passando necessidade?

– Também gostamos de impressionar – continuou, com um brilho nos olhos. – É por isso que muitos russos dirigem carros de luxo, mas moram em um apartamento minúsculo, ou usam roupas de marca, ou frequentam restaurantes caros, porque nunca tiveram o gostinho dessas coisas antes e querem mostrar que agora é diferente.

– Falando em gostinho, meu antigo colega de quarto namorou uma moça russa – disse Gage. – Ela sempre trazia para nós umas sobras deliciosas de suas reuniões familiares. E ela vinha e fazia umas panquecas de batata... – Ele fechou os olhos e suspirou. – Tão gostosas.

– São gostosas mesmo. – Maxim concordou com a cabeça. – Eu faço essas panquecas às vezes.

– Você cozinha? – Ellen perguntou.

– Um pouco. Minha mãe trabalhava muito, então tive que aprender a me virar na cozinha desde cedo. Ela me ensinou a preparar alguns pratos. – Ele capturou meu olhar e sorriu. – Mas não chego aos pés do Derek. Eu disse que ele deve ter sido *chef* em outra vida.

– Exatamente! – Ellen exclamou. – Sem dúvida, ele herdou todo o talento culinário da família. Eu mal sei ferver água.

– O jantar está excelente, Derek. – Carolyn tocou meu braço. – Obrigada pelo convite.

Coloquei minha mão sobre a dela.

– De nada. Estou feliz que tenha vindo. – Por todos os motivos errados, obviamente, mas mesmo assim eu estava feliz.

– Maxim, seu inglês é tão bom – Lanie elogiou. – Sou professora de ensino médio e tenho alunos que vivem aqui desde sempre e não falam tão bem quanto você.

– Obrigado. – Maxim baixou um pouco a cabeça, como se tivesse ficado embaraçado pelo elogio e, mesmo estando do outro lado da mesa, pude ver como seus cílios eram longos.

Mas que merda era aquela? Os *cílios* dele?

Controle-se!

Só que eu não conseguia me controlar. Em vez disso, peguei a mão de Carolyn e a pousei em minha perna. Ela sorriu para mim surpresa, mas meus batimentos cardíacos não aceleraram como deveriam, tendo a mão dela ali tão perto das minhas partes baixas.

– Ainda não consigo acreditar que roubaram sua mala no meu bar – disse Ellen. Ela havia contado com grande dramaticidade a história da primeira noite de Maxim nos Estados Unidos durante os drinks no pátio, incluindo muitos momentos épicos e sem sentido sobre destino, como se não tivesse sido a sugestão aleatória do taxista que o levara até o bar. – Eu me sinto tão mal com tudo isso.

– Não se sinta mal – Maxim disse. – Acabou tudo bem. Mais do que bem. Fiz novos amigos.

– Ainda bem que você estava em casa quando Ellen ligou, Derek. – Carolyn apertou minha mão. – Agora acho bom que você não tenha ficado comigo até tarde.

– Imaginei que ele estivesse em casa, já que vai à academia aos sábados de manhã. – Os olhos de Ellen brilharam cheios de malícia. – E sabemos bem que Derek não perde uma manhã de sábado de academia.

– Deus nos livre de atrapalhar a agenda dele. – Lanie levou as mãos ao coração.

– Ou deixar a porta da garagem aberta – acrescentou Gage.

– Ou pratos na pia. – Ellen adorava aquele jogo.

– Ou comer no carro dele.

– Ou usar sapatos dentro de casa.

– Ou deixar o pó se acumular debaixo das camas.

– Já chega – resmunguei, sentindo o pescoço quente por baixo do colarinho.

– Você é mesmo sortudo, Maxim. O Hotel Derek é o mais confortável, o mais limpo e tem a melhor comida de L.A. – Lanie disse.

– Tudo isso é verdade. Mas não foi sorte – Ellen insistiu, fazendo cara de quem acreditava em algo maior.

– Também creio que tenha sido mais que sorte. – O olhar de Maxim encontrou o meu, e então eu vi: lá estava o desejo. *Eu vi.* Algo em mim se despedaçou. – Acredito que algumas coisas acontecem por obra do destino.

Merda.

Eu fui bebendo. A cada gole, tentava acabar com aqueles sentimentos que não só se recusavam a ficar enterrados como insistiam em crescer cada vez mais conforme a noite avançava. Era como se ver o desejo nos olhos dele tivesse aberto a porta da prisão onde eu mantinha o meu próprio desejo trancado. Eu lançava olhares furtivos na direção dele, notando detalhes que não havia reparado antes – o comprimento de seus dedos, os lábios carnudos, as veias nas costas das mãos. Elas me faziam lembrar das veias que eu vira na noite anterior em seu abdômen, aquelas que serpenteavam por baixo do elástico da calça.

Eu queria segui-las com minha língua.

Sei lá como consegui chegar até o café – o meu, fiz batizado – e a sobremesa, embora eu não tivesse tocado no bolo de chocolate que Carolyn trouxera. Só o que eu queria era ele.

Gage e Lanie foram embora primeiro, dizendo que precisavam deixar a babá em casa às onze. Abracei Lanie e apertei a mão de Gage, prometendo encontrá-lo perto do fim de semana para tomar uma cerveja. Ellen ajudou Maxim a levar todos os pratos para a cozinha antes de partir, abraçando a nós três e dizendo a Maxim que ligaria para ele no dia seguinte para falar sobre um trabalho no bar.

– Seria ótimo – ele disse. – Faço o que precisar. Posso acompanhá-la até seu carro?

– Claro. Tchau, gente! – Ela jogou um beijo para mim e deixou a sala com Maxim atrás de si.

Terminei de pôr a louça na lavadora enquanto Carolyn apagava todas as velas e recolhia toalhas e guardanapos.

– Posso ajudá-lo a lavar o resto da louça? – perguntou, erguendo as mangas.

– Não. Já ajudou bastante. De qualquer forma, estou cansado demais para cuidar disso hoje. Amanhã eu lavo. – Era mentira. Eu jamais conseguiria dormir com a pia cheia de louça suja, mas não aguentava mais fingir naquela noite. Eu estava meio bêbado, totalmente frustrado, muito irritado e queria ficar sozinho para poder me odiar em paz – e provavelmente me masturbar ao mesmo tempo.

– Tem certeza? – Ela mordeu o lábio, desapontada. – Não me importo de ficar. – Envolvendo minha cintura num abraço, ela ficou na ponta dos pés para sussurrar em meu ouvido. – Não preciso chegar em casa às onze. Nem em hora nenhuma esta noite.

Ri de nervoso e me desvencilhei de seu abraço.

– Desculpe. Estou *muito* cansado.

– Ah. – A decepção surgiu em seu rosto e me senti péssimo.

Você é um bosta. É a segunda noite seguida que você inventa desculpas. Ela não vai esperar para sempre, idiota. E merece coisa melhor.

– Posso acompanhá-la até seu carro? – perguntei.

Ela concordou com um movimento de cabeça.

– Tudo bem. Vou pegar minha bolsa.

Maxim entrou pela porta principal quando estávamos saindo.

– Vou levar Carolyn até o carro – eu disse, evitando fazer contato visual com ele.

Ele fez que sim e estendeu a mão.

– Adorei conhecê-la, Carolyn.

– Também adorei conhecê-lo. – Ela apertou a mão dele e abriu um sorriso. – Espero vê-lo outra vez.

– Pode ir dormir, Maxim. Arrumo tudo amanhã. – Sem dar a ele chance de argumentar, conduzi Carolyn porta afora e a fechei atrás de nós. A culpa me fez segurar sua mão enquanto descia os degraus do alpendre e caminhava pela entrada da casa.

– Me diverti muito esta noite – ela disse. – Adorei conhecer sua irmã e seus amigos.

– Fico feliz em saber.

– E Maxim é muito interessante. É tão gentil o que você está fazendo por ele.

– Não é nada.

Quando chegou ao Audi, ela soltou minha mão para pegar as chaves. Beijei sua bochecha e enfiei as mãos nos bolsos.

– Derek – ela disse, e pude ouvir a dúvida em sua voz –, está tudo bem com você? Entre nós, quer dizer?

– Claro que sim. – Menti, mas foi para o bem dela. OK, para o nosso bem. Eu só não queria magoá-la com palavras que não fariam sentido algum para ela e também não queria desistir tão cedo. Eu ainda podia vencer o que quer que houvesse dentro de mim. Sabia que podia. Mas não naquela noite. – Só estou cansado.

– Certo. – Ela não me pareceu convencida. – Eu só queria ter certeza. Em alguns momentos hoje à noite, achei que fosse isso, mas em outros achei que não fosse. E não quero pressioná-lo nem nada. Só não quero que você perca seu tempo ou me faça perder o meu. Se isto não vai dar em nada, eu quero saber.

– Entendo – eu disse calmamente. Fechei os olhos, soltei o ar e dei a ela algo próximo da verdade. – Estou passando por um momento confuso e me sinto um pouco estranho. Como se eu não fosse eu mesmo.

– É... depressão? – ela perguntou, hesitante.

– Não. Acho que não. Está mais para... ansiedade ou algo assim. Estou me sentindo ansioso com algumas coisas e preciso resolvê-las antes de prosseguir.

– Oh. – Ela sorriu, esperançosa. – Posso ajudá-lo de alguma forma?

– É muita gentileza sua, mas não. É algo que preciso resolver sozinho.

– O que vai fazer? – ela perguntou e, então, balançou a cabeça com incredulidade. – Desculpe. Não precisa responder. Não é da minha conta.

– Tudo bem. Não existe uma solução mágica nem nada do tipo. Tenho que tentar parar, dar um tempo. Ter certeza de que minhas prioridades estão corretas. Reavaliar meus objetivos de vida. Lembrar a mim mesmo o que é importante.

– Acho que todo mundo deveria fazer isso às vezes. Eu, inclusive.

– Posso lhe dar espaço, se precisar.

– Não. Está tudo bem. Tenho pensado muito em você, Derek. E tenho pensado muito no que espero de uma relação. Gosto mesmo de você, mas quero comprometimento. Não um anel de noivado nem nada do tipo, mas comprometimento. Porque é isso que me faria feliz, e mereço ser feliz. – Ela sorriu. – Precisei de três anos de terapia para conseguir dizer isso. Como me saí?

Sorri, mas me sentia péssimo por dentro.

– Muito bem. E é verdade. Você merece ser feliz.

Ela deu um sorriso forçado.

– Obrigada. Fiquei feliz quando segurou minha mão esta noite no jantar.

– Que bom. – Meu Deus, eu era um cretino. – Boa noite.

– Boa noite. – Ela entrou no carro e eu a segui com os olhos antes de me virar e me arrastar pela calçada até a casa. Eu me sentia um bosta. Eu me sentia fracassado. Sentia que tudo que planejara para minha vida me escapava por entre os dedos, e era tudo culpa minha. Eu nem podia culpar Maxim. Já vinha lutando comigo mesmo muito antes de conhecê-lo. Tê-lo por perto só havia piorado as coisas.

É melhor você já ter subido, Maxim. É melhor estar fora de vista, dormindo, atrás de uma porta fechada. Não consigo mais lutar contra o que sinto esta noite.

Entrei em casa e tranquei a porta atrás de mim. Imediatamente, ouvi barulho de louça e de água correndo na pia da cozinha. *Merda, ele ainda está aqui embaixo.* Respirando fundo, endireitei a postura e tentei recolocar a máscara antes de voltar à cozinha.

Assim que o vi, a máscara começou a cair.

Ele estava perto da pia, lavando o que restava de louça. Fui direto até a garrafa de uísque e tomei uma dose.

– Eu não disse para ir dormir?

– Disse, mas sei que você não conseguiria dormir sem arrumar tudo antes.

– Ah, é? Como sabe disso? – Servi mais um pouco de bebida, encontrando consolo na sensação ardente que desceu pela minha garganta e se espalhou pelo meu peito.

– Porque eu conheço *você*.

– Em apenas um dia?

– No seu caso, algumas coisas eram óbvias desde o início.

– Você é igualzinho a eles – reclamei. – Viu como me zoaram?

– Vi, mas não entendo o motivo. Quando se tem uma casa tão linda como esta, por que não cuidar dela?

– Obrigado! – gritei, jogando as mãos para cima. E quase derrubei a garrafa de uísque também. – Finalmente alguém que me entende.

Achando que já estava bêbado o bastante para ignorar os efeitos dele sobre mim, enrolei as mangas da minha camisa preta e parei ao lado dele.

– Vou ajudá-lo.

– OK.

Eu o peguei tentando não olhar para meus pulsos e antebraços, e aquilo me fez sorrir. *Como se sente desejando alguém e tendo que disfarçar?*

– Você lava, eu enxugo?

– Tudo bem.

Trabalhamos em silêncio, lado a lado, e percebi que eu estava cada vez mais – de forma perturbadora – alegre ao pensar em como ele estava atraído por mim e como era forçado a ocultar tal sentimento. Era muita maldade minha me alegrar com a aflição dele, mas eu gostava de ser secretamente desejado. Ser desejado de um jeito proibido. Ser o objeto de seus olhares furtivos e talvez de seus pensamentos mais sombrios e indecentes. Eu deixava que nossos braços se tocassem mais que o necessário, excitado tanto com o contato físico quanto com minhas ideias sobre o que eu poderia estar fazendo com ele.

Pois não há homem que não peque.

Meu pau começou a ficar duro, claramente imune ao uísque que estava acabando com minhas inibições, derrubando minhas defesas e dando asas à minha imaginação.

O que se passa nessa sua cabecinha linda, Maxim? O que há por trás desses olhos azuis-cobalto? O que você faria comigo, se eu permitisse? O que me deixaria fazer com você?

– Carolyn é tão simpática – ele disse, me passando a última travessa para enxugar.

O quê? Ele estava pensando em *Carolyn* bem agora? Não era ele quem deveria estar pensando em Carolyn – *eu* é quem deveria, droga!

Mas não estava.

– É sim.

Ele fechou a torneira. Apoiou as mãos molhadas na beira da pia.

– Eu não sabia que você tinha uma namorada.

E então notei aquilo em sua voz – uma pontinha de ciúme, tão discreta que eu nem teria notado, se não estivesse tão atento a tudo relacionado a ele naquele instante. Simplesmente adorei aquilo.

– Não é minha namorada.

– Oh. – E lá estava a confusão. – Acho que entendi errado.

– Ela *quer* ser minha namorada.

Silêncio.

É claro que ficamos em silêncio. Maxim jamais perguntaria qual era o problema. Mas eu queria dizer a ele. Queria que ele soubesse. Queria dividir com ele o desejo impossível que sentia, com uma pessoa que talvez me entendesse.

– O problema sou eu.

Ele continuava totalmente imóvel. Antes que eu percebesse, estava colocando minha mão esquerda sobre a direita dele.

– Às vezes, não sei o que quero.

Ele puxou a mão e ficamos cara a cara.

Pela primeira vez naquela noite, eu o olhei direto nos olhos. Para mim, não existia mais nada além de nós dois. Eu ouvia apenas a respiração dele. Sentia apenas o cheiro dele. Via apenas sua expressão cautelosa.

Eu precisava tê-lo.

Agora ou nunca.

Eu o segurei pelos braços e colei meus lábios aos dele.

Oh, meu Deus.

Pela primeira vez na vida, eu estava tocando os lábios de outro homem com os meus. Eram tão diferentes dos lábios de uma mulher – maiores, mais firmes, mais cheios. Eu os devorei com a ferocidade de um leão faminto.

Ele abriu a boca, deslizando a língua por entre meus lábios. Suas mãos agarraram meus quadris, me puxando contra os dele. *Puta que pariu.* Senti o volume em meu jeans crescer e endurecer, e *senti que o mesmo acontecia com ele.* Enquanto nos beijávamos, ele me empurrou contra a pia e encostou seu corpo no meu, seu pau se esfregando para cima e para baixo no meu. Enlouqueci ao pensar naquilo, ao sentir aquilo.

Isto não pode estar acontecendo.

Tudo nele – a boca, as mãos, o corpo, aquele beijo, aquela esfregação, aquela loucura que eu sentia, aquela coisa que eu mantinha aprisionada dentro de mim desesperada para sair – era surreal.

Maxim deslizou uma mão entre nós, me apertando por cima da calça. Mesmo através do tecido, eu conseguia sentir o calor de sua palma.

– Posso? – perguntou, seu hálito quente em minha boca.

– Sim.

Com os lábios ainda nos meus, ele abriu meu cinto e desabotoou meu jeans. Um instante depois, senti sua mão – *a mão de outro homem* – envolvendo meu pau. Era quente e sólida e forte, e eu gemi de prazer sôfrego conforme ele me masturbava. Ele deslizou a boca pelo meu queixo e pescoço.

– Seu cheiro é tão bom – ele disse, e sua voz, sussurrada e intensa, fez meu pau pulsar em sua mão.

Só sei que depois ele se ajoelhou, uma boca quente e úmida se aproximou da cabeça do meu pau. Com um movimento meio espiralado que quase me levou à loucura, ele foi enfiando lentamente meu pênis na boca, mais e mais, até o fim. Então acelerou, passando a língua pela coroa, me chupando profundamente, com força, me levando até o fundo de sua garganta.

Puta que pariu, ele sabe o que faz.

E quando olhei para baixo e o vi de joelhos diante de mim, vi seus lábios se movendo para cima e para baixo no meu pau, senti o desejo intenso que o impulsionava na forma como ele me chupava e apertava e acariciava. Não resisti e me entreguei.

Eu me entreguei a ele, a mim mesmo, àquela necessidade pulsante e dolorida que estava dentro de mim e precisava sair. Deixei de fingir que não queria aquilo. Cedi àquele desejo, porque era o que eu queria e era tão deliciosamente *bom*.

Nem tentei prolongar o momento.

Eu o segurei pela nuca com uma mão e fodi sua linda boca como o animal selvagem e egoísta que era, meu corpo se contraindo de forma ritmada enquanto eu jorrava dentro dele.

Me senti um deus. Me senti um monstro.

Senti que minha vida nunca mais seria a mesma.

QUATORZE

MAXIM

EU ME AGACHEI, momentaneamente aturdido. Não sei quem estava respirando mais rápido, Derek ou eu.

Oh, meu Deus. Não acredito no que acabou de acontecer.

Olhei para ele, que me encarava como se nunca tivesse me visto antes.

– Jesus – sussurrou.

E então se foi. Acho que nem fechou o zíper das calças, apenas saiu. Pouco depois, ouvi passos na escada, seguidos por uma batida de porta.

Merda. Ele estava bravo? Com o quê? Eu não o havia forçado. *Ele* tinha *me* beijado. Talvez eu tivesse ido longe demais. Mas perguntei antes se podia tocá-lo, não? E ele não me mandou parar em nenhum momento, nunca me afastou, nunca demonstrou que não estivesse gostando. Na verdade, pareceu estar gostando muito.

Quase tanto quanto eu.

Eu me levantei e arrumei o cavalo da calça. Aparentemente, meu pau não havia recebido a mensagem de que havíamos terminado. Ainda estava duro, e pensar no que tinha acabado de acontecer só o fez endurecer ainda mais. Eu ainda conseguia ouvir o gemido rouco do Derek, ainda sentia o cheiro dele no ar, o pau dele deslizando entre meus lábios.

Eu ainda sentia o gosto dele.

Respirando fundo, me escorei na bancada e fechei os olhos, tentando acalmar meu corpo. Mas, Jesus, o jeito como ele perdeu o controle foi sexy pra caramba. Eu não esperava aquilo – não esperava nada, é claro. Nem deu tempo de pensar. Mas ele havia passado da imobilidade e da permissividade para a ação, agarrando meu pescoço e enfiando o pau até o fundo da minha garganta num instante, como se tivesse surtado. Aquilo foi uma surpresa. A rapidez com que aconteceu. A agressividade. A intensidade. Eu tinha adorado cada segundo.

Não que tenha havido muitos. A coisa toda aconteceu tão rápido que minha cabeça ainda estava girando.

Eu me virei e fiquei de costas para a bancada, olhando para a pia onde havíamos lavado a louça. Aquela proximidade quase havia me matado. Ele tinha ficado tão próximo que eu me perguntara se estava fazendo aquilo de propósito. Quando colocou a mão sobre a minha, fiquei ainda mais confuso – os caras héteros não tocavam uns nos outros daquele jeito, certo?

E então ele disse aquelas palavras. *Às vezes, não sei o que quero.* Não tenho o melhor gaydar do mundo e inglês não é minha língua materna nem nada disso, mas àquela altura eu tive certeza de que ele estava me dizendo que sentia atração por mim. Aquilo me excitou e assustou – eu estava louco por ele, mas e se estivesse enganado? E se fizesse algo e ele se ofendesse? E se ele só estivesse sendo americano e desabafando sobre seus problemas pessoais e aquilo não tivesse nada a ver comigo? Como russo, eu estava acostumado com as pessoas sendo indiretas, mas aquilo era mais que uma conversa casual. O risco era grande.

Então, tirei minha mão. Se ele me quisesse, teria que demonstrar.

E demonstrou. Quase tive um ataque cardíaco quando ele me agarrou pelos braços. A forma como ele me beijou, como se estivesse sufocando e eu fosse uma lufada de ar fresco, não deixava dúvidas – ele também sentia que havia algo entre nós. Fosse ele gay ou hétero ou qualquer outra coisa, não importava, a atração estava lá e, *meu Deus,* era intensa.

Mas então qual era o problema do Derek? O que o estaria deixando chateado? Seria culpa? Ele havia dito que Carolyn não era sua namorada, mas mesmo assim devia se sentir mal por enganá-la, ficando comigo, ou algo do tipo. Derek era um cara tão legal que poderia mesmo ser isso. Eu não havia sentido nenhuma química entre eles naquela noite, mas talvez fosse porque eu não quisesse sentir.

Também podia ser que Derek se sentisse mal porque eu era seu hóspede e ele já estava fazendo tanto por mim. Talvez achasse que eu me sentira pressionado a retribuir sua gentileza com sexo ou algo assim. Era ridículo, e eu esperava que fosse óbvio para ele o quanto eu desejara aquilo, mas podia imaginá-lo se sentindo mal por isso.

Ou talvez tivesse ficado horrorizado com o que havíamos feito. Talvez tivesse nojo. Talvez estivesse lá em cima lavando e esfregando o corpo para eliminar as evidências e implorando perdão a Deus.

Eu esperava que não, mas isso não importava. Estava claro que ele não se sentia bem com o que havia acontecido.

Aborrecido com aquele pensamento, apaguei todas as luzes e subi, olhando de relance para a porta fechada do quarto do Derek, mas indo direto para o quarto de hóspedes, fazendo o mínimo barulho possível. Depois de me despir, fiquei deitado de costas sob as cobertas, com as mãos cruzadas atrás da cabeça, pensando em como seria o dia seguinte. O que ele diria. Como agiria.

Em meu íntimo, eu sentia que seria melhor deixá-lo ditar as regras e então segui-las. Se ele quisesse fingir que nada havia acontecido, tudo bem. Não precisávamos falar sobre aquilo. Nada precisava mudar, e eu esperava que ele não me mandasse embora só porque as coisas haviam esquentado entre nós. Não era para tanto. Poderíamos voltar a fazer as coisas como fazíamos antes de ele ter me agarrado. Deixar para lá. Continuar amigos. Não era como se eu não estivesse acostumado a ocultar minha sexualidade, e eu não queria que nada de ruim acontecesse com Derek.

Dito isso, eu faria tudo de novo sem pensar duas vezes.

Faria ainda mais.

QUINZE

DEREK

CULPA. Vergonha. Raiva.

Deitei de costas, olhando para o teto do quarto e me sentindo angustiado.

Que merda eu havia feito?

Você enfiou vinte anos de desejo reprimido e frustração sexual na goela de outro cara, foi isso que fez. E depois o deixou de joelhos no chão da cozinha sem lhe dizer uma palavra.

Era tudo minha culpa. Eu era uma pessoa terrível.

Eu não devia tê-lo agarrado. Não devia tê-lo beijado. Não devia tê-lo deixado me tocar daquele jeito. Não devia ter gostado de sentir sua boca em mim. Não devia ter perdido o controle. Não devia ter tido o melhor orgasmo da minha vida com outro cara.

Mas eu tinha feito tudo aquilo. E jamais havia sentido nada parecido.

Por quê? Não que eu não tivesse recebido bons boquetes de mulheres antes – pelo menos, eu achara que tinham sido bons.

Mas Maxim levou a coisa a outro nível. Foi quase uma experiência extracorporal. Ele era mesmo tão bom assim? Ou era a *ideia* daquilo tudo que tornava a situação tão sensacional? A ideia de que eu estava cedendo a um desejo proibido *só daquela vez*, e que nunca mais faria aquilo de novo?

De qualquer forma, eu não podia negar que fora intenso. Muito intenso. As malditas paredes tinham tremido.

Fraco. Eu era tão fraco.

Como podia ter deixado aquilo acontecer?

Não que eu fosse gay. Eu sentia atração por mulheres também. E queria uma família tradicional – uma esposa e filhos. Eu não queria um namorado, cacete. Aquilo era ridículo. Eu devia levar um *cara* para casa e apresentá-lo aos meus pais? Levá-lo a jantares com clientes? Piqueniques da empresa? Eventos beneficentes corporativos? Meu pai passaria sua empresa para alguém que considerasse menos homem? Inferior a ele? Menos que perfeito?

Nem fodendo. E eu havia dado duro demais para abrir mão de tudo.

Se pelo menos transar com mulheres fosse mais satisfatório. Talvez, meu problema fosse aquele. Não é que eu não gostasse, mas, de algum modo, não importava quão linda ou ávida ou apaixonada fosse a mulher, não importava o quanto ela quisesse me agradar, não importava quão selvagem fosse o sexo, eu sempre me sentia vagamente insatisfeito. Era como se houvesse mais e eu nunca conseguisse chegar lá.

Era como se as paredes tivessem que tremer.

Fechei os olhos, inspirando e expirando. Não aconteceria de novo. Não importava o que tivesse acontecido com as paredes, havia coisas mais importantes na vida além de satisfação sexual. Minha carreira. Minha reputação. Minha autoimagem. A relação com minha família. Meus planos para o futuro. Me permitir ficar com Maxim daquele jeito colocava tudo a perder.

Eu havia dito a ele na noite passada que eu não tinha um sonho, mas não era verdade. Meu sonho era ser normal. Levar o tipo de vida que as pessoas à minha volta aprovavam e admiravam. Ser visto como alguém que tinha tudo, ainda que no fundo soubesse que não era bem assim.

Que bem a verdade me havia feito, de qualquer modo?

■

SÓ CAÍ NO SONO umas três na manhã, então me deixei dormir até mais tarde, o que era raro. Eu geralmente acordava e me levantava bem cedo nos fins de semana e me punha a fazer as coisas. Mas, naquele dia, já eram quase onze horas quando finalmente saí da cama, mas não me sentia nem um pouco descansado. Minha cabeça doía e minha boca estava seca. Definitivamente, eu havia bebido uísque demais na noite anterior.

Entrei no chuveiro, tentando planejar exatamente como lidar com Maxim. Coitado – ele devia ter ficado tão confuso, talvez até bravo. Tinha sido tão errado me aproveitar dele daquele jeito. Tê-lo usado como uma arma para lutar comigo mesmo. Ele era inocente.

Bem, não totalmente.

Meu sangue esquentou e meu pau começou a levantar conforme eu me lembrava dele ajoelhado na noite anterior. Oh, meu Deus, ele estava tão sexy com a boca em mim.

Não. É isso que lhe causa problemas. Pare de pensar nele desse jeito. Franzindo a testa, fiquei totalmente imóvel, fechei os olhos e pensei na coisa menos sensual que conseguia evocar – minha professora da segunda série em Ohio, Irmã Mary Ruth, e como ela costumava nos chamar de mentirosos e bater em nossas mãos com tiras de borracha quando achava que havia nos pegado contando lorotas. *Deus vê suas mentiras*, ela dizia. *Deus vê tudo que vocês fazem.*

Trinta segundos depois, recuperei o controle do meu corpo e continuei me ensaboando e pensando no que faria. Deveria pedir desculpas? Fingir que não havia acontecido nada? Dizer que estava bêbado e que não me lembrava de nada que acontecera depois do jantar? Parte de mim queria que fosse tão fácil assim: o quê? Um boquete na cozinha? Não sei do que você está falando.

Você é um covarde do cacete. Não pode fazer isso. Pelo menos seja homem o bastante para assumir o que fez. Diga a ele que sente muito. Diga que não sabe o que deu em você. Diga que nunca tinha feito aquilo antes e que não fará nunca mais.

Fazendo uma careta, me enxaguei e fiquei lá debaixo da ducha por mais alguns minutos, adiando o inevitável. Seria a conversa mais constrangedora da minha vida. Devastadora. Mas pelo menos talvez me impedisse de ceder àqueles sentimentos de novo.

Saí do chuveiro, vesti um jeans e uma camiseta e escovei os dentes. No espelho, notei que meus olhos estavam injetados e que havia olheiras abaixo deles. Pinguei umas gotas de colírio, mas disse a mim mesmo que merecia parecer acabado depois do que havia feito. Então respirei fundo algumas vezes, endireitei a postura e abri a porta do quarto.

A porta do quarto de hóspedes também estava aberta, mas eu não tinha escutado barulho lá embaixo. Lentamente, desci para a cozinha, me preparando para encontrá-lo lá.

Mas ele não estava. Não encontrei nenhum indício de que estivera lá – não havia feito café, não havia louça na pia, nem cheiro de comida. Confuso, examinei o corredor dos fundos e notei que os sapatos dele não estavam lá. Que merda! Será que tinha ido embora? Como? Ele não tinha carro nem dinheiro para pegar um táxi. Será que Ellen tinha vindo buscá-lo? Pelo canto do olho, percebi um movimento no quintal. Abri a porta dos fundos e saí descalço.

Ele havia enfileirado meus vasos de plantas na entrada da garagem e as estava regando com a mangueira.

– Bom dia – eu disse, me aproximando dele.

– Bom dia. – Ele olhou rapidamente para mim, mas voltou a se concentrar nas plantas um segundo depois. Tinha uma expressão indecifrável.

Enfiei as mãos nos bolsos.

– Dormiu bem?

– Muito bem, e você?

Dando de ombros, dei uma resposta evasiva, algo entre um grunhido e um murmúrio.

– Acho que finalmente consegui me livrar do *jet lag*. Acordei por volta das oito me sentindo cheio de energia, então vim aqui fora terminar o que não consegui acabar ontem.

Inspecionei o quintal e percebi o quanto ele já havia trabalhado – os canteiros estavam livres de ervas daninhas e devidamente regados, as rosas haviam sido podadas e aparadas, o pátio havia sido varrido.

– Uau. Obrigado.

– Foi um prazer.

Eu o analisei novamente, com uma sensação de aperto no estômago. Ele estava de novo usando meu jeans e uma das minhas camisas. Não havia se barbeado desde que chegara, e a barba crescia um pouco mais escura do que seu cabelo. Sem fios grisalhos à vista, é claro. E, debaixo daquela camisa, eu sabia que estava sua pele lisinha. O abdômen perfeitamente firme. Ele era tão jovem – e eu tinha idade o bastante para saber que não deveria ter feito aquilo. Fora *eu* quem dera um sermão sobre ações e consequências, fora eu quem havia se deixado levar pelas emoções. Que não pensara antes de agir. Era eu quem estava sinceramente arrependido do que tinha feito, ainda que tal coisa tivesse me levado ao melhor orgasmo da minha vida.

Não pense nisso. Faça o que veio fazer e vá embora.

– Maxim, eu lhe devo um pedido de desculpa.

– Não, não deve. – Ele não olhou para mim.

– Devo, sim. Não sei o que diabo eu estava pensando.

Nenhuma reação.

– Eu nunca tinha feito aquilo antes. – Aquela parte não era mentira. Mas a seguinte era. – Deve ter sido o uísque.

Enfim, ele me olhou nos olhos. Estudou meu rosto.

– Tudo bem.

– Porque sou hétero. Não curto homem. E eu só... perdi o controle por um instante. – Me concentrei para não piscar, não desviar o olhar, não me render de algum modo. As muralhas defensivas estavam de novo de pé e assim continuariam.

Ele concordou lentamente com um movimento de cabeça.

– Mas não significou nada. E não acontecerá de novo. – Eu disse com firmeza e estava falando sério.

Ele voltou sua atenção para as plantas, com o rosto impassível.

Pelo amor de Deus, Maxim! Poderia ser um pouquinho menos russo neste instante e me dizer o que está pensando? Está puto da vida? Ofendido? Acha que está tudo bem? Não dá a mínima?

– Então vamos esquecer o que aconteceu. Tudo bem para você? – perguntei, cruzando os braços.

Ele passou para a planta seguinte.

– Claro.

– Ótimo.

Um silêncio constrangedor.

– Então... já terminou aqui? Já comeu? Pensei que talvez eu pudesse preparar um almoço para nós e depois pudéssemos procurar umas opções de apartamento na internet. – Quanto maior a minha naturalidade naquela situação, melhor. Eu havia pensado em pedir a ele que fosse embora ou em pagar um hotel para ele, mas decidi que seria pior. Seria reconhecer explicitamente que ele me afetara, e eu não queria aquilo. A única forma de passar no teste em que eu falhara na noite passada era tentar de novo.

– Seria ótimo. Obrigado.

– OK. Vou preparar as coisas e aviso quando estiver tudo pronto.

– Tudo bem.

Caminhei na direção da casa, sentindo os olhos dele em mim o tempo todo. Assim que entrei e fechei a porta às minhas costas, soltei o ar e tentei me sentir aliviado. Eu tinha me saído bem, não? Então, por que ainda me sentia tão incomodado? Não era como se a reação dele tivesse me irritado. Pelo contrário, ele nem parecia se importar. Por quê?

Percebi que eu estava ficando exasperado sem motivo enquanto preparava os sanduíches para o almoço. O que acontecera na cozinha entre nós não o havia afetado nem um pouco? Como ele podia estar tão tranquilo? Será que não tinha gostado tanto quanto eu?

Por que parecia não me querer mais? Ele certamente tinha ficado bem interessado em mim na noite anterior.

Meu Deus do céu, você ficou maluco? Percebe o que está dizendo? Ele reagiu exatamente como você queria que ele reagisse! Como você precisava que ele reagisse! Você não pode permitir que ele fique aqui por mais duas semanas, que cruze seu caminho a toda hora. Você vai enlouquecer! Este é o melhor desfecho possível para seu erro imbecil.

Não estrague tudo.

DEZESSEIS

MAXIM

NÃO TINHA SIDO o maldito uísque.

Ele estava mentindo. Pelo menos em parte. Eu podia ouvir no tom de sua voz, defensivo e insistente, e ver em seu rosto – uma máscara cuidadosamente controlada.

Mas por quê?

Conforme eu terminava de regar as flores, relembrava as frases dele. *Eu lhe devo um pedido de desculpa. Não sei o que diabo eu estava pensando. Eu nunca tinha feito aquilo antes. Deve ter sido o uísque. Não curto homem. Não significou nada. Esqueça que aconteceu.*

Embora eu estivesse preparado para ouvir aquilo, não gostei nem um pouco.

Eu não queria seu pedido de desculpa – queria seu corpo, sua atenção, sua permissão para me sentir daquele jeito. Eu queria ser convidado a me aproximar. Só... mais dele. Eu queria mais dele.

E era muito horrível e ambicioso e egoísta da minha parte querer mais do que ele estava disposto a me dar. Ele estava sendo tão generoso, e eu certamente não achava que merecia tudo aquilo, mas não podia deixar de me sentir daquela forma. Eu nem mesmo entendia aquele sentimento. Eu nunca fui o cara que queria *mais*. Apenas sexo sem compromisso e sem as complicações que o *mais* envolvia, sempre havia bastado para mim.

Mas aquilo era diferente. Ele era especial para mim. Eu queria ser especial para ele.

Quanto mais eu pensava no que ele havia dito, mais irritado ficava. Talvez fosse verdade que ele nunca tinha feito aquilo antes, mas não fez o que fez porque estava bêbado. Se ele não tivesse dito "sim" quando pedi permissão, se não tivesse ficado tão excitado em minha mão, se não tivesse ficado tão duro e gozado tão rápido e tão fundo em minha boca, a ponto de quase me sufocar, eu poderia acreditar que fosse tudo culpa da bebida.

Mas não era. Ele havia feito aquilo porque queria. *Era isso que você estava pensando, Derek. Eu quero isso. Puro e simples.* E quis muito – a ponto de arriscar uma rejeição. A ponto de ir atrás do que queria. A ponto de dizer *que se danem as consequências, me chupe*. Eu tinha cem por cento de certeza disso.

E talvez fosse isso. Talvez aquele fosse o motivo do meu aborrecimento. Se ele tivesse vindo aqui e dito apenas *me desculpe por ontem à noite, foi um erro, vamos esquecer que aconteceu e seguir em frente*, teria sido diferente. Pelo menos ele não teria negado a verdade.

Fiquei magoado e bravo por uns trinta segundos antes de perceber o quanto estava sendo infantil.

Jesus, Maxim. Tenha dó. Que bem lhe faria admitir a verdade? Que diferença faria? Se ele não quer mais você, não há nada que você possa fazer. Ele já fez tanto por você, o mínimo que você pode fazer é respeitar os sentimentos dele com relação a esse assunto.

Pouco depois, fechei a torneira e enrolei a mangueira no suporte que ficava ao lado da garagem, jurando respeitar a vontade dele. Quaisquer que fossem os motivos dele, para mim bastavam, e, por mais divertida que tivesse sido a noite anterior, por melhor que tivesse sido estar tão perto dele, eu tentaria esquecer o que havia acontecido.

Mas, assim que entrei na casa e o vi à mesa da cozinha, meus pensamentos correram soltos. *Quero beijá-lo de novo. Quero botar as mãos em você. Quero sua pele na minha.*

Eu não conseguia pensar em ninguém que já tivesse exercido uma atração tão grande sobre mim. Era como se a gravidade fosse mais forte que nós, como se não fosse um sentimento, e sim uma força inevitável. Me deixava desnorteado e desequilibrado e quase impotente.

Eu gostava daquilo. E não gostava.

Mas uma coisa era certa – eu devia ocultar meus sentimentos.

■

DEPOIS DO ALMOÇO, durante o qual nenhum de nós falou muito, Derek trouxe seu laptop para a mesa da cozinha, junto com caneta e papel.

– Vamos ver os apartamentos que estão disponíveis no mercado. Quer se sentar aqui para ver?

– OK. – Passei para o lado da mesa em que ele estava sentado, tomando cuidado para manter certa distância entre nossas cadeiras. Ficar tão perto dele não era uma boa ideia.

– Aqui está, para você fazer anotações. – Ele colocou o pedaço de papel e a caneta diante de mim. – E, depois que tivermos uma estimativa de quanto custará o aluguel, podemos preparar um orçamento mensal.

– Estimativa? – perguntei.

– Oh. Significa ter um palpite razoável sobre alguma coisa. Chegar a um valor aproximado, mesmo sem exatidão.

– Entendi.

Derek começou a pesquisa e, conforme o tempo passava, foi ficando cada vez mais claro que eu teria que poupar o dobro do que tinha para me mudar para qualquer lugar decente. Até mesmo um pequeno quarto com banheiro em um apartamento compartilhado custaria no mínimo mil dólares por mês. O aluguel de dois meses acabaria com tudo o que eu conseguira juntar, e eu ainda tinha que pensar em mantimentos, serviços públicos, transporte e roupas. Derek me ajudou a calcular quanto essas coisas custariam por mês e somamos aqueles valores. O total era um pouco assustador.

– Uau – eu disse, passando a mão pelos cabelos. – A Califórnia é um lugar caro.

– É – Derek concordou.

– E ainda preciso de um laptop.

– Pensei nisso – ele disse. – Sei que um laptop está no topo de sua lista de prioridades, mas, sendo realista, vai ter que esperar até você conseguir melhorar sua situação econômica. Enquanto isso, tenho um que você pode usar.

– Tem?

– Tenho. É antigo, então não é tão poderoso nem tão rápido, mas já é alguma coisa. Só preciso limpá-lo e é seu, se quiser.

– Obrigado. – Encontrei seu olhar e percebi que não havíamos deixado espaço suficiente entre nós. – Nem sei o que dizer.

– Não é nada. – Ele umedeceu os lábios. Olhou para os meus. – É só um laptop velho.

– É tudo. – *No que está pensando agora?* – E significa muito para mim.

Ficamos ambos em silêncio, a tensão tão grande entre nós que eu estava sufocando. O zumbido da geladeira ficava distante conforme meu coração batia mais forte e mais alto no peito. Ele se inclinou um pouco na minha direção, e precisei de toda a minha força de vontade para permanecer imóvel. *Me beije de novo. Quero você. Quero tudo.*

A respiração dele acelerou, seu peito subindo e descendo. Eu sabia o que sentiria se colocasse minha mão sobre ele – batimentos incontroláveis que ribombavam da mesma forma dentro do meu peito.

– Você deve me odiar por causa da noite passada – ele disse, com a voz grave e calma.

– Não.

– Eu me odeio pelo que aconteceu.

Senti um aperto no peito.

– Por quê?

– Porque é errado.

Então era isso.

– Não foi bom?

Ele fechou os olhos e soltou o ar.

– Foi incrível. – Então olhou para mim novamente. – Mas, Maxim, não sou desse jeito. Entende? Não quero isso. Não posso.

– Tudo bem. – Por mais que eu quisesse discutir, sabia que não era a coisa certa a fazer. O problema dele não era comigo, era consigo mesmo e com suas crenças, e ele apenas negaria com mais convicção se eu apontasse a verdade. Mas minha presença ali tornava tudo pior para ele. – Derek, preciso encontrar um lugar para morar.

– Não, não foi isso que eu quis dizer. Não quero que você se vá, eu só... nós só precisamos esquecer o que aconteceu – insistiu, como se eu tivesse dito o contrário. – É o único jeito.

– OK. É o que faremos então. – Concordei com ele, mas parecia que havia discordado, a julgar pela expressão atormentada em seu rosto. *Não me olhe desse jeito. Não é o que eu quero, mas você não me deixa outra opção.*

Pouco depois, o telefone dele vibrou na bancada. Ele levantou em um salto e o pegou.

– Alô.

Feliz por poder respirar, enchi os pulmões com o ar fresco que tinha o cheiro dele, querendo que meus batimentos cardíacos voltassem ao normal.

– Sim. Quer falar com ele?

Eu me virei na cadeira e Derek me entregou o celular.

– É a Ellen.

– Obrigado. – Encostei o aparelho no ouvido e o vi deixar a cozinha e ir para o corredor dos fundos. – Alô?

– Oi, Maxim! – Ellen trinou. – Está ocupado?

Ouvi a porta do banheiro sendo fechada.

– Não.

– Quer vir aqui no bar? Derek disse que traria você.

– Oh. Claro. Dá tempo de tomar um banho antes? Passei a manhã trabalhando no jardim.

– Não se preocupe com isso. Você vai querer tomar banho quando voltar do bar, de qualquer forma. Eu sempre quero.

– OK. Acho que estou pronto, então. – Só precisava fazer meu coração parar de martelar no peito.

– Ótimo! Um auxiliar de *bartender* pediu as contas esta semana e estou precisando de pessoal. Vejo você daqui a pouco.

– Tudo bem. Tchau. – Encerrei a chamada e colocava o telefone sobre a mesa quando Derek retornou à cozinha parecendo recuperado. Estava calmo, simpático, no controle.

– Está pronto? – perguntou.

– Quase. Vou só trocar de roupa rapidinho. Minhas roupas de ontem ainda estão na secadora?

– Estão. – Como se nossa conversa minutos antes nunca tivesse existido, ele pegou o celular e encostou-se na bancada, concentrado na tela. Meu Deus, ele conseguia passar de quente para frio rapidamente – e de frio para quente com a mesma velocidade, como demonstrara na noite passada. Era atordoante. Peguei minhas roupas limpas na secadora e subi para me trocar, feliz por ter um motivo para sair de casa.

DEZESSETE

DEREK

POR QUE ELE NÃO SE IMPORTAVA?

Aquilo estava me deixando maluco. Tudo relacionado a ele estava me deixando maluco. A forma como eu o desejava, as lembranças da noite anterior, o fato de ele parecer totalmente inabalado diante da minha insistência para que esquecêssemos o que havia acontecido. Na verdade, fora *eu* quem tocara no assunto de novo! Aquilo era maluquice!

Mas nada do que eu dissera o havia perturbado, e sua capacidade de permanecer calmo e desinteressado enquanto eu me desesperava me dava vontade de gritar. Ele estivera totalmente interessado em mim na noite anterior! A ideia do boquete fora *dele*! *Por. Que. Ele. Não. Se. Importava?*

Pior que isso: por que eu me importava tanto?

Depois de uma carona silenciosa até o bar, eu o deixei lá e dirigi a esmo durante uma hora, tentando colocar a cabeça no lugar. Como não funcionou, estacionei no shopping e fui a algumas lojas, dizendo a mim mesmo que precisava escolher um presente de aniversário para Ellen, mas, em vez disso, comprei um monte de coisas para Maxim. Talvez o problema fosse vê-lo usando minhas roupas. Talvez, se eu afastasse aquela sensação estranha e possessiva de proximidade, ficaria menos confuso. Na minha volta para casa, liguei para Gage e perguntei se eu poderia dar uma passada na casa dele. Precisava de distração, e a casa dele era sempre um caos total.

– Claro. Pode vir. Estamos no quintal.

Meia hora depois, eu estava sentado em seu pátio, com uma cerveja gelada na mão, observando os filhos dele brincarem em uma pequena piscina de plástico. Lanie estava dentro de casa, preparando kebabs para colocar na grelha, e Gage estava sentado ao meu lado, enchendo uma enorme boia em formato de jacaré que era grande demais para a piscina. Quando terminou, entregou a boia à Pennie, sua filha mais velha, e disse a ela para deixar os outros brincarem também.

– Não – ela respondeu, correndo com o jacaré. – Tio Derek, fique olhando!

Ele voltou à sua cerveja.

– De quem foi a ideia de ter filhos?

– Fala sério, seus filhos são ótimos. – Aplaudi e assobiei quando Pennie pulou na piscina com a boia.

– Eu sei, mas estão acabando com minha vida. Ei, Will! – gritou para o filho de cinco anos. – Não empurre seu irmão! Ele vai cair e eu terei que levantar desta cadeira para socorrê-lo e eu não quero ter que levantar desta cadeira!

– Eu ouvi isso! – Lanie gritou através da tela.

– Você ouve tudo – resmungou Gage. Ele colocou a cerveja sobre a mesa e esticou as pernas, cruzando-as na altura do tornozelo. Seus braços estavam cruzados sobre o abdômen, que apresentava os primeiros sinais de uma barriguinha. – Meu

Deus, estou cansado. Lembra quando eu conseguia ficar acordado até depois das dez e não ficava exausto no dia seguinte?

– Vagamente.

– Bons tempos.

Tomei um gole longo e demorado da minha cerveja.

– Talvez, mas eu não trocaria o que você tem pelo que tinha antes.

– Não trocaria? – Ele levantou a voz. – Pennie, se você tentar usar a boia fora da piscina, vai furá-la!

– Não. Você tem tudo, cara. Tenho inveja de você.

Ele olhou para mim.

– Inveja de mim? Do quê, exatamente? Da minha hipoteca ultrajante? Do meu corpo de tiozão? Da minha casa bagunçada? Da minha habilidade de trocar fralda suja com uma só mão?

Me encolhi.

– Talvez não dessa parte da fralda. Ou do corpo de tiozão. Mas de todo o resto, do seu relacionamento tranquilo com Lanie, da sua casa cheia de crianças, das suas partidas de futebol aos sábados e dos churrascos aos domingos. Eu queria ter tudo isso.

– Nenhum casamento é tranquilo – ele me garantiu. – Metade do tempo, Lanie e eu queremos torcer o pescoço um do outro. Na outra metade, queremos torcer o pescoço das crianças. Mas você tem razão. Eu não trocaria o que tenho agora pelo que tinha antes.

Levei a garrafa até a boca de novo.

– Eu te disse.

– Então arranje uma família – ele falou com a mesma simplicidade com que diria *coma um kebab*. – O que está esperando?

– A pessoa certa, óbvio. – Dei uma risada rouca, mas era falsa. – Não consigo encontrar essa pessoa.

– Carolyn parece bacana.

– Ela é, mas... não sei. Ela é perfeita em teoria, mas não temos química. Tenho medo de me envolver mais com cla c nunca sentir nada além do que já sinto.

– Que é...?

– *Gosto* muito dela, mas…

– Não quer transar com ela.

– Não – admiti.

Ele passou a mão por seu cabelo castanho desalinhado.

– Cara, não se case com uma mulher com quem você não quer transar, porque será a única pessoa com quem poderá fazer isso até que a morte os separe. Ouviu o que eu disse? *Morte*.

Franzi a testa.

– Certo.

– Talvez você esteja sendo exigente demais – ele sugeriu. – Sei que você detesta ouvir isso, mas talvez não precise ter uma mulher que em teoria seja uma nota 10. Talvez deva procurar uma mulher com quem deseje transar e que em teoria seja uma nota 7.

– Talvez.

– Quer dizer, você pode ter quem quiser – Gage prosseguiu. – As garotas sempre fizeram fila para ficar com você. Não deve ser tão difícil encontrar uma maluca por limpeza de vinte e nove anos que adore passar aspirador e deteste areia tanto quanto você, não é?

– Não detesto areia – eu disse, revirando os olhos. – Só não gosto de como entra em tudo.

– Só estou zoando. – Ele me deu um tapinha no braço. – Veja, dê um tempo. Se não está dando certo com Carolyn, então deixe pra lá. Uma hora vai dar certo com outra pessoa.

Concordei com a cabeça, pegando a cerveja de novo antes de olhar por cima do ombro para me certificar de que Lanie continuava dentro de casa. E, então, disse em voz baixa:

– Você já quis trair Lanie? Quer dizer, já sentiu atração por outras pessoas?

– Eu não diria que quis trair. – Gage falou baixo também. – Mas, sim, já senti atração por outras mulheres algumas vezes. Sou humano. Mas não me deixo levar por isso. Não vale a pena.

– O que faz então? Para que esse desejo desapareça?

– Meio que desaparece sozinho assim que penso no que tenho com Lanie. Nunca me senti tão atraído por alguém a ponto de arriscar perdê-la ou magoar minha família.

É claro que não. Mas aquilo não me ajudava.

Gage cruzou os braços sobre o peito e continuou.

– Provavelmente o mais tentado que já fiquei para dormir com alguém que não deveria foi quando me apaixonei por Lanie. Já éramos amigos fazia tempo, e eu já havia namorado uma de suas colegas de quarto, e ela meio que estava saindo com um imbecil chamado Brodic. Tínhamos todos os motivos para não irmos pra cama. Mas eu não conseguia parar de pensar nela. Então, uma noite, ela terminou com o imbecil, e pensei foda-se – preciso saber como é. Talvez isso acabe com nossa amizade, mas preciso saber.

Concordei com a cabeça, porque entendia aquilo – o desejo desesperado de compreender aquele sentimento. Quem me dera fosse tão simples assim entre mim e Maxim.

Porém, no nosso caso, eu não tinha certeza se queria entender. Que bem isso me faria?

Fiquei na casa de Gage e Lanie por horas, comendo e bebendo e deixando as crianças subirem no meu colo enquanto o sol se punha atrás das colinas. Elas eram barulhentas e pegajosas e o sorvete delas derreteu na minha blusa, mas eu não me importava com nada daquilo. Era o que eu queria – família e amigos no quintal em uma noite quente de verão.

Por volta das nove e meia, recebi uma mensagem de texto da Ellen dizendo que levaria Maxim para casa mais tarde, que eu não precisava ficar acordado esperando para buscá-lo.

Àquela altura, as crianças estavam entrando naquele estágio de cansaço misturado com queimaduras leves do sol, então me despedi e fui embora.

Minha casa parecia mais vazia que o normal.

DEZOITO

MAXIM

– **VOCÊ SOBREVIVEU**. – Ellen riu e me entregou um envelope com dinheiro dentro. – Aqui está. É um pouco mais de cem pratas. Desculpe não ser mais, mas a noite de hoje foi meio devagar. Passarei a pagá-lo por semana mais para a frente, mas por enquanto vou pagá-lo ao final de cada turno.

Eu mal podia acreditar. *Cem pratas*, já? Era um quarto do aluguel que eu devia ao Derek! Melhor ainda, era o primeiro dinheiro que eu ganhava nos Estados Unidos. Eu passava os dedos pelas notas, incrédulo, desejando que não precisasse usar aquele dinheiro e que pudesse colocá-lo em um quadro, como minha primeira conquista naquela terra. Ellen podia não achar que cem pratas fossem grande coisa, mas eu me sentia rico. E tão, tão grato. Na verdade, tive que me esquivar dela, pois tive medo de chorar.

– Ellen, muito obrigado. Não faz ideia do quanto sou grato por este trabalho.

– Imagina! É para isso que servem os amigos. Espero que não tenha sido muito terrível.

– Nem um pouco. – Ficara tão ocupado nas primeiras horas que o tempo tinha passado voando. Na maior parte do tempo, ajudei Ellen atrás do balcão, lavando copos, pegando gelo, descendo ao porão para buscar mais cerveja e vinho e às vezes levando os pedidos de comida até as mesas quando os atendentes estavam sobrecarregados. Nas últimas duas horas, ajudei Ellen a limpar e reabastecer o bar, fazendo apenas uma pausa rápida para comer.

– Podemos ir para casa agora. Meu outro gerente vai fazer o fechamento.

– OK. Quanto lhe devo pelas camisetas? – Na chegada, ela me havia dado duas camisetas pretas com o logo do bar. Vesti uma delas imediatamente, a outra estava dobrada debaixo do meu braço, junto com a camisa que eu chegara usando.

– Nada. – Ela riu. – É seu uniforme.

Ela se despediu da equipe e saímos pela porta dos fundos, que dava para onde seu carro estava estacionado.

– Entre – disse, abrindo a porta do motorista de um Jeep surrado.

– Você não tranca as portas? – Dei a volta no carro e tentei entrar pela porta do passageiro, mas antes Ellen teve que jogar um monte de coisas que estavam sobre o assento para o banco de trás: garrafas d'água, copos de café, roupas, sapatos, sacolas plásticas.

– Não. Para quê? – Ela deu a partida enquanto eu colocava o cinto de segurança. – Não tem nada de valor aqui dentro e, se alguém quiser esta lata velha, pode levar.

Dei risada.

– Você é *tão* diferente do Derek.

– Meu Deus, o carro dele é absurdo. Dá para comer direto do assoalho, de tão limpo. – Ela deu ré e saiu da vaga. – Não que ele deixe alguém comer no carro. E ele quase tem um infarto cada vez que precisa andar no meu.

Não pude deixar de perguntar sobre ele.

– Ele sempre foi assim tão limpo e organizado? Mesmo quando criança?

– Sim. Sempre mantinha o quarto impecavelmente limpo, nunca deixava seus brinquedos espalhados, gostava mais de lavar a bicicleta do que de usá-la. Os amigos diziam coisas do tipo: "Derek, é uma bicicleta para andar na terra! Tem que ter terra nela!".

Ri ao pensar naquele garoto com cabelos escuros e dente faltando que vi na foto sobre o aparador da lareira limpando os raios da bicicleta.

– Posso imaginar.

– Ele é um cara muito bacana, mas se leva a sério demais às vezes. Sempre foi assim.

– Mas ele é tão bem-sucedido. Tem aquela casa linda, um bom emprego, um carro legal. Cuida tão bem de tudo. É tão generoso com as pessoas. Parece perfeito, para mim. – Por um instante, achei que tivesse falado mais do que devia, mas Ellen não pareceu se perturbar.

– Ele é praticamente perfeito, acho. Se julgarmos pelas aparências. Mas não sei se é mesmo feliz.

Eu queria saber mais.

– Não acha que ele seja feliz?

Ela pensou um pouco.

– Acho que é solitário. Mas não é do tipo que fala sobre seus sentimentos.

– Entendo.

– Mas sei que quer ter uma família e achava que já deveria ter uma a esta altura, e imagino que isso o afete. Não sei se ele lhe disse, mas teve uma namorada séria por um tempo. Na verdade, comprou a casa na intenção de se mudar para lá com ela. Eles iam se casar.

Meu estômago doeu como se eu tivesse engolido pedras.

– Oh.

– Ele tinha essa vida perfeita toda planejada – a casa, a esposa, os filhos. Mas daí ela terminou com ele, e acho que desde então ele se sente meio perdido. Acha que fracassou, e se tem algo que Derek odeia mais que sujeira é o fracasso.

Sorri, mas senti empatia por Derek. Meu maior medo também era o fracasso. Perguntas que eu não me permitia fazer estavam constantemente me ameaçando, como nuvens de tempestade no fundo de minha mente. E se eu não tivesse sucesso nos Estados Unidos? E se tivesse que voltar para a Rússia? E se eu não fosse bom o bastante, inteligente o bastante, determinado o bastante para conseguir o que queria?

– Parte disso é culpa de nossos pais – Ellen continuou. – Ou pelo menos de nosso pai. Ele foi muito duro com os meninos quando éramos crianças. Regras rígidas, padrões elevados, muita pressão para que fossem os melhores em tudo, fosse no esporte ou nos estudos. Para mim provavelmente foi mais fácil, ou talvez eu não me importasse tanto com o que meus pais queriam. – Ela riu. – Eu era a ovelha negra. Passava muito tempo de castigo.

– Mas também acabou sendo bem-sucedida.

– Obrigada. – Ela abriu um sorriso. – Foi divertido ontem à noite, não?

Você não faz ideia.

– Foi.

– E fiquei feliz em finalmente conhecer Carolyn.

– Eles estão saindo faz tempo? – Eu me sentia culpado por perguntar, como se estivesse sendo desrespeitoso com Derek. Mas não podia evitar.

– Não muito. E acho que não há nada sério entre eles, mas desde o rompimento, três anos atrás, ele não tem namorado muito. Não sei se ele é absurdamente exigente ou se na verdade não existe ninguém bom o bastante para ele, mas é uma pena, sabe? É um cara que está louco para ter uma família, e seria o melhor marido e pai do mundo porque tem uma ótima carreira e uma linda casa e adora cuidar das pessoas, mas não consegue encontrar a garota certa. Quem sabe Carolyn consiga quebrar o feitiço.

Eu achava que não, mas não diria isso à Ellen. Em minha mente, ouvia a voz do Derek. *O problema sou eu. Às vezes não sei o que quero.*

Inacreditavelmente, Ellen disse o seguinte:

– Às vezes me pergunto se Derek é gay.

Senti minha pulsação nos ouvidos.

– Sério?

– Sim, quero dizer, há alguns sinais. Nunca perguntei a ele diretamente, mas já pensei nisso.

Eu não tinha ideia do que dizer. Felizmente, Ellen era tagarela.

– É difícil porque fomos criados para acreditar que isso é errado. Amo meu pai, mas ele consegue ser um verdadeiro babaca com certas coisas, e essa é uma delas. Crescemos em um ambiente familiar religioso e em uma parte muito conservadora do país, e isso era tudo que ele conhecia. Quando viemos de Ohio para cá e começamos a ver os casais gays, meu pai fazia um monte de comentários negativos sobre isso, que não era normal, que era imoral, coisas assim. É besteira, mas ele acredita nisso.

– Derek acredita nisso?

– Não, acho que não. Mas Derek sempre quis a aprovação do meu pai, mais do que qualquer um de nós. Não consigo imaginá-lo fazendo algo que o diminua aos olhos do nosso pai, até hoje. – Ela fez um gesto vago com a mão. – E, de qualquer forma, eu posso estar enganada. Ele sempre namorou mulheres, e sei que pretendia se casar com a ex. Ele provavelmente não é gay. É só perfeccionista. Por favor, não diga a ele que lhe contei essas coisas.

– Não direi – prometi. E não diria.

Mas meu coração ansiava por Derek. Quanto mais eu sabia a respeito dele, mais percebia que o problema não era que ele não soubesse o que queria; o problema era que ele *sabia* o que queria – só não gostava disso. Ele não *queria* desejar nada daquilo. Não era certo aos olhos dele, não era normal, não era perfeito. Mas ele não conseguia se livrar daquele sentimento.

Isso explicava por que ele tinha feito aquilo na cozinha na noite passada e por que tinha fugido depois. Explicava suas desculpas naquela manhã. Explicava por que ele havia dito que se odiava.

Eu gostaria de poder ajudá-lo, mas não sabia como.

Quando paramos na entrada da garagem do Derek, eu disse boa noite à Ellen e a agradeci mais uma vez.

– Eu é que agradeço – ela respondeu. – O mesmo horário amanhã?

– Claro. – Eu precisava descobrir como usar o transporte público, para que Derek e Ellen não precisassem me levar para todo canto. Talvez pudesse fazer isso no dia seguinte. – Até mais, então.

Entrei na casa usando a chave que Derek me dera naquela tarde. Todas as luzes estavam apagadas no andar de baixo, e a casa estava silenciosa. Depois de trancar a porta principal atrás de mim, subi a escada, pisando suavemente para não fazer barulho. Derek provavelmente acordaria cedo amanhã para trabalhar e já era quase meia-noite. A porta do quarto dele estava fechada.

O que teria feito naquela noite? Teria jantado sozinho? Assistido à TV? Trabalhado? Pensei no que Ellen me havia dito, que talvez ele fosse solitário, e me perguntei se seria verdade. Será que alguém tão bonito e gentil e sexy como Derek seria mesmo solitário? Parecia impossível.

Tomei uma ducha rápida, escovei os dentes e fui para a cama, mas não consegui dormir. Minha mente fervilhava com tudo o que eu ouvira sobre ele. Acendi o abajur, peguei meu caderno e uma caneta e escrevi durante dez minutos sobre o que Ellen havia me contado e como eu me sentira a respeito. Sentia principalmente tristeza e impotência. Derek estava me ajudando tanto, e minha presença naquela casa não devia ser fácil para ele. Eu não só era um lembrete constante do que ele queria esquecer, mas também, se ele sentia por mim metade do desejo que eu sentia por ele, uma tortura, por saber que um corredor e duas portas fechadas eram tudo que nos mantinha separados.

Quando terminei, coloquei o caderno e a caneta de volta na gaveta e desliguei o abajur.

Dois minutos depois, ouvi uma batida na porta.

DEZENOVE

DEREK

LOUCURA. Era a loucura em mim.

A forma como eu o desejava. A forma como precisava dele. A forma como ficara acordado por horas pensando nele e prometendo a mim mesmo que manteria distância.

Era a loucura que me fazia agarrar os lençóis, como se eles pudessem me prender à cama. Era a loucura que me deixava ereto enquanto eu o ouvia no chuveiro. Era a loucura que me fazia sair da cama, abrir a porta do meu quarto e andar em meio à escuridão como se fosse um fantasma. Era a loucura me dizendo para bater à porta, buscar a verdade, ter certeza.

O que mais poderia ser? Quando deixei Gage mais cedo naquela noite, eu havia decidido – ficar com Maxim novamente não me traria nada de bom. Nada.

E, mesmo assim, lá estava eu diante da porta do quarto dele, com o coração aos saltos, adrenalina correndo nas veias, meu pau ansiando por ele.

Ele abriu a porta.

Entrando apressadamente, segurei sua cabeça e colei meu rosto no seu.

– Não consigo esquecer – rosnei. – E não quero esquecer.

Então, busquei com ferocidade sua boca com a minha, enfiando a língua por entre seus lábios firmes e carnudos, desesperado para estar dentro dele do jeito que pudesse. Ele retribuiu o beijo com a mesma intensidade, suas mãos em minha cintura, passeando pelas minhas costas. Fiquei louco ao pensar nas mãos dele em minha pele – mãos fortes, sólidas, masculinas que me agarrariam e puxariam e puniriam.

– Maldito seja – sussurrei, avançando mais pelo quarto com ele. – Maldito seja você por fazer isto comigo. – Agarrando uma de suas mãos, levei-a até meu pau, dolorosamente duro e grosso dentro da calça. – Maldito seja por me fazer querer mais.

– Me deixe dar mais a você. – Ele tentou enfiar a mão em minha calça, mas não deixei.

– Não. Desta vez, não. – Eu queria certas coisas, e, se deixasse Maxim pôr as mãos e a boca em mim, tudo acabaria rápido demais. Eu queria que *ele* se sentisse exposto desta vez. – Quero vê-lo nu.

Ele baixou sua cueca boxer e a deixou no chão. Imediatamente, segurei seu pau, gemendo ao sentir o calor e o tamanho. Ele ficou ainda mais excitado enquanto eu o masturbava, e senti-lo crescer e ficar duro em minha mão fez meu sangue se agitar. Ele se aproximou de mim, a boca descendo pelo meu pescoço, a língua quente e úmida em minha garganta. Eu o agarrei com mais força, acelerei os movimentos. Quando ele gemeu, senti aquele som percorrer meu corpo, e cada fibra do meu ser vibrou de desejo por ele, como se minhas veias estivessem em curto-circuito.

– O que mais? – Ele passou a ponta dos dedos pelo cós da minha calça. – O que mais você quer?

– Quero tocar em você. Em todas as partes. – Deixei minhas mãos correrem livres por seus músculos definidos e sua pele quente, mal conseguindo controlar a urgência animal que eu sentia de jogá-lo na cama e matar aquela maldita fome insaciável que me consumia por dentro. Passei meus lábios e dentes e língua por seu corpo, beijando sua clavícula, mordendo o ombro, lambendo o pescoço. Eu estava inebriado com seu cheiro – nada de perfumes florais, nada de loções frutadas, nada falso ou feminino. Apenas o cheiro puro e masculino de sabonete e pele.

Ele puxou o cordão da minha calça e ela caiu aos meus pés. Sua boca buscava a minha enquanto as mãos deslizavam pela minha bunda. Enquanto sua língua passeava entre meus lábios, ele me apertava e puxava contra seu corpo, mantendo nossa ereção entre nós. Fiquei sem ar, um urro reverberando em meu peito enquanto ele mexia os quadris, esfregando o pênis nu contra o meu. Deslizei as mãos por seu peito, por seus ombros, por seu cabelo. A fricção entre nós fez os músculos das minhas coxas se retesarem, uma tempestade crescendo dentro de mim.

Meu Deus, aquilo estava mesmo acontecendo? Eu precisava ver. Interrompendo o beijo, olhei para baixo, onde nossos corpos se tocavam. Aquilo me fascinava – dois torsos masculinos, firmes e rijos, cheios de músculos e veias; dois paus grossos e duros em estado de alerta, mais escuros que a pele de nosso abdômen –, e deslizei a mão entre os corpos. Um som abafado escapou de Maxim assim que segurei os dois paus juntos com uma só mão e comecei a nos masturbar, exatamente como fazia quando estava sozinho, mas mil vezes melhor, porque estávamos juntos. Nossa respiração era entrecortada e difícil, e os dedos dele apertavam as laterais do meu corpo. Imaginei os hematomas que ficariam e aquilo me excitou. *Isso. Deixe sua marca.*

Não demorou muito para eu sentir os pênis escorregadios entre meus dedos e percebi que estava perto de ter um orgasmo.

Maxim também estava quase lá – eu podia ouvir o som em sua garganta e ver em seus músculos e sentir em seu pau quente e ereto na mão. Aquilo mexeu comigo, saber que eu era capaz de levá-lo àquele estado ofegante, ardente, indomável, que eram meu corpo, meu toque, meus movimentos que o levavam àquilo. Adorava observá-lo – tão diferente de uma mulher, e ainda assim tão familiar. Seu corpo era como o meu, e eu via todo o meu prazer refletido nele, como se fosse um espelho.

Eu adorava a solidez de seu peito, a largura dos ombros que diminuía gradualmente até a cintura, o ângulo das costas conforme ele se afastava um pouco e empurrava os quadris para a frente. Eu amava os músculos definidos de seu abdômen, a discreta linha de pelos abaixo do umbigo, o brilho prateado de sua pele no escuro. E adorava a agonia em seu rosto, a boca aberta, os olhos semicerrados, o conflito em sua expressão. Ele estava lutando contra aquilo?

A ideia me deu satisfação, saber que ele se torturava, que sofria por mim de alguma maneira e que eu poderia livrá-lo daquele sofrimento.

– Quero que você goze – eu disse entre dentes cerrados. – Eu quero ver. Quero sentir na minha mão. Quero sentir na minha barriga.

Ele disse algumas palavras incompreensíveis, atormentadas, talvez nem fossem em inglês, virando a cabeça para o lado, como se ainda quisesse prolongar aquele momento. Seu perfil era tão bonito que me deixou irritado.

– Agora – ordenei, movendo a mão mais rápido e com mais força, sentindo minhas pernas bambearem conforme o clímax se aproximava. *Merda*, eu não queria perder o controle antes dele, mas tudo que eu fazia nele fazia em mim também. – Não resista, maldito. *Agora*. Agora!

Ele fez o que eu pedia, me agarrando com força e girando os quadris enquanto seu esperma quente e espesso jorrava, grunhindo algo que provavelmente era *aí está, seu cretino desgraçado* em russo. Pensar aquilo – que eu dominava meu próprio desejo incontrolável dominando o objeto desejado – era bastante excitante, mas ver aquilo – o gozo de outro homem – atingindo minha barriga e peito, escorrendo por minha mão e cobrindo todo o meu pau me fez perder a cabeça. Tudo ficou mais tenso e sufocante e distorcido e de repente saiu de mim com um urro em um jato de êxtase sobre nós dois.

Loucura. Era isso.

E eu não conseguia mais mantê-la aprisionada.

VINTE

MAXIM

FICAMOS LÁ PARADOS, respirando com dificuldade e cobertos por nossos fluidos corporais, a mão dele ainda segurando os paus. Pisquei algumas vezes, ainda duvidando se ele não era um fantasma. Ou talvez um sonho.

Mas ele continuava no mesmo lugar, os quadris sólidos e firmes e reais sob minhas mãos, o hálito quente em meu rosto. Eu não queria me mexer nem falar com medo de quebrar o encanto. Era seu coração acelerado que eu ouvia? Ou era o meu?

– Uh. Desculpe. – Tomando cuidado para não sujar o carpete, ele nos soltou.

– Não se desculpe. – Decepcionado, tirei minhas mãos dele, embora o que eu quisesse fosse puxá-lo mais para perto. – Foi ótimo.

– Foi. – Ele soltou o ar, fechando os olhos por um instante. – Eu já volto.

Ele pegou sua calça e saiu do quarto, e eu usei rapidamente o banheiro do corredor. De volta ao quarto de hóspedes, acendi o abajur na mesinha de cabeceira e vesti a cueca e a calça do agasalho que ele me emprestara. O tempo todo, tudo que eu pensava era *Mas que merda é essa? Por que ele continua pedindo desculpas? Foi lá se lavar para me tirar do corpo dele de novo?*

– Oi.

Ao ouvir sua voz, olhei para cima. Ele estava parado na porta, de jeans, mas sem camisa. Diferente de como invadira meu quarto antes, de forma tempestuosa, só desejo e músculos, agora parecia quase com medo de entrar.

– Oi. – Sorri para ele. – Pode entrar.

Ele avançou pelo quarto alguns passos, parando bem perto de onde eu estava. Remexeu-se. Enfiou as mãos nos bolsos.

– Ouça, sei que você não quer outro pedido de desculpa nem justificativas, mas acho que lhe devo uma explicação.

– OK.

– Você deve me achar um babaca – prosseguiu –, que entrou aqui daquele jeito e lhe disse aquelas coisas.

– Não o acho nem um pouco babaca.

– Você deve achar *alguma coisa* – ele continuou, passando a mão nos cabelos, deixando-os despenteados. Havia frustração em sua voz. – Você mal esboçou uma reação hoje cedo enquanto falávamos sobre o que aconteceu na noite passada. Aquilo me deixou maluco.

– E como eu deveria reagir? – olhei para ele, incrédulo. – Você disse que não tinha significado nada. Disse que estava bêbado. Disse para esquecer que tinha acontecido. Era isso que eu estava tentando fazer. – Hesitei, imaginando quão direto eu deveria ser, e decidi falar sem rodeios. Talvez ele quisesse ouvir a verdade. Talvez fizesse diferença. – Mas é inútil, Derek. Jamais vou esquecer o que aconteceu entre nós, ontem à noite ou hoje. E acho que você também não esquecerá. Mas, se não tiver gostado e quiser fingir que nada aconteceu, *de novo*, tudo bem.

Seu queixo tenso se contraiu, mas ele não disse nada por alguns segundos.

– Eu nunca disse que não gostei.

– Então, gostou?

Ele ergueu uma sobrancelha.

– Acho que ficou meio óbvio, não?

Tive que sorrir.

– Mas, Maxim, não *quero* gostar disso. Só me causa problemas. – Respirando fundo, ele encostou-se na cômoda, com os ombros caídos. – Eu disse a verdade hoje cedo. Nunca tinha estado com um cara antes. Mas eu... pensei nisso. E queria saber como era.

– E agora que sabe?

– Minha cabeça está ainda mais fodida. Se eu não tivesse vindo aqui, não saber continuaria me deixando maluco. Mas agora que sei, é quase pior. – Ele balançou a cabeça. – O que há de errado comigo?

Se eu achasse que ajudaria, teria ido até ele. Tocado nele. Tentado tranquilizá-lo dizendo que estava tudo bem, que estava tudo bem com *ele*. Mas de algum modo senti que seria o gesto errado. Em vez disso, escolhi minhas palavras com cuidado.

– Não há nada de errado com você, Derek. Não seja tão duro consigo mesmo. Você estava curioso, e eu também. Essas coisas acontecem. Se quiser esquecer que aconteceu, podemos fazer isso, mas se quiser ver onde isso vai dar... eu toparia também.

– Não sei o que quero. Quer dizer, sei o que quero *fisicamente*, pelo menos com você, mas isso não combina nem um pouco com meu projeto de vida.

– Que é?

– Uma esposa e filhos. Quero uma família.

Concordei com a cabeça devagar. Eu não sabia exatamente que rumo minha relação com Derek tomaria dali em diante, mas *certamente* não levaria a esposa e filhos. Enquanto eu tentava achar o que dizer, ele continuou.

– Eu já lhe contei, fui criado em uma família religiosa. Meus pais... – Ele balançou a cabeça. – Eles jamais entenderiam. Jamais aceitariam isso. *Eu* jamais aceitei.

– Há quanto tempo você luta contra o que sente?

– Há muito tempo. Talvez desde os doze ou treze anos. Mas sempre achei que houvesse algo de errado comigo. Algum tipo de defeito ou falha. Porque eu também gostava de garotas.

– Muita gente gosta.

Aquela frase o fez sorrir, mas o sorriso logo desapareceu.

– De todo modo, só o que fiz com esses sentimentos foi odiá-los e escondê-los. Rezar para que sumissem. Mas daí...

– Mas daí...?

Ele me lançou um olhar sedento.

– Você tem algo de especial.

– Eu me sinto mal por gostar disso. Mais ou menos.

– Não. Não se sinta mal. – Ele franziu a testa de raiva. – Desculpe. Nada disso é culpa sua, e eu tenho agido como se fosse.

– Não tem, não – eu disse, negando com a cabeça. – Derek, você tem sido tão bom para mim. Tem me tratado melhor do que qualquer outra pessoa. Não sei o que fiz para merecer sua gentileza e ajuda, mas sou muito grato a você. Jamais esquecerei o que fez por mim.

Um sorriso triste e discreto surgiu em seus lábios.

– Fico feliz em saber disso.

– É verdade. E gosto que fique feliz – acrescentei.

Ele abriu um pouco mais o sorriso, mas ainda havia tristeza nele.

– Gosta? Me sinto péssimo só por dizer essas coisas a você. Espero que não ache que o estou julgando. Meu problema é só comigo.

– Eu entendo.

– Entende?

– Sim. Nunca tive problema com isso como você, provavelmente porque sempre foi muito claro para mim que eu não sentia atração por garotas, mas também por causa de onde cresci. Ser gay abertamente na Rússia não é aceito. Não como aqui.

– Eu sei. E queria que fosse diferente. Quem me dera ser outra pessoa, o tipo de cara que não se importa com o que os outros pensam, porque estar com você é tão bom. Só não sei se consigo fazer isso. Algo em mim se recusa a ceder.

Vê-lo tão confuso, desejando ser outra pessoa para que pudesse ficar comigo, era de partir o coração.

– Derek, se você quiser que eu vá embora, se isso tornar as coisas mais fáceis para você, é só dizer e eu vou. Vou receber minhas economias amanhã e posso achar um lugar para ficar.

Ele fechou os olhos, soltando o ar devagar.

– Me deixe pensar a respeito.

– Claro. – Achei que ele fosse dizer boa noite e sair do quarto, mas em vez disso continuou parado à minha frente, apoiado na cômoda.

– Maxim. Venha cá.

Surpreso, permaneci imóvel.

– O que foi?

Ele me olhou nos olhos e falou com mais firmeza.

– Venha cá.

Caminhei na direção dele, mas só quando eu estava bem à sua frente ele abriu os braços para mim. Me enlaçou pela cintura. Me puxou para perto e encostou a testa em meu peito.

Coloquei meus braços em volta dele. Seu corpo era quente, mas calafrios percorreram minha espinha. Uma sensação de pura felicidade me invadiu, chegando até os ossos. Eu queria dizer algumas coisas. *Fique comigo. Me deixe abraçá-lo a noite inteira. Vou fazê-lo feliz.* Talvez ele quisesse dizer algo também – *não me deixe, quero ficar com você, me mostre como.*

Mas, um instante depois, ele me soltou e saiu do quarto, e nenhum de nós disse nada além de boa noite.

Voltei para a cama, mas continuei acordado pelo que pareceram horas, minha mente se recusando a desligar. Será que Derek ainda estava acordado? O que estaria pensando? Será que me pediria para ir embora? Pensei em tudo o que ele havia me dito naquela noite e fiquei feliz por ele ter confiado em mim e revelado seus sentimentos. Mesmo que não tivesse sido exatamente o que eu queria ouvir, pelo menos ele tinha sido sincero. Havia falado comigo sobre coisas que nunca dissera a ninguém. Aquilo me fez sentir como se ele tivesse me dado algo de si, algo mais precioso que suas roupas, seu quarto e até mesmo seu tempo. Havia me dado uma parte de si que ninguém mais tinha. Eu conhecia uma verdade sobre ele que ninguém mais conhecia. Conhecia um de seus segredos.

E queria conhecer todos eles.

Pela primeira vez, eu queria conhecer cada cantinho obscuro da mente de alguém. Queria provar cada pedacinho escondido de seu corpo. Queria ficar com ele.

Eu não queria apenas mais, queria *tudo*.

Para falar a verdade, era um pouco assustador.

VINTE E UM

DEREK

EU ESTAVA DEVASTADO.

A noite anterior acabara comigo.

Virando minha cadeira de escritório na direção da janela, olhei para os arranha-céus cheios de escritórios e apartamentos que cobriam o centro de L.A. Ruas congestionadas. Quarteirão após quarteirão de estabelecimentos comerciais, lojas, restaurantes. Calçadas lotadas de gente. Como era possível, em uma cidade com milhões de habitantes, alguém se sentir tão dolorosamente sozinho?

Mas eu me sentia assim. E já fazia tempo. Ter Maxim por perto durante o fim de semana me fizera perceber isso. Eu havia esquecido o quanto era bom tomar café da manhã com alguém. Fazer coisas para outra pessoa. Beijar alguém no escuro.

Tê-lo em minha casa fez com que ela parecesse menos vazia. Me deu um propósito. Me fez sentir necessário e útil e confiável. Eu não conseguia parar de pensar naquilo – Maxim *confiava* em mim. Eu tinha me aproveitado dele na noite passada? Eu o havia usado para tentar responder perguntas a meu respeito? E agora que conhecia a resposta – agora que eu *sabia* –, poderia me afastar dele? Me afastar da única pessoa no mundo que conhecia meu verdadeiro eu, o que havia de mais sombrio e profundo em mim? A única pessoa a quem eu confiara meu segredo?

Eu temia não conseguir me afastar, e aquele medo era tão grande quanto a loucura de desejá-lo. Meu Deus, como eu o desejava.

Senti um frio na barriga quando pensei na noite anterior. Tinha sido tão boa. Tão sincera. Tão intensa. Tudo que eu queria era fazer o que tínhamos feito de novo, e de novo, e de novo. Sentir aquela proximidade com ele. Aprofundá-la. Revelar mais sobre mim e descobrir mais sobre ele. Mas a que preço?

Será que eu estava mesmo preparado para abrir mão da minha fantasia de uma vida perfeita? De uma família perfeita? Será que havia mesmo feito de tudo para realizar meu sonho? Será que estava preparado para enfrentar a censura de meus pais, de colegas, de estranhos, de Deus e minha própria censura? Aquilo me faria mesmo feliz? E, do contrário, será que eu seria feliz casado com alguém por quem não estava apaixonado? Levar uma vida que me obrigaria a esconder parte de quem eu era de verdade? Reprimir para sempre o que quer que fizera me sentir tão *vivo* na noite passada? Talvez esse fosse meu castigo. Minha cruz.

Pelo menos eu teria uma família.

Mas e Maxim?

Maxim. Tão jovem, tão cheio de vida, tão disposto a abraçar o mundo. Ele tinha tanto a oferecer e tanto a aprender. Erros a cometer e sucessos a comemorar. Objetivos pessoais a alcançar. Ainda estava naquela fase da vida em que só se pensa em sexo, em comida e em seguir em frente. Eu lembrava bem como era, mas já tinha ficado para trás havia muito tempo.

Ele provavelmente logo se cansaria de mim. Ia querer conhecer pessoas da indústria do cinema, frequentar boates e viver a vida de um cara bonito com vinte e poucos anos em L.A., com suas *selfies* e *Snapchats* e *hashtags*. Eu estava mais perto dos quarenta do que dos vinte e não botava os pés em uma boate fazia anos, e as *hashtags* podiam *#sefoder*. Tirando Maxim, eu nem sabia como conversar com alguém de vinte e poucos anos. E que diabo ele via em mim? Eu, com meu cabelo grisalho e ossos estalando e noites de sábado que terminavam cedo. Ele podia ter quem quisesse.

E ele certamente não pensaria em ter uma família nos próximos anos. Mas eu não queria empurrar um carrinho de bebê pela vizinhança aos cinquenta anos. Quanto tempo mais eu podia esperar? Maxim dissera que estava disposto a "ver onde isto vai dar", mas não parecia certo brincar com seus sentimentos quando eu sabia que não ia dar em nada.

Você não pode ter tudo. Ou fica com a satisfação de curto prazo ou com seus objetivos maiores. Escolha.

Fazendo uma careta, girei a cadeira de frente para minha mesa, peguei o telefone e liguei.

– Alô?

– Oi, Carolyn, é o Derek. Tudo bem?

– Tudo bem, e você?

– Bem. Ouça, posso levá-la para jantar esta noite?

– Eu adoraria. A que horas?

– Que tal às sete?

– Perfeito. Dá tempo de dar uma corridinha depois da aula.

– Ótimo. Sabe, deveríamos correr juntos um dia desses.

– Seria ótimo. – Ela fez uma pausa. – Uau, você parece estar bem melhor do que estava no sábado à noite.

Será que ela percebia como aquilo era difícil?

– Busco você às sete.

– Está ótimo. Até lá, então.

Era isso. Um último esforço para tentar ser outra pessoa.

Meu celular ainda estava na mão quando vibrou com uma mensagem de texto de minha irmã.

> Oi! Só quero dizer que deu tudo certo com Maxim na noite passada. Ele é tão esforçado! Você deveria ter visto a cara dele quando lhe paguei no fim do turno – parecia que tinha ganhado um milhão de dólares... hahaha!

Ao ver o nome dele na tela, me senti culpado. Eu precisava contar ao Maxim o que estava fazendo com Carolyn. Não que eu tivesse feito promessas a ele nem nada do tipo, mas porque havíamos deixado algumas coisas em aberto na noite passada, e eu não queria enganá-lo. Ele merecia encontrar alguém mais corajoso que eu.

> Ele vai trabalhar hoje à noite?

Três pontinhos piscavam enquanto ela digitava a resposta.

> Sim. Vou buscá-lo às 15:30. Ele tentou me dizer que pegaria um ônibus.

A frase era seguida por emojis chorando de rir.

Eu deveria ter sorrido, mas não conseguia.

> Você pode levá-lo para casa depois?

Ela respondeu com um joinha.

Por alguns minutos, continuei sentado encarando o telefone, tentando pensar no que diria ao Maxim, como explicaria o que eu pretendia fazer. Até onde eu sabia, ele não se importaria.

Mas, assim que liguei, soube que se importaria.

– Alô?

– Oi. Sou eu.

– Oi. – Ele pareceu tão feliz em ouvir minha voz que me encolhi.

– O que está fazendo? – perguntei para ganhar tempo.

– Estou indo até a casa de câmbio. Descobri que tem uma Western Union a dois quilômetros de sua casa. Minha mãe ligou às 3 da manhã de hoje para dizer que havia transferido meu dinheiro.

Adoro o jeito como ele diz "quilômetros".

– Bom. Isso é bom.

– Sim, e fiz uma lista de coisas que preciso fazer depois disso. Não está orgulhoso de mim?

Oh, merda, isso é tão fofo.

– Estou. O que tem na sua lista?

– Abrir uma conta bancária, pedir um cartão de crédito, comprar umas roupas.

Com toda a confusão da noite anterior, eu esquecera de lhe dar as coisas que havia comprado. Agora, não tinha certeza se devia fazer aquilo.

– Bem pensado.

– Como está sendo seu dia?

Péssimo.

– Bom. – Franzi a testa. – Maxim, eu só queria que você soubesse que vou sair com Carolyn esta noite.

Silêncio.

– Oh.

– Eu quis ser sincero, porque você foi muito compreensivo durante nossa conversa ontem à noite. Decidi que não quero levar adiante o que tem acontecido entre nós. Simplesmente não posso fazer isso.

– OK.

– Sinto que devo a mim mesmo, e a ela, mais uma chance. – Eu estava enrolando, mas não conseguia parar.

– Entendo.

– Mas isso não significa que quero que você vá embora. Não quero. – *Eu quero as duas coisas.*

– Obrigado. Divirta-se hoje à noite.

– Obrigado.

Desliguei e encostei a testa na mesa, imaginando Maxim parado em frente à Western Union, olhando para o telefone e pensando *que covarde do cacete*. Era assim que eu me sentia, pelo menos.

Pouco depois, ergui a cabeça e tentei não pensar mais naquilo. Eu havia tomado a decisão certa. Tinha sido difícil, tinha sido realista. Eu havia considerado as opções, pesado os prós e os contras e tomado uma decisão com base nos objetivos a longo prazo estabelecidos havia bastante tempo. Era o que eu sempre fazia. Eu era assim. Ou, pelo menos, fingia ser. Mais cedo ou mais tarde, eu me conformaria.

Tinha que me conformar.

■

– **FIQUEI TÃO** feliz por você ter ligado. – Radiante, Carolyn esticou o braço e me deu um tapinha na coxa enquanto eu dirigia rumo ao centro. – Estava preocupada com você.

– Comigo? – Fingi surpresa.

– Sim. Você me pareceu preocupado outro dia.

– Ah, não há nada com que se preocupar.

– Bom saber. Aonde vamos?

– Pensei em levá-la ao bar da minha irmã. Você mencionou que nunca tinha ido ao Blind Pig. – Ignorei a voz em minha cabeça me dizendo que não era bem aquele o motivo de eu querer ir lá. A voz que sabia que eu era uma fraude. Que reconhecia minha incapacidade de ficar longe dele.

– Nunca fui! – Carolyn estava animada. – Adoraria ir! Sua irmã é tão simpática. Gostei muito dela.

– Ela também gostou de você.

– Ela disse isso? Oh, meu Deus. – Ela fez um gesto vago. – Nossa, isso foi tão colegial da minha parte. Ignore.

– Na verdade, não foi só Ellen que disse isso. Maxim, Gage e Lanie também fizeram questão de me dizer que você é incrível. – Era um pouco de exagero, mas gostei de vê-la corar, e foi um alívio saber que eu ainda conseguia ser charmoso quando queria.

Continuei agindo daquele jeito, abrindo a porta do carro para ela, ajudando-a a sair, andando de braços dados enquanto íamos do estacionamento até o bar. Ela parecia extremamente feliz, mais bonita do que eu jamais a vira, na verdade, e com certeza parecíamos o casal perfeito aos olhos dos outros.

Mas, assim que entramos no bar, olhei ao redor em busca de Maxim e, quando o vi passar apressado, carregando várias garrafas de bebida, meu estômago se contorceu. Que merda eu estava fazendo? Era tão injusto levar Carolyn lá, desfilar com ela bem debaixo do nariz dele. E, assim que botei os olhos nele, eu o desejei ainda mais. A diferença de reação do meu corpo a ele e à Carolyn era inacreditável.

Apenas finja, eu disse a mim mesmo, passando um braço pela cintura de Carolyn. *Se não consegue acabar com esse sentimento, pelo menos finja.*

Não foi fácil – toda vez que eu o via pelo canto do olho, deixava de prestar atenção no que Carolyn estava falando –, mas achei que havia me saído bem. Maxim se saiu ainda melhor. Tudo bem que ele estava trabalhando e eu estava em um momento de lazer, mas ele mal olhou para nós durante todo o tempo em que ficamos lá. Ele nos cumprimentou com um aceno de cabeça quando chegamos e mais nada. Será que estava bravo? Aquilo me deixou irritado. Ele dissera que para ele tanto fazia! Será que achava fácil sentar à mesa diante de uma pessoa desejando outra? Ter que disfarçar o que sentia? Se sentir péssimo e envergonhado e culpado por agir assim? *É tão fácil para você, não é, Maxim? Você sabe exatamente quem é e o que quer e não se importa com o que os outros pensam. Bem, comigo não é assim, então não diga que me entende para depois me julgar.*

Pior do que ele ter me ignorado daquela forma foi vê-lo flertando com clientes. Flertando! Com mulheres! Lançando seu sorriso russo malicioso, com aqueles grandes olhos azuis, e provavelmente as encantando com seu sotaque. E elas riam e piscavam languidamente e o tocavam no braço ou no peito. Elas provavelmente achavam que iam para casa com ele. Precisei de muito autocontrole para não ir até lá e gritar: *Vão se foder, ele nem gosta de mulher!*

Eu me esforcei ainda mais com Carolyn. Fui atencioso e gentil. Ri de suas piadas. Disse a ela o quanto estava linda. Perguntei sobre sua família, trabalho, música favorita. Enalteci sua paciência como professora, disse o quanto ela provavelmente era melhor que eu em matemática, comentei que a admirava por correr maratonas. Segurei sua mão enquanto caminhávamos de volta para o carro. Eu a beijei na porta de sua casa, um toque inocente dos meus lábios nos dela, esperando que aquilo me deixasse excitado.

Mas não deixou.

Pare com esta farsa, porra. É torturante.

Enquanto eu tentava achar um modo de me afastar sem parecer um cretino completo, Carolyn falou.

– Derek – disse, colocando os cabelos atrás das orelhas. – Espero que não me leve a mal, mas... – Ela sorriu embaraçada. – Por algum motivo, acho que não temos química. Ou o tipo certo de química. Gosto muito de você e acho que você gosta de mim, mas... – Ela balançou a cabeça. – Falta alguma coisa. Torci muito para que acontecesse com o tempo ou para que de algum modo descobríssemos como fazer dar certo, mas não funcionou. – Ela tinha uma expressão angustiada. – E é *mesmo* uma pena, porque você é lindo, e um cara incrível, e é solteiro, e eu também, e eu não transo há muito, muito, muito tempo, mas sinto que é melhor sermos só amigos.

Uma onda de alívio me invadiu.

– Carolyn, sinto muito.

– Não sinta. Eu me diverti com você. E não quero que suma.

– Também me diverti com você. E queria que as coisas fossem diferentes.

– Eu também queria. Vai saber... quem sabe em outra vida nós tivéssemos sido mais do que amigos – ela disse brincando, enfiando as mãos nos bolsos. – Mas esta vida é só o que temos, e eu gostaria de passar o resto da minha com alguém que seja louco por mim. – E sorriu com tristeza. – Só tenho que encontrar essa pessoa primeiro.

– Encontrará. Você é fantástica, Carolyn. E um cara de sorte vai cruzar o seu caminho e se apaixonar perdidamente por você. Sei disso.

– Talvez. – Ela deu de ombros, mas me pareceu feliz com a ideia. – E você?

Eu não sabia ao certo o que ela queria dizer com aquilo.

– E eu o quê?

– Tudo bem para você?

– Claro. Para ser sincero, também senti a mesma coisa, mas não quis dizer nada sem antes nos dar uma chance.

– Tivemos nossa chance. Só não era para ser. – Ela hesitou, como se quisesse dizer algo, mas não tivesse certeza se devia.

– O que foi? – perguntei.

Ela inclinou a cabeça.

– Posso dizer uma coisa? Vai parecer loucura, e eu posso estar errada, mas é algo que não sai da minha cabeça há dois dias, e não quero ofendê-lo, mas talvez...

– Carolyn.

– OK. – Ela respirou fundo. – Talvez eu esteja totalmente enganada, mas senti que havia algo entre você e o Maxim no sábado à noite. Talvez seja coisa da minha cabeça, mas...

– E é – eu disse rapidamente. – Não tem nada a ver.

Ela levantou as mãos, mostrando as palmas para mim.

– Como eu disse, posso estar errada.

– Está. – Eu tinha que sair de lá. Minha nuca ardia, e eu temia que minha cara me entregasse. Não estava preparado para aquilo. – Preciso ir.

Ela pareceu desapontada.

– OK. Desculpe, Derek. Eu não quis ofendê-lo. Apenas sei o quanto é difícil encontrar alguém com quem se tem química, e você disse que estava se sentindo confuso, e eu achei...

– Achou errado. – Recuei. – Mas não tem problema. Não estou ofendido.

– Bom saber. Bem... boa noite.

– Boa noite.

Desci os degraus do alpendre e caminhei pela calçada em frente à casa, sentindo os olhos dela em mim. *Ela sabe. Estava na cara, e ela sabe.* Mas como? Ninguém mais dissera nada! Mas ninguém mais estava interessado em um relacionamento comigo ou prestando tanta atenção em mim como ela. Além disso, Carolyn era inteligente e intuitiva. Ela provavelmente tinha percebido como eu olhara para Maxim no sábado à noite, talvez até hoje à noite. Não fui discreto o bastante.

Reprimindo um gemido, entrei no carro e dei a partida, mais perturbado do que nunca.

Maldito Maxim. Maldito seja por vir aqui e bagunçar minha vida desse jeito. Eu tinha um plano, e você o arruinou. Talvez eu tenha dado o primeiro passo – e o segundo –, mas por que você tinha que se entregar tão facilmente? Por que não bateu a porta na minha cara? Por que me deixou fazer aquelas coisas com você?

Dirigi para casa, irritado e confuso e mais incerto do que nunca de que eu não tentaria fazer aquelas coisas de novo naquela noite.

Na verdade, eu tinha quase certeza de que tentaria.

VINTE E DOIS

MAXIM

EU NÃO tinha o direito de estar bravo. Sabia disso. Em um nível racional, eu sabia que Derek tinha todo o direito de dizer "não" para mim e sair com Carolyn. Ou com qualquer outra pessoa.

Mas ele tinha que levá-la para *lá*, onde sabia que eu os veria juntos? Onde eu teria que vê-lo dedicar a ela a atenção que eu queria receber dele? Onde eu seria forçado a encarar o fato de que ele não me queria o bastante para superar seus medos? De que *eu* não bastava?

Devia haver milhares de restaurantes naquela cidade. Por que ele tinha que escolher aquele onde eu trabalhava?

Ele havia feito de propósito, só para me torturar. Por quê?

Passei a noite inteira irritado com ele, mas também comigo, por estar irritado, para começo de conversa. Era um maldito círculo vicioso de raiva que me deu dor de cabeça até o fim da noite. Fiz um esforço absurdo para flertar com mulheres só para provocá-lo. Espero que ele tenha visto.

Meu Deus, será que eu tinha mesmo achado que ele ia me escolher? Que só porque ele havia me deixado chupá-lo na cozinha e me masturbado no escuro eu importava para ele? Eu só o conhecia havia três dias! Ele havia passado uns vinte anos fingindo ser totalmente hétero porque achava que sentir atração por homens era errado. Será que eu pensara mesmo que seria aquele que o faria mudar? Talvez eu tenha sido aquele que finalmente tentou o bastante para que agisse segundo seus impulsos sexuais reprimidos, mas aquilo não passava de atração superficial. No fim das contas, era só isto que eu era para ele – uma transa.

E eu não queria ser sua obra de caridade. Assim que fosse humanamente possível, eu sairia de sua casa. Agora já tinha minhas economias e estava ganhando *muito* mais dinheiro no trabalho do que jamais ganhara. Eu podia não ter um Range Rover ou um Rolex, mas tinha a experiência das ruas e habilidades de sobrevivência e vinha de uma longa linhagem de pessoas que haviam feito o que fosse necessário para sobreviver. Não precisava que ninguém me entregasse o luxo de bandeja – eu podia consegui-lo com meu próprio esforço, e conseguiria. A primeira coisa que faria no dia seguinte seria encontrar outro lugar para morar.

Eu estava calado e emburrado na volta para a casa do Derek, e Ellen notou.

– Ei. – Ela me olhou de relance. – Está tudo bem?

– Está.

– Você não parece bem. Sei que os russos não são tagarelas por natureza, mas hoje você está sério demais até para um russo. E sua aura está um pouco perturbada.

– Está?

– Sim. E escura. Muito escura. Percebi isso quando fui buscá-lo hoje à tarde, mas agora sinto *de verdade*.

– Desculpe. – Tentei pensar em uma cor clara, assim quem sabe minha aura não a preocupasse.

– Não se desculpe. Todo mundo tem direito a uma aura escura de vez em quando. Mas aconteceu alguma coisa no trabalho?

– Não.

Depois de mais ou menos um minuto de silêncio, ela disse:

– Você sabia que Derek levaria Carolyn lá hoje à noite?

– Não. – Pensei no que eles estariam fazendo naquele instante. Ele a estaria beijando? Tocando? Fodendo? O ciúme, desconhecido e indesejado, se apossou de mim. *O que eles fazem não é da sua conta.*

– Ela é tão simpática, mas... – Sua voz morreu, mas fiquei de orelha em pé. – Não sei se eles combinam. Tem alguma coisa errada. É como se estivessem se esforçando demais para dar certo.

– Mmm.

Ellen riu.

– Agora só faz ruídos, é? Nem usa mais palavras? – Ela deu um tapinha na minha perna. – Coitadinho. Vou deixá-lo em paz.

No início, agradeci por ter me deixado quieto, mas talvez eu devesse tê-la estimulado a continuar falando, porque meu cérebro estava preenchendo o silêncio com lembranças da voz do Derek, grave e rouca. Sua respiração rápida. Seus gemidos suplicantes. Será que ele estava gemendo assim com ela naquele momento? Estava dizendo a ela que queria mais? Estava mandando que ela gozasse como havia me mandado? Talvez. Talvez aquele fosse o seu comportamento padrão. Talvez ele até seguisse um roteiro.

Depois de dizer um rápido "obrigado e boa noite" à Ellen, entrei pela porta principal e a tranquei atrás de mim. Todas as luzes estavam apagadas e a casa estava em silêncio total. Então congelei ao ouvir um som de gelo num copo vindo da sala de estar.

Que estranho. Derek estava em casa? E sentado sozinho no escuro? Ou Carolyn estava com ele?

A última coisa que eu queria era interromper, mas, considerando a remota chance de que não fosse Derek, e sim algum tipo de invasor, parei na soleira da sala e espiei na escuridão. Pensei ter distinguido uma figura solitária sentada no sofá, mas meus olhos ainda estavam se acostumando à escuridão quando falou:

– Entre.

Era ele.

– Não, obrigado.

– Entre.

As coisas têm sempre que ser do seu jeito, não é? Eu me odiei por fazer o que ele queria, mas entrei na sala. Ele se levantou, foi até o carrinho de bebidas que ficava perto da janela e despejou algo num copo. A luz cinza-prateada que passava pelas cortinas destacava sua silhueta, e seus ombros pareciam ainda mais largos do que eu me lembrava. Meu pau me traiu e tentou levantar.

– Quer beber? – ele perguntou.

– Não, obrigado. – Banquei o russo tranquilo, porque sabia que isso o incomodaria.

Ainda sem olhar na minha direção, ele levou o copo aos lábios.

– Como foi sua noite?

– Ótima – menti. – E a sua?

– Boa. – Ele não disse mais nada, e eu não estava a fim de perguntar.

– Acho que vou para a cama. – E então continuei lá parado por algum motivo idiota, como se esperasse que ele me pedisse para ficar.

Não pediu.

Estufei um pouco o peito.

– Vou embora amanhã. Acharei outro lugar para ficar.

Uma pequena pausa enquanto ele bebia.

– Por quê?

– Porque é a coisa certa a fazer.

– A coisa certa a fazer – ele repetiu, e me perguntei se estaria bêbado. Ele tomou o resto do que quer que fosse que estivesse bebendo e pousou o copo. Então veio na minha direção e ficamos frente a frente. – A coisa certa a fazer seria subir e trancar sua porta. Mas você não vai fazer isso, vai?

Era um desafio, e eu o aceitei.

Dei as costas para ele e tentava deixar a sala quando ele agarrou meu braço e me puxou de volta. E então sua boca estava na minha, quente, firme, intensa, uma das mãos na minha nuca, a outra segurando meu antebraço.

Após alguns segundos de um êxtase atordoante – *ele ainda me quer* –, eu o empurrei. Com força.

– Isso. Lute comigo – ele estourou, tirando a camisa pela cabeça. – Revide. – Ele veio para cima de mim de novo, só força, raiva e desejo, me empurrando contra a parede da sala de estar. – Eu *quero* que você diga não. Eu *quero* que você me afaste. Eu quero que você bote um fim nisso porque eu simplesmente não consigo. – Seu quadril se chocou com o meu, o volume sólido de sua ereção se esfregando em mim. – Eu não consigo, porra!

Eu nunca havia me sentido tão dividido entre orgulho e tesão antes. Eu o desejava tanto quanto queria rejeitá-lo. Porque tudo aquilo era um jogo para o Derek – ele estava me usando como se eu fosse um brinquedo.

Mas ele estava tão sexy daquele jeito – cheio de fúria e paixão e uísque, incapaz de se controlar. Ele queria lutar? Eu podia lutar com ele. Mas primeiro o deixei me beijar, deixei sua língua invadir minha boca e até retribuí o beijo, mas, quando sua mão chegou perto da minha virilha, eu o empurrei de novo.

– Agora você me quer? E Carolyn? Decida-se, Derek.

– Eu vi você hoje à noite, flertando com as pessoas. – Ele estava com os punhos cerrados e os braços esticados dos lados do corpo. – E não gostei nem um pouco.

– Eu vi *você* hoje à noite, do jeito que você provavelmente queria que eu visse, em um encontro romântico com uma mulher. – Avancei na direção dele, e ele recuou um pouco. – Então, qual é a sua? – Agarrando minha camiseta pela parte de trás da gola, eu a tirei e joguei para o lado. – O que você quer? Isto ou aquilo?

– Vai se foder. – Ele se lançou contra mim e nossos corpos se chocaram, apenas mãos tateantes e bocas abertas e respiração pesada e difícil. Passei uma perna por trás dele e o derrubei de joelhos, e ele me empurrou de costas, seu corpo esparramado sobre o meu.

Seu peso sobre mim era tão bom, e debaixo dos jeans nossos pênis se esforçavam para ficar mais perto, se avolumando contra o tecido, conforme Derek esfregava seu quadril no meu – uma fricção deliciosa e torturante. Minhas mãos estavam em toda parte.

– Deus me perdoe, mas preciso ter você – sussurrou. Ele deslizou a boca pelo meu pescoço e peito, pelos músculos tensos da minha barriga. Quando chegou ao cós da calça, voltou a ficar de joelhos, montado nas minhas pernas. Me apoiei nos cotovelos, incrédulo, e o vi desabotoar, abrir o zíper e baixar minha calça até as coxas, meu pau saltando, livre.

Achei que ele fosse hesitar. Achei que fosse perguntar se podia. Achei que fosse fazer inúmeras coisas que indicassem que jamais havia chupado um pau antes e que talvez se sentisse confuso.

Nada disso.

Segurando meu pênis com uma das mãos, ele o posicionou na direção de sua boca e baixou a cabeça, me colocando entre os lábios. Gemi quando sua língua deslizou pela coroa e ele começou a chupar, a cabeça subindo e descendo. Oh, meu Deus, aquilo estava mesmo acontecendo? Como era possível conseguir o melhor boquete que eu já tivera de um novato total? Como ele conseguia me levar tão fundo, me chupar tão forte e me masturbar do jeito certo com a língua?

Porque assim é o Derek. Perfeito em tudo.

– Jesus! – exclamei, fechando os olhos ao bater no fundo de sua garganta de novo, e de novo, e de novo. Se continuasse olhando, aquilo terminaria em pouco tempo, e eu queria que aquele êxtase quente, úmido e alucinante continuasse para sempre. Mas até mesmo os sons eram excitantes para mim – ele estava dando tudo de si – e eu sabia que não conseguiria me conter.

Abri os olhos e ele olhou para mim. *Oh, merda.*

– Vou gozar – ofeguei.

Ele começou a me chupar com ainda mais força, um grunhido feroz escapando de sua garganta, como se ordenando que eu gozasse, me ameaçando se eu não o fizesse. Sem problema, porque um segundo depois eu chegava ao orgasmo, e gemia e arfava e xingava enquanto meu pau pulsava e jorrava em sua boca, e via tudo acontecer com olhos arregalados e incrédulos.

Depois de engolir até a última gota, ele me soltou e se arrastou por cima de mim, procurando minha boca. Ele tinha gosto de uísque e sexo, e eu não me cansava de beijá-lo.

– Quero foder você – ele disse as palavras sensuais nos meus lábios.

Meu corpo, que estava completamente sem força, de repente recuperou as energias.

– Precisamos...

– Lá em cima. – Sua voz estava densa de urgência. – Meu quarto.

Dois segundos depois, subíamos a escada e ele me puxava para seu quarto, que estava escuro como breu. Com mãos ávidas, arrancamos os sapatos e meias, tiramos os jeans e as cuecas e caímos na cama, as bocas unidas. Acabei de costas para a cama e ele se posicionou entre minhas pernas, esfregando o pau duro e escorregadio contra o meu, que estava voltando à ativa rapidamente.

– Adoro seu corpo. – Suas palavras fizeram fogos de artifício explodir dentro de mim.

– Também adoro o seu – eu disse, deslizando as mãos por suas costas e ombros largos, musculosos.

– Mais – ele disse naquela sua voz de comando. – Eu quero mais.

– Então venha pegar.

Ele ficou de joelhos e ouvi o som de uma gaveta ser aberta e fechada. Vários cliques e claques. Mãos sendo esfregadas. Na penumbra, pude vê-lo se preparando para me foder, e meu coração bateu furiosamente no peito. Vi quando ele começou a se masturbar, um tremor percorrendo meu corpo quando senti seus dedos quentes e escorregadios deslizarem por entre minhas pernas. Ele explorou meu corpo com destreza e sem pudores, me tocando com tanta habilidade que era difícil acreditar que nunca tivesse feito aquilo antes. *Adoro suas mãos.*

Dobrei os joelhos e me abri mais para ele, convidando-o para um toque mais íntimo. Ele enfiou um dedo em mim, e meus músculos do abdômen se retesaram com o toque suave e ao mesmo tempo firme.

– Isso – sussurrei. Um dedo se transformou em dois, me excitando, acariciando e alargando. Não sei se por acaso ou de propósito, ele estimulou minha próstata, e a parte inferior do meu corpo começou a vibrar. *Puta que pariu, como isto é bom.* Totalmente excitado novamente, segurei meu pau e comecei a mover os quadris, fodendo sua mão e a minha ao mesmo tempo.

Ele grunhiu.

– Jesus! Isto é tão bom. Não pare.

Continuei com aquilo, tomando cuidado para não me empolgar demais, porque não podia gozar ainda. Mas seus dedos estavam tão fundo, e ele me olhava de um jeito tão sexy, e só dá para lutar contra seu próprio corpo por um tempo antes que ele diga *foda-se, está acontecendo*. E eu queria que acontecesse com ele.

– Derek – falei com esforço. – Agora.

Eu nunca havia desejado tanto alguém e jamais me preocupara tanto em tornar uma experiência perfeita para alguém. Não é que eu tenha sido um amante egoísta, mas antes havia sido basicamente só a parte física do sexo. A excitação, a transa, o orgasmo. Com Derek, era diferente – eu tinha ciência do desejo dele por mim em um outro nível. Eu sabia que precisava ser algo forte o bastante para que ele vencesse os medos que habitavam o âmago de seu ser. Sabia que ele havia me escolhido não apenas em detrimento de outro homem, mas em detrimento *de si mesmo*.

Eu queria que valesse a pena.

VINTE E TRÊS

DEREK

TINHA CHEGADO a hora. Não dava para voltar atrás.

Não que eu quisesse voltar atrás. Todas as minhas inibições haviam desaparecido, aniquiladas pela minha necessidade física de *ter* aquele homem. *Possuí-lo*. *Saber*, de uma vez por todas.

Eu mal conseguia me controlar ao abrir a embalagem de preservativo e colocá-lo no meu pau ansioso. Meus dedos tremiam. Era um tipo de excitação diferente de tudo que eu já tivesse sentido – um turbilhão vigoroso de nervosismo, desejo, expectativa, medo, esperança, pavor, cobiça, alegria. E, no centro de tudo isso, no olho do furacão, minha percepção dele. Maxim. Eu não queria só responder a uma pergunta. O que eu queria era *ele*.

Depois de voltar da casa de Carolyn, eu tentara me entorpecer com uísque – eu não aprendia nunca – e esquecer o que sentira ao vê-lo flertar com aquelas mulheres. Mas era inútil. Soube que era inútil no momento em que ouvi sua chave na fechadura. Soube o que faria no instante em que o vi de onde estava sentado, sozinho, no escuro. Eu só torcia para que ele tivesse o bom senso de me fazer parar.

Mas ele não teve. E, quanto mais nos beijávamos e tocávamos e lutávamos contra o que finalmente percebi que seria o desfecho inevitável daquela paixão, mais eu queria me entregar ao que sentia.

Então me entreguei – repeli qualquer dúvida que ainda restasse e deixei meus instintos mais primitivos assumirem o controle. E agora estava sendo recompensado.

O corpo dele sob o meu. O pau dele na minha boca. A porra dele descendo pela minha garganta. Sua bunda durinha e sexy se esfregando nos meus dedos. Sua mão no próprio pau.

Devagar, devagar agora.

Meu coração estava aos pulos. Eu não conseguia respirar. A voz baixa e doce de Maxim no escuro era como um segredo que eu queria guardar para sempre.

Ele fechou os olhos, respirando fundo e de forma ritmada, uma expressão tensa em seu rosto enquanto eu gentilmente enfiava a cabeça do meu pau dentro dele.

Eu não conseguia falar. Nem mesmo conseguia formar frases na minha cabeça – só conseguia combinar palavras aleatórias conforme meu cérebro tentava processar o que eu estava sentindo enquanto deslizava cada vez mais fundo, pouco a pouco. Porra. Sim. Gostoso. Apertado. Isso. Mais. Quero.

Quando já estava enterrado nele, me dobrei para a frente, me apoiando nos braços e sustentando meu corpo acima dele, meus lábios a um centímetro dos dele. Fechei os olhos.

– Ah, meu Deus.

Ele me envolveu com os braços e pernas.

– Está gostando?

Engoli em seco, com medo de me mexer, pois sabia que ia gozar logo.

– Sim.

Ele me beijou, sua língua passando de forma provocadora entre meus lábios.

– Eu quero que isto seja tudo o que você imaginou.

Mas eu não tinha imaginado nada remotamente parecido com aquilo.

Lentamente, com um controle que me deixou chocado, comecei a mover os quadris, entrando e saindo daquele lugar inacreditavelmente quente. Ele gemeu nos meus lábios, e adorei aquele som, então me movi um pouco mais rápido, com um pouco mais de força, para que ele gemesse de novo. *Isto é tão bom, é bom pra cacete.* Eu jamais havia sentido nada assim.

– Você é perfeito – ele sussurrou –, totalmente perfeito.

Estava tudo perfeito, cada detalhe – suas pernas me enlaçando, suas mãos nas minhas costas, seu hálito nos meus lábios. Eu me senti próximo dele. Como se o que estávamos fazendo não tivesse só a ver com sexo – tinha a ver *conosco.* Ergui um pouco a cabeça para ver seu rosto, e nossos olhares se cruzaram. *Puta que pariu.* Naquele instante, entendi por que ele havia entrado tão rápido na sala de estar quando eu olhara para ele. Havia algo tão íntimo, tão poderoso, tão vertiginosamente sexy no contato visual em um momento como aquele. Era mais do que contato. Era uma *ligação*, e era intensa.

Meu corpo reagiu, movendo-se mais rápido, com mais força e indo mais fundo, e, quando percebi, eu o estava fodendo de forma selvagem, cada estocada violenta pontuada por um grunhido que saía do fundo da minha garganta e pelo som de uma pele contra a outra. Agarrei a cabeceira da cama, quase desesperado, como se precisasse me controlar. Ele levou a mão até o próprio pau e se masturbou da mesma forma desenfreada como eu o fodia, todos os músculos de seu braço, do abdômen e do peito flexionados, apertando as pernas em volta do meu corpo.

Era tudo o que eu sempre quisera que o sexo fosse – suado e intenso e vigoroso e animalesco e *porra, porra, vou gozar* e, ao vê-lo perder o controle sob o meu corpo, eu finalmente gozei.

Mas não foi a visão de seus músculos, da mão ou do pau. Eu nem estava olhando para aquelas partes.

Foram seus olhos. Foi a ligação. Era a chave de tudo, pois não era apenas uma ligação com ele – era uma ligação *comigo mesmo*, uma forma de entender aquela parte de mim que eu sempre achara incompreensível, estranha e feia.

Com Maxim, tudo fez sentido. Aquilo era tão parte de mim quanto meu coração batendo no peito ou o sangue correndo em minhas veias. E era bonito.

Com ele, era bonito.

■

DESABEI SOBRE SEU PEITO, enterrando o rosto em seu pescoço.

– Oh, meu Deus.

Suas mãos deslizaram para cima e para baixo nas laterais do meu corpo.

– Acho que você mentiu para mim.

– Sobre o quê?

– Sobre nunca ter transado com um cara antes.

– Não menti. Você é o primeiro.

– Fico muito feliz com isso.

– Eu também. – Por um momento, me perguntei se teria havido um primeiro se Maxim não tivesse entrado em minha vida. Eu não conseguia imaginar nenhum outro cara no mundo que pudesse me levar a isso. Era tudo por causa dele.

– Então está tudo bem para você?

– Sim. Acho que sim. – Respirei. – Mas não sei o que faremos daqui para a frente.

– O que quer fazer?

Pensei um pouco.

– Não sei. Eu estaria mentindo se dissesse que poderia abrir mão do que temos.

– Ótimo. – Ele beijou minha cabeça. – Também não quero abrir mão do que temos.

– Mas você e eu juntos… – Descolei meu peito do dele, apoiando meu peso nas mãos fincadas no colchão. – Não faço ideia de como é. De como devemos agir. Não estou pronto para assumir em público.

– Entendo. E não sou mesmo uma pessoa que gosta de público.

– Então nós só… o quê? Ficamos juntos aqui?

– Sim.

– Isso quer dizer que você não vai embora amanhã?

Ele sorriu.

– É. É isso.

– Que bom.

– Mas vou embora daqui a duas semanas. Você se cansará de mim até lá, de qualquer modo.

Dei risada, mas pouco depois, enquanto estava sozinho em meu banheiro lavando as mãos, me perguntei se ele estava certo. Será que me cansaria dele? Seria uma paixão passageira? Tão breve quanto intensa? Será que brincaríamos de casinha por duas semanas enquanto ele estivesse aqui e terminaríamos quando ele se mudasse? Por um lado, provavelmente era isso que eu deveria torcer para que acontecesse. Que, o que quer que houvesse entre nós, acabasse antes de afetar minha vida a longo prazo. Uma química tão explosiva quanto a nossa era insustentável de todo modo, não? Aquela chama sempre se apagava, sendo gay ou hétero. Ouvia isso o tempo todo de amigos casados.

Então decidi não me torturar por causa do que estávamos fazendo. Não ia durar muito. Eu só precisava botar aquilo para fora, e então nós dois poderíamos seguir em frente, livres para buscarmos nossos maiores objetivos. Era como uma parada não programada em uma excursão. Apenas diversão. Há quanto tempo que eu não fazia algo só para me divertir? Algo espontâneo, meramente por prazer?

Satisfeito com minha decisão, escovei os dentes, apaguei a luz e voltei para o meu quarto. Maxim não estava lá, nem suas roupas. Fui até o corredor e vi que ele não estava no banheiro. A porta de seu quarto estava entreaberta e o abajur estava aceso.

Franzi a testa. Eu deveria dizer boa noite? Não havíamos dito antes. Meio que me levantara para usar o banheiro e ele fizera o mesmo. Não sei por que presumi que ele voltaria para minha cama. Eu nem tinha certeza se queria que ele voltasse. Mas esse parecia um desfecho anticlimático para uma noite maravilhosa.

Ele apagou o abajur e eu voltei para o meu quarto, um pouco decepcionado, depois irritado comigo mesmo por ter me sentido assim. *Não seja ridículo. Ele não é seu namorado. Está mais para... amizade colorida. Lembra disso? Alguém que não fica para dormir.*

Certo. Era melhor deixar alguns limites bem claros. Obviamente, até Maxim percebia isso. Que alívio saber que pensávamos da mesma forma. Virando as cobertas, me enfiei na cama, programei o despertador e apaguei meu abajur. Quando deitei no travesseiro, percebi que ainda sentia o cheiro dele nos lençóis.

Fechei os olhos e inspirei profundamente.

VINTE E QUATRO

MAXIM

TERMINEI DE ESCREVER em meu caderno, coloquei-o de volta na gaveta e apaguei o abajur. Não tinha escrito muita coisa, só algumas impressões, mas não queria jamais esquecer o quanto fora bom. E, se acordasse no dia seguinte e nada daquilo fosse verdade, pelo menos teria um registro do que sonhei.

Olhei de relance para a porta, que eu deixara entreaberta em uma espécie de convite indireto. Porque, embora fosse adorar dormir ao lado dele – na verdade, o que gostaria mesmo era que ficássemos acordados conversando e nos beijando e tocando um ao outro a noite toda, algo que eu *jamais* fizera nem quisera –, voltar para a cama dele pareceria muita presunção minha. Se ele me quisesse lá, viria me buscar, mas, se não viesse, também não tinha problema. Eu entendia que havia alguns limites que ele não queria cruzar. Não ainda, pelo menos.

Depois de alguns minutos de silêncio, soube que ele fora para a cama e me ajeitei sob as cobertas. No escuro, nem precisava fechar os olhos para relembrar os meus momentos favoritos daquela noite. O olhar dele enquanto tinha meu pau na boca. A forma como se movera dentro de mim, devagar no início, depois com toda a paixão avassaladora de uma tempestade de verão. Sua voz, rouca e macia. *Eu estaria mentindo se dissesse que poderia abrir mão do que temos.*

Com certeza, tinha sido o boquete mais gostoso que eu já recebera, o melhor sexo que já tivera e jamais esqueceria a expressão do Derek ao perder o controle dentro de mim. Ele havia se entregado completamente, de forma tão apaixonada. Mas era de suas palavras que eu mais gostava. Ou talvez de sua sinceridade. Sua vontade de tentar ficar comigo. Ele havia percorrido um longo caminho em poucos dias.

Nenhum de nós sabia onde aquilo ia dar, mas ali era a América. Tudo era possível, certo?

Sorrindo, virei de barriga para baixo e me estiquei. Eu não procurara nada daquilo. Mas estava muito feliz de ter encontrado.

■

NA MANHÃ SEGUINTE, tomei banho, me vesti e desci a escada, e então tive uma surpresa – Derek estava à mesa, tomando café e usando seu laptop. Seu cabelo estava um pouco úmido, e ele vestia jeans e camisa casual. Estava descalço. Pode ter sido minha imaginação, mas ele me parecia muito mais relaxado do que nos últimos três dias. Nada de testa franzida, lábios comprimidos, tensão no pescoço.

– Bom dia – eu disse, incapaz de tirar o sorriso do rosto. – Achei que estivesse no escritório.

Ele pousou sua xícara de café.

– Eu não tinha nada de importante programado, então reorganizei minha agenda para poder tirar o dia de folga. Nem lembro mais a última vez que fiz isso.

– O que fará em seu dia de folga?

– Tenho algumas coisas a fazer, mas pensei se você não gostaria de fazer compras. Na verdade, comprei umas roupas para você no sábado, mas não sei se elas vão servir nem se você as quer. – Ele deu de ombros como se não fosse grande coisa. – Eu pretendia deixá-las no seu quarto ontem, mas foi um dia agitado e acabei esquecendo.

– Você comprou roupas para mim no sábado? – Não sei por que fiquei tão surpreso. Era bem a cara do Derek fazer algo tão gentil. – Não precisava ter feito isso.

Ele fez um gesto no ar, como quem diz que não foi nada.

Talvez nem sirvam. E são só uma calça e duas camisas. Você vai precisar de mais do que isso.

Concordei com a cabeça.

– Fazer compras hoje seria ótimo. Mas tenho que estar de volta às três e meia, porque Ellen vem me buscar.

– Posso deixá-lo no trabalho quando terminarmos. O café ainda está quente, se quiser.

– Obrigado. – Peguei uma xícara no armário e enchi de café. Para ver se estava mesmo acordado, me belisquei. Duas vezes. – Já comeu?

– Ainda não. Posso preparar alguma coisa, ou podemos comer na rua.

Tive uma ideia.

– Na verdade, deixe comigo.

Ele ergueu as sobrancelhas.

– Deixar o quê?

– O café da manhã – eu disse empolgado. – Tem uma coisa que eu adoraria preparar para você, se tiver os ingredientes certos em casa. Se chama *syrniki*, e é a coisa mais maravilhosa do mundo. Minha mãe sempre fazia para mim.

– E como é isso? – Ele parecia desconfiado.

– Não confia em mim? – provoquei. – Prometo que será delicioso e limparei a cozinha depois. Posso ver na geladeira se tem os ingredientes necessários?

– Diga o que precisa. E eu digo se tenho em casa ou não.

Pensei um instante.

– Ovos. Queijo cottage. Limão. Manteiga.

– Sim, tenho tudo.

– Farinha e açúcar?

– Sim.

– E uvas-passas?

Ele inclinou a cabeça e apertou os olhos.

– Acho que temos. Talvez na despensa.

– Creme azedo e mel?

– Sim.

– Ótimo! Isso é tudo.

Ele começou a se levantar.

– De que tipo de panela você precisa?

– Só uma frigideira. Mas fique sentado – eu o repreendi. – Aproveite sua manhã de folga. Eu quero fazer tudo.

Ele pareceu achar engraçado, mas se sentou de novo.

– Tudo bem. Fique à vontade.

Peguei todos os ingredientes, mas descobri que não lembrava as quantidades exatas das coisas. Depois de procurar na internet uma receita que fosse parecida com a da minha mãe e não encontrar nada, decidi ligar para ela. Eram dez horas da noite na Rússia, mas ela era notívaga, e eu achava que estaria acordada.

Liliya atendeu ao telefone e deu um gritinho ao ouvir minha voz.

– Maxim!

– Oi, *malyshka* – eu disse, carinhoso. A voz dela me fez lembrar de casa, e senti saudade das pessoas que eu amava. Falei em russo com ela. – Por que ainda está acordada? – De sua cadeira perto da mesa, Derek me observava com uma expressão de curiosidade. – Minha irmã – sussurrei em inglês. – Liguei para minha mãe para perguntar algo sobre a receita. – Ele concordou com um movimento de cabeça, compreensivo.

– Estou muito mal – Liliya disse furiosa. – Não consigo dormir.

– Por que não?

– Tive aquele pesadelo de novo.

– Com o monstro?

– Sim.

– O que ele fez desta vez?

– Ele disse que não verei você nunca mais.

Meu coração ficou apertado.

– Isso não é verdade. Eu prometo.

Mas, então, por que foi para tão longe?

– Eu queria viver uma aventura, lembra? Queria ver coisas novas. Falar uma língua diferente. Conhecer estrelas do cinema.

– Já conheceu alguma?

– Ainda não. Mas sabe o que estou vendo neste instante? – Caminhei até a porta de vidro e olhei para o jardim.

– O quê?

– O sol e palmeiras e flores tropicais. Tudo é brilhante e ensolarado e colorido. E, quando respiro, o ar tem cheiro de laranja.

– Posso visitar você?

– Pode. Assim que eu conseguir organizar tudo. Mas vai demorar um pouco até eu me arranjar por aqui, OK?

– OK.

– Pode chamar a mamãe, por favor?

– Sim, mas não desligue. Quero falar de novo.

Sorri, encontrando o olhar do Derek.

– Ela sente minha falta – disse a ele.

– É claro que sente.

O comentário me deixou emocionado.

– Maxim! – Minha mãe parecia preocupada. – Está tudo bem?

– Tudo bem. E você?

– Bem. – Então sua voz ficou abafada. – Liliya, pare! Já lhe dou o telefone. Desculpe – ela disse de forma audível novamente. – Liliya sente sua falta.

– Também sinto a falta dela. De vocês duas. Mas pensei em vocês porque quero fazer *syrniki* e esqueci partes da receita. Pode me dizer quanto de cada ingrediente você usa?

– Não sei tudo de cabeça, mas acho que anotei em algum lugar. Espere um pouco.

Enquanto ela procurava, perguntei ao Derek onde tinha papel e caneta para anotar a receita. Ele deu a volta na bancada, abriu uma gaveta e pegou um lápis e um bloco de *post-its* amarelos. Então encheu de novo sua xícara de café enquanto minha mãe ditava sua antiga receita e eu anotava.

– Perfeito, mãe. Muito obrigado. – Me virei e dei de cara com Derek encostado na bancada bem à minha frente, levando a xícara aos lábios. Falei em inglês. – Não quero errar, porque estou preparando a receita para uma pessoa especial, e ele é muito exigente.

Ele revirou os olhos, mas sorriu.

– Depois conte se deu certo – minha mãe disse. – Liliya quer falar de novo.

– OK. E depois vou desligar.

– OK. Tchau, querido. Eu te amo.

– Eu também te amo.

Minha irmã voltou ao telefone.

– Maxim, cante aquela música.

Me retraí. "Aquela música" era o tema do *Spokoynoy nochi, malyshi*, um programa infantil russo que estava no ar havia décadas. Era boba e infantil e eu *não* queria cantá-la na frente do Derek. Nem tinha uma voz boa.

– Não, *malyshka*. Não posso cantar agora.

– Por favor, Maxim! Não consigo dormir se não ouvir aquela música. É a única coisa que ajuda.

Uma punhalada no coração.

– Mamãe não pode cantar a música para você?

– Não. Ela não se lembra.

Gemi, e Derek me olhou perplexo.

– Por favor, Maxim. Sinto tanto a sua falta.

Respirei fundo, derrotado.

– Tudo bem. – Então fechei os olhos, como se aquilo pudesse me poupar da humilhação, e comecei a cantar, num ritmo muito mais rápido do que o normal.

Liliya me repreendeu.

– Devagar, Maxim! Está indo rápido demais!

Obediente, diminuí o ritmo e cantei direito, com a voz desafinando sempre nas mesmas partes, o que a fazia rir. Quando cantei o último verso, olhei discretamente para Derek, cuja expressão divertida me fez querer cobrir a cabeça com a camisa.

– Tudo bem agora? Acha que consegue dormir? – perguntei a Liliya.

– Sim. Boa noite.

– Boa noite, *malyshka. Ya tebya lublu.*

– Eu também te amo. Tchau.

Desliguei, coloquei meu celular sobre a bancada e encarei Derek. Tentei manter a cabeça erguida. Ele bebia café, os olhos sorridentes dançando acima da borda da xícara.

– O que foi? – eu disse, sentindo meu rosto quente. – Ela não conseguia dormir. É uma canção infantil de um antigo programa russo de TV e eu às vezes canto para acalmá-la.

– Nada. É adorável. Eu não sabia que você cantava canções de ninar.

– Não canto. É só aquela.

– Quem sabe você não cante para mim uma hora dessas. – Ele tentou não sorrir, mas não conseguiu.

Meu Deus, adoro fazê-lo sorrir.

– Haha. Vá em frente, ria de mim. Vai se arrepender quando eu não quiser dividir meu *syrniki* com você. – Virei de costas para ele e abri o pacote de farinha.

Pouco depois, ele estava atrás de mim, encostando o corpo contra o meu. Passou os braços em volta da minha cintura e beijou meu pescoço.

– Só estou brincando. Na verdade, achei muito atraente vê-lo cantando para ajudar sua irmãzinha a dormir.

– Achou? – Olhei para ele por cima do ombro.

– Sim. – Ele colou os lábios nos meus, e foi doce e delicado e tranquilo, muito diferente dos beijos ardentes que havíamos trocado na noite anterior. Não estávamos desesperados para tirar as roupas ou para tocar um ao outro ou para fazer qualquer outra coisa sexy. Estávamos satisfeitos com um beijo.

Estávamos vivendo o momento, e a sensação era ótima.

VINTE E CINCO

DEREK

UMA CANÇÃO DE NINAR.

Eu não conseguia esquecer aquilo. Ele havia cantado uma canção de ninar para a irmãzinha porque ela não conseguia dormir. De todas as coisas que eu aprendera a respeito do Maxim, aquela era minha favorita. E ele parecera tão triste enquanto cantava na cozinha. Era quase tão desafinado quanto eu.

Mas foi tão bonito. E não menti quando disse que havia achado atraente – achei mesmo. Não havia quase nada em Maxim que eu não achasse atraente. Até mesmo usando meu jeans velho – ou talvez principalmente com meu jeans velho – e sua camiseta de trabalho, ele ficava maravilhoso. E era maravilhoso por dentro também. Inteligente e divertido, gentil e autêntico.

E eu *confiava* nele. Para mim, era assustador o quanto eu passara a confiar em Maxim em tão pouco tempo. Só nos conhecíamos havia quatro dias e, mesmo assim, eu me sentia mais à vontade com ele do que me sentira com qualquer outra pessoa em muito tempo. Conseguia ser eu mesmo de um jeito que não conseguia ser com mais ninguém. Meu verdadeiro eu, sem esconder nada. Era um alívio tão grande, e eu era inacreditavelmente grato por isso. Ainda que ele nunca me pagasse um centavo pelas roupas ou pelo aluguel ou por qualquer outra coisa que eu tivesse feito por ele, não me importaria. Aquele sentimento valia tudo, mesmo se não durasse para sempre.

– OK, aqui está.

Ele colocou um prato diante de mim, e cheguei a gemer de expectativa, a boca salivando. Ali estavam o que pareciam ser quatro panquecas grossas fritas com um tom caramelado, cobertas por açúcar e mel. Uma grande colherada de algo branco – creme azedo, talvez? – de um lado, framboesas espalhadas por cima de tudo.

– Parece delicioso. Qual é mesmo o nome?

– *Syrniki.* Repita.

Fiz uma tentativa, que até achei boa, mas Maxim deu risada.

– Aí está, sua primeira palavra em russo. Quero que aprenda mais quatro até o fim do dia.

Ele colocou seu prato sobre a mesa e puxou a cadeira à minha frente. Observei que sabia exatamente onde estava cada coisa para pôr a mesa, dos jogos americanos até os guardanapos e talheres, e fiquei feliz da vida ao vê-lo tão à vontade em minha cozinha.

– Vou experimentar – prometi. Incapaz de esperar mais, peguei o garfo e a faca e cortei um pedaço, me certificando de pegar um pouquinho de cada coisa para que pudesse sentir todos os sabores. Levei o garfo à boca e gemi de novo.

Maxim sorriu.

– Bom, não?

Mastiguei devagar, degustando a leve crocância do lado de fora e o interior macio da massa. Um pouco doce, um pouco azedo, o equilíbrio perfeito.

– Como se diz "delicioso" em russo?

– Neste caso, *vkusnyy*.

– Bem, está *vkusnyy* pra caramba.

Ele riu.

– Fico muito feliz que tenha gostado. Você tem que me deixar preparar um jantar para você uma hora dessas.

– Pode cozinhar para mim quando quiser – balbuciei, de boca cheia. – Isto é muito bom.

Ele sorriu, corando um pouco.

– Obrigado.

Depois do café da manhã, ajudei Maxim a arrumar a cozinha e subi para meu quarto para poder dar a ele as roupas que havia comprado. Ele ficou parado no vão da porta enquanto fui até o closet, peguei a sacola, arranquei a nota fiscal e a enfiei no meu bolso. Ele veria as etiquetas de preço, então provavelmente era um gesto inútil, mas talvez eu o convencesse de que estavam em promoção. Sentia que ele ia reclamar que eram caras demais.

Quando voltei para o quarto, ele ainda estava parado à porta, observando o ambiente com curiosidade.

– Parece diferente de dia – disse timidamente.

– Oh. Certo.

Olhei para a cama, que eu havia feito mais cedo depois de trocar os lençóis. A visão da cama fez meus músculos do estômago se contraírem. Será que era cedo demais para fazermos aquilo de novo? Será que ele estava dolorido? *Não pense nisso.*

– Então, aqui estão. – Entreguei a sacola a ele. – Se quiser prová-las aqui, fique à vontade. Tem um espelho de corpo inteiro na porta.

– OK.

– Vou lhe dar privacidade – disse, indo em direção à porta. Não queria que ele pensasse que eu estava tentando fazê-lo se despir na minha frente. Não que eu fosse reclamar. Mas ele segurou meu braço.

– Pode ficar. – Sorriu. – Não me importo.

Merda, toda vez que ele me lançava aquele olhar que dizia *eu te mostro o meu se você me mostrar o seu*, eu queria jogá-lo no chão e rolar sem roupa com ele.

Limpei a garganta e sentei na beirada da cama.

– OK.

Ele se despiu e eu observei seu corpo sem disfarçar. Jesus. Não me admirava ter perdido a cabeça na noite passada. Na verdade, fiquei um pouco triste ao ver as pernas e a bunda dele sumirem dentro do novo jeans, mas fiquei satisfeito porque serviu.

– Ficou ótimo – comentei, me ajeitando para que minha ereção crescente não ficasse numa posição desconfortável.

– Obrigado. – Vestiu uma das camisas que eu havia escolhido e fechou os botões. – O que acha?

Acho que você é perfeito.

– Está um pouco folgada? Talvez fique um pouco larga na cintura. Mas eu não sabia se um número menor caberia em seus ombros.

Ele franziu a testa.

– Não sei. Está confortável.

– Experimente a outra.

Ele trocou a primeira pela segunda.

– Esta também está confortável. Como ficou?

Dá vontade de arrancá-la de você.

– Ficou ótima. Gostou?

– Sim.

– É sua. Acho que deveríamos devolver a outra.

Ele pareceu preocupado.

– Devolver? Mas você trouxe para casa e eu a vesti. Dá para devolver?

– Sim. Ainda está com a etiqueta. Juro que dá para devolver.

Ele alisou a camisa na barriga.

– Gostei muito desta. Adorei sua escolha.

– Que bom. Quer se olhar no espelho?

– Não, não precisa. – Sorriu. – Se você diz que fica bem em mim, acredito.

– Fica. Quer usá-la hoje?

Ele pensou um instante.

– Acho melhor usar minha camiseta de trabalho, caso não dê tempo de voltar aqui para me trocar.

Enquanto desabotoava a camisa, notou a etiqueta de preço.

– Oitenta dólares? – perguntou incrédulo. – Por uma camisa?

– Não é tão cara assim.

Eu me levantei e coloquei a outra que seria devolvida na sacola. Aquela havia custado ainda mais.

– Para mim, é.

Seus olhos azuis arregalados.

– Eu já disse, não precisa me pagar agora.

– Mas eu quero – disse com firmeza, guardando a camisa na sacola. – Temos que devolver esta outra também. Um dia poderei comprar roupas de luxo, mas não agora.

Partiu meu coração saber que ele achava que uma camisa de oitenta dólares fosse artigo de luxo.

– Maxim, fique com ela, por favor. De presente.

– Não.

– Ouça, ajudar as pessoas me faz feliz. Então não é por você, é por *mim*. Fique com ela *por mim,* para eu me sentir bem comigo mesmo.

Ele balançou a cabeça, mas sorriu.

– Você é doido.

– Não sou. Só gosto de você.

Ele abriu ainda mais o sorriso quando se abaixou, pegou a camiseta de trabalho e a vestiu.

– Também gosto de você. E estou tão... – Ele olhou para o próprio peito. – Oh, merda.

– O que foi?

– Vesti a camiseta do avesso.

Rapidamente, começou a tirá-la.

– E daí?

– Se você vestir a camiseta do avesso, significa que levará uma surra.

– Uma surra? De quem?

– Qualquer pessoa. – Ele virou a camiseta do lado certo e a vestiu de novo. – É por isso que você precisa me dar um soco.

Recuei.

– Está maluco?

– Não! É simbólico. Você tem que me dar um soco, assim apanharei de você, e não de alguém que realmente queira me bater. – Ele disse aquilo muito sério e virou o rosto para mim. – Estou pronto. Pode bater.

– Maxim, não vou te dar um soco.

– Tem que me bater! – Mas estava rindo. – Só um soquinho, tá? Senão não me sentirei bem.

– Oh, meu Deus. Não acredito nisto. Qual é a palavra russa para "maluco"?

– *Sumasshedshiy*. Diga. E me dê um soco.

– *Sumasshedshiy* – eu disse, me enrolando todo, e então soquei de leve seu abdômen durinho. – Isto é tudo que vai conseguir de mim.

Ele apertou os olhos.

– Você soca como uma garota.

– O quê? – Larguei a sacola de compras no chão e parti para cima dele, arremessando-o na cama, imobilizando-o debaixo de mim. – Retire o que disse.

Ele estava quase chorando de tanto rir.

– Até Liliya bate mais forte do que você.

– *Retire o que disse.*

– Não, porque senão você vai sair de cima de mim, e estou gostando disto.

Eu também estava, é claro. O que era melhor do que Maxim preso sob meu corpo? Aquilo me fez lembrar da noite anterior. Meu pau, que não havia sossegado desde que eu vira Maxim se despir, agora estava quase totalmente ereto. Apertei meu pênis contra ele.

– Gostaria ainda mais se estivesse sem calça.

Seus olhos brilharam.

– Concordo.

Um minuto depois, estávamos ambos nus e de volta ao que havíamos feito antes, comigo montado em seu quadril. Nós nos beijávamos febrilmente conforme eu me movia sobre ele. Meu Deus, jamais me cansaria da sensação de pele contra pele, músculo contra músculo que tinha com ele. Por um instante, duas semanas me pareceram um período curto demais.

Bem, isso é tudo que você tem. Aproveite ao máximo.

– Derek. Faria uma coisa por mim?

– O quê?

– Vire com a cabeça para lá.

– Virar para lá?

– Isso. – Ele encostou os lábios no meu ouvido. – Quero pôr a boca em você.

Hesitei, me sentindo estranhamente possessivo em relação à minha bunda, levando em consideração o que eu havia feito com a dele na noite anterior. Mas antes era de noite. Estava escuro. E tinha uísque envolvido. Agora era dia, o quarto estava iluminado, e eu estava bem ligado graças à cafeína e ao açúcar.

– Por favor – ele disse, passando a língua pelo lóbulo da minha orelha, sugando-o. – Prometo que será muito gostoso.

Eu estava curioso. Queria saber como era. E eu era obsessivamente meticuloso com meu corpo, então estava depilado e limpo. Mas... será que conseguiria? Será que era possível ser gay *demais*? Que transgressões eram permitidas e o que ultrapassava o limite? Onde eu devia estabelecer meu limite?

Ele quer. Não pense demais.

– Tudo bem.

Mudei de posição, ficando com a cabeça voltada para os pés dele, apoiado nas mãos colocadas uma de cada lado do corpo dele. Ele passou os braços sob minhas coxas e me puxou para trás, de modo que minha bunda ficasse bem em frente ao seu rosto. Nem tive tempo de pensar e comecei a sentir sua língua deslizando lentamente entre minhas nádegas, me deixando perto do êxtase. Quase chorei com aquela sensação divina. Tão quente e úmida. Tão íntima. Eu pretendia chupá-lo, já que minha boca estava ali na posição e tudo mais, mas não consegui fazer nada além de gemer e me contorcer e revirar os olhos. Maxim deu tudo de si. Usou a língua, os lábios, os dentes, as mãos. Gemeu de prazer, como se eu fosse a coisa mais deliciosa que já havia provado. Seu pau grosso e duro se agitava no abdômen, algumas gotas de porra saindo dele. *Ele está excitado com isso.*

A ideia me lançou em uma espiral egoísta. Eu só pensava em gozar. Esfregava o quadril em seu rosto, fodendo sua língua. Me apoiei em uma só mão e segurei meu pau com a outra, me masturbando rápido, com força. Rangi os dentes e grunhi e xinguei e ejaculei sobre ele, marcando seu corpo com traços brancos e quentes de porra. A visão de meu esperma espalhado sobre seu abdômen, pau e coxas era tão deliciosamente obscena que meu orgasmo pareceu durar uma eternidade.

Assim que consegui recuperar o controle do meu corpo, agarrei o pau dele com a mão e o lambi como se fosse um sorvete de casquinha, passando a língua pela ponta. Ele gemeu e o som reverberou em meu corpo todo. Eu baixava e subia a cabeça, levando-o até o fundo da minha garganta de novo, e de novo, e de novo, até que ele disse numa voz trêmula que iria gozar, e então o levei ainda mais fundo. Um segundo depois, ele enterrou os dedos em minha carne e seu corpo todo se contraiu debaixo do meu, enquanto seu pau pulsava repetidamente dentro da minha boca.

Puta que pariu, era *inacreditável* o quanto eu gostava daquilo. E dele. E do nosso pequeno acordo.

Se continuasse daquele jeito, jamais sairíamos de casa.

VINTE E SEIS

MAXIM

NA IDA para o shopping, Derek disse que queria passar por uma casa que estava à venda.

– Por quê? – perguntei. – Está pensando em se mudar?

– Não. Estou pensando em reforma e revenda.

– Como assim? – Olhei para ele, confuso.

– É quando você compra uma casa que precisa ser reformada, faz a reforma e depois a vende mais caro para ter lucro.

– Ah. Entendi. Já fez isso antes?

– Não. Foi uma ideia que tive enquanto estava trabalhando na minha casa. Gostei muito de trabalhar nela e, depois que terminei, senti falta.

– Sem dúvida, você leva jeito para a coisa. E tem bom gosto. Sua casa é tão bonita.

– Obrigado. – Ele ficou calado por um instante, uma das mãos no volante, passando um dedo distraidamente debaixo do lábio inferior. – Eu provavelmente teria que diminuir meu horário de trabalho no escritório, se quisesse realmente me ocupar disso. E quero.

– Isso seria um problema?

Ele franziu a testa, deixando a mão cair sobre as pernas.

– Provavelmente. Acho que meu pai quer se aposentar e espera que eu assuma seu lugar.

– Mas ele gostaria que você fizesse o que mais gosta, não?

– Não necessariamente.

Eu não sabia ao certo como responder àquilo.

– A questão é – ele continuou – que tenho pensado nisso. Desde que você me perguntou se meu trabalho era minha paixão, me sinto incomodado por ele não ser. Não há nada em meu trabalho que me inspire. Nada criativo ou significativo. Ganho bem e sou bom em fechar negócios, mas não é tão recompensador quanto foi trabalhar em minha casa. E vejo você aqui, todo empolgado, correndo atrás de um sonho e eu meio que gostaria de ter algo assim. É inspirador.

A ideia de que algo a meu respeito o inspirava era insana demais.

– E eu olho para você e para tudo o que conquistou, todas as coisas lindas que possui, a casa, o carro, todo o sucesso, e penso "é isso que eu quero ser".

– A vida é mais que uma casa e um carro bonito. Isso são apenas *coisas*. Eu sinto como se... – Ele balançou a cabeça. – Nem sei direito o que estou tentando dizer. Acho que me sinto como se tivesse vivido uma vida muito segura até agora. É confortável, sem dúvida, e sou grato por tudo que tenho, mas não me arrisquei muito. E estou começando a achar que arriscar é importante.

– Então arrisque agora. Ainda dá tempo.

Ele diminuiu a velocidade e se inclinou na minha direção para olhar pela janela do passageiro.

– É esta. Com arquitetura neocolonial hispânica.

Olhei para a casa branca com telhado vermelho.

– É bonita.

– Foi construída em 1925 e ainda mantém várias características originais. Mas está muito malconservada.

Malconservada? Tirando a grama alta demais e algumas telhas faltantes, eu não achava que estivesse tão ruim assim, mas os padrões do Derek eram bem diferentes dos meus.

– Podemos entrar?

– Hoje não. Não agendei uma visita. – Ele olhou pelo retrovisor. – O trânsito está piorando. Temos que ir.

Lançando um último olhar na direção da casa, ele seguiu em frente.

– Eu já quis ser arquiteto uma época.

– Verdade? – Olhei para ele, surpreso.

– Sim. Mas meu pai disse que empreendimento imobiliário dava muito mais dinheiro e que eu deveria estudar administração.

– Então, você estudou administração.

– Sim.

– Se pudesse voltar no tempo, faria uma escolha diferente?

Ele respirou fundo e soltou o ar lentamente enquanto pensava.

– Não sei dizer.

– E já é tarde demais?

Ele riu.

– É. Não vou voltar para a faculdade a esta altura. Mas, se houvesse um jeito de usar um pouco minha criatividade e ao mesmo tempo lucrar com isso, eu me arriscaria. Talvez.

– Acha que consegue lucrar com aquela casa?

– Sim – ele disse confiante. – Estão pedindo um valor alto, mas eu conseguiria fazê-los baixar o preço. Ainda assim seria caro pra caramba, mas tenho experiência em financiamento de imóveis, conheço bem as propriedades desta área e não estou com pressa. Eu faria no meu tempo e faria do jeito certo.

– Parece que você vem pensando nisso há muito tempo, não só nos últimos dias.

– É algo em que venho pensando há um tempo, sim – ele admitiu enquanto entrava no estacionamento do shopping. – Acho que você me fez lembrar disso.

– Por que acha que ainda não deu esse passo?

– Bem, para começar, por medo. O lucro não é garantido. E as casas ao redor não são baratas, nem mesmo as que estão em péssimas condições. Eu não queria entrar nessa de cabeça. Já vi gente que se precipitou e contratou as pessoas erradas ou tomou decisões ruins ou subestimou totalmente os custos, e logo o projeto saiu do controle, e acabou perdendo tudo. – Ele estacionou em uma vaga e desligou o carro. – Não quero ser uma dessas pessoas. Não quero fracassar.

– Derek. Acredite em mim. Você não é uma dessas pessoas. – Quem me dera ter mais palavras para convencê-lo a assumir aquele risco, pois obviamente era algo que o faria feliz. – Sei que não nos conhecemos há muito tempo, mas acredito de verdade que tudo o que você faz, faz direito. Vá visitar a casa e veja o que seu instinto lhe diz.

Ele olhou para mim e sorriu.

– Porque seu instinto nunca erra.

– Exatamente. Seu instinto é como o universo lhe dizendo o que fazer.

– Oh, Senhor. – Ele abriu a porta do seu lado. – Vamos lá.

Decidi não dizer a ele que *meu* instinto me dizia que ele precisava comprar aquela casa. Qualquer que fosse o motivo, Derek passara a vida toda abrindo mão das coisas que realmente queria. Talvez fosse o medo de fracassar ou de desapontar o pai, mas eu sentia que ele jamais dera a si mesmo a chance de ser quem queria ser. E, se não ouvisse seu coração e seu instinto, o risco real era de que acabasse infeliz, sempre se perguntando "e se", arrependendo-se das escolhas que fizera.

Quanto mais eu conhecia Derek, mais queria ajudá-lo. E achava que ele já havia me mostrado como.

■

– **ISTO NÃO PODE ESTAR CERTO.** Cento e vinte e cinco dólares por *um short*?

Derek rangeu os dentes.

– OK, dá para parar de olhar as etiquetas de preço, por favor? Apenas pare.

Eu me sentia mal por ser tão chato. Estávamos na Nordstrom havia quase uma hora e eu ainda não tinha provado roupa nenhuma.

– Mas eu...

– Ouça, é necessário. As roupas são necessárias.

– Mas não assim tão caras. Ellen me falou sobre uma loja chamada T.J. Maxx que tem coisas bacanas e mais baratas.

– As roupas lá serão, sim, mais baratas, mas a qualidade não será tão boa. As coisas estragarão mais rápido e, no fim, você gastará mais. Veja como um investimento em si mesmo.

Balancei a cabeça.

– Minha bunda não vale um short de cem dólares.

– Discordo. Você vai experimentar este e, se servir, vou comprá-lo para você, junto com mais algumas peças para passar o verão. Depois vamos almoçar, porque estou com fome, e, se você continuar surtando por causa dos preços, posso até morrer de inanição.

Eu tinha um argumento na ponta da língua, mas me segurei. Derek dissera que se sentia bem fazendo as coisas para mim, e sei que ele falara a verdade, porque eu também gostava de fazer as coisas para ele. Quem me dera poder fazer mais. Concordei com a cabeça, mas me sentia muito constrangido em ter outra pessoa pagando por minhas roupas, e não sabia para onde olhar quando ele sacou o cartão de crédito.

Derek percebeu.

– Aqui está – ele disse, me entregando a sacola. – E não diga uma palavra. Sei como se sente, OK? Eu me sentiria da mesma forma. Mas este é um investimento no futuro.

Quando ele disse aquilo, me senti melhor.

– Obrigado.

Fomos almoçar, e pedi algo chamado macarrão com queijo, de que nunca tinha ouvido falar, mas Derek me garantiu que era delicioso. E ele estava certo. Eu poderia ter lambido o prato de tão bom que era.

Enquanto comíamos, eu o fiz praticar as palavras russas que já havia lhe ensinado e adicionei mais duas: *pozhaluysta*, que quer dizer "por favor", e *spasibo*, que significa "obrigado".

A melhor parte foi pagar o almoço. Insisti e, embora Derek tenha discutido no início, por fim acabou cedendo. Gastei quase quarenta dólares, mas eu jamais ficara tão feliz em gastar dinheiro.

– Você não precisava ter feito aquilo – ele disse enquanto voltávamos para o carro. – Devia guardar seu dinheiro. Já viu quanto custa um laptop. – Ele se referia ao computador que me deixara babando na loja da Apple.

– Já vi. E chegarei lá, pois planejo gastar com cautela. Mas há tão pouco que eu posso fazer por você, e você está fazendo tanto por mim, que eu gostaria muito de agradá-lo.

Pouco depois, entramos no carro e ele colocou a mão na minha perna.

– Você está fazendo muito por mim, Maxim. Mais do que imagina.

Nada mais que ele dissesse me deixaria tão feliz.

VINTE E SETE

DEREK

O RESTO da semana passou rápido demais. Fui para a academia logo cedo, antes de ir para o escritório, e Maxim trabalhou no bar até tarde todos os dias. Nem nos vimos. Quando ele chegava em casa, eu já estava dormindo, e eu acordava tão cedo que ele ainda estava na cama quando eu saía. Na sexta de manhã, fiquei tentado a acordá-lo, mas não queria agir feito um babaca. *Ei, sei que você chegou só faz três horas, mas poderia se virar e me chupar? Obrigado. Agradeço muito.*

Em vez disso, eu me masturbava no chuveiro pensando em nós, mas as lembranças não chegavam nem perto da realidade. Eu queria mais um pouco da realidade.

Na verdade, era um pouco perturbador o quanto eu queria mais e como os dias voavam e a data limite de duas semanas se aproximava. Porque nem estávamos *fazendo* nada! De que adiantava se permitir ser gay em casa por duas semanas se a pessoa com quem você queria ser gay nunca estava lá?

Na sexta à noite, eu estava mais frustrado do que nunca. Depois do trabalho, fui correr (embora já tivesse malhado de manhã), lavei o carro, passei aspirador em todo o carpete e bati os tapetes no quintal. Nada daquilo aliviou a tensão.

Percebi que não havia jantado – meu apetite andava estranho ultimamente; ou morria de fome ou ficava tão distraído que esquecia de comer –, então tomei banho, fiz a barba, me vesti e fui ao Blind Pig para jantar. Tinha que vê-lo.

A expressão de Maxim se animou ao notar que eu estava sentado a uma mesa alta, a mesma coisa aconteceu comigo, a julgar pela forma como meu coração passou a bater. Meu Deus, éramos assim tão óbvios? Voltei minha atenção para o cardápio.

Ele foi até minha mesa mais tarde.

– Ei – disse, ocupando a cadeira à minha frente. – Estou fazendo uma pausa rápida. Como está o jantar?

– Bom. – Pousei meu hambúrguer no prato. – Talvez não tão *vkusnyy* quanto seu *syrniki,* mas está bom.

Ele riu e seus olhos brilharam.

– Você se lembra.

– Sim, mas não tive muita oportunidade de praticar. O único russo que conheço nunca está por perto.

Merda, o comentário soou carente, não?

– Desculpe. Tenho trabalhado até bem tarde. – Ele baixou a voz para que só eu pudesse ouvi-lo. – Mas sinto sua falta.

Ele sentia minha falta. Sentia minha falta. Eu queria demonstrar o quanto gostava de ouvir aquilo, mas não podia. Queria dizer que sentia o mesmo, mas não podia. Tomei um gole da minha cerveja, coloquei a garrafa sobre a mesa e espiei por cima do ombro, para ter certeza de que ninguém me escutaria.

– Me acorde quando chegar em casa hoje à noite.

Ele ergueu as sobrancelhas.

– Tem certeza?

Porra, se tenho. Só de me sentar à mesa de frente para ele eu já estava enlouquecendo. Queria estender os braços, agarrá-lo pela camiseta e puxá-lo na minha direção para poder devorar seus lábios.

– Tenho, claro.

– Ei, você! – Ellen foi até minha mesa. – Alguém me avisou que você estava aqui. Duas vezes em uma semana. Que honra!

– Certo. – Peguei minha cerveja de novo, tentei parecer relaxado, mas meu coração estava disparado. Será que ela tinha ouvido o que eu dissera?

Ela inclinou a cabeça.

– Sem Carolyn hoje?

Maxim e eu trocamos olhares.

– Hã, sem. Na verdade, Carolyn e eu decidimos que seria melhor se fôssemos só amigos.– Ellen fez um som de decepção.

– Oh, é mesmo? Que pena. Ela é tão legal.

– É.

– Bem, você encontrará outra pessoa. – Ela se animou. – Ei, quer que eu o apresente a...

– Não – respondi com firmeza. Os encontros que Ellen me arranjava eram sempre desastrosos. – Não quero que me apresente a ninguém.

Ela fez beicinho.

– Você é tão sem graça. Parece um velho ranzinza que já se acomodou na rotina e não quer fazer nada novo ou diferente. Mas jamais encontrará alguém se continuar indo sempre aos mesmos lugares e saindo com as mesmas pessoas.

– Sou cheio de graça – disse, erguendo o queixo. – Só estou ocupado no momento. Tem muita coisa acontecendo na minha vida. – *E só tenho olhos para uma pessoa. Ele está sentado bem diante de mim e mal consigo respirar por causa disso.*

Ela suspirou como se eu fosse um caso perdido. Talvez fosse.

– Está bem, está bem. Aproveite o jantar. Tenho que voltar ao trabalho. Está tudo bem, Maxim, faça sua pausa – Ellen disse quando ele levantou da cadeira. E então ela se virou para mim. – Ele contou que tem vindo de ônibus nos últimos dias?

Olhei para ele.

– Não. É verdade?

Ele confirmou com um movimento de cabeça.

– Eu me senti culpado por precisar de carona para ir a qualquer lugar.

– É uma boa caminhada de casa até o ponto de ônibus.

Ele deu de ombros.

– Não me importo. Gosto de ser independente.

– Mas depois do trabalho eu o obrigo a voltar para casa de Uber – disse Ellen.

Uber? Mas ele nem tinha cartão de crédito ainda.

– Mas como...

– Eu chamo para ele. – Ela deu uma risadinha. – Disse a ele que faz parte de seu pacote de benefícios.

– Eu disse a ela para descontar do meu pagamento – Maxim falou.

– E é isso mesmo que vou fazer, claro. – Minha irmã me lançou um olhar que dizia *não vou fazer isso.* – OK, estou indo. Tchau.

– Tchau. – Eu a vi se afastar e olhar para Maxim de novo. – Acha que ela ouviu?

Ele parecia perdido.

– Ouviu o quê?

– Eu dizendo a você para me acordar.

– Oh. Não, acho que não. – Parecia que ele queria acrescentar alguma coisa, mas não disse nada.

– O que foi? – perguntei. Se havia pensamentos a meu respeito na cabeça dele, eu queria saber. Na verdade, queria saber tudo que se passava na cabeça dele, fosse a meu respeito ou não.

– Nada. – Ele baixou os olhos para o meu prato. – Só estava pensando que, se você quisesse conversar com alguém de sua família sobre... *certas coisas,* Ellen seria uma boa escolha. Acho que ela entenderia.

Pensei naquilo por uma fração de segundo.

– Impossível. Seria estranho demais. E ela jamais conseguiria guardar segredo. É muito bocuda.

– OK. Você a conhece melhor do que eu. Preciso voltar ao trabalho. – Ele me olhou de um jeito que me incendiou por dentro. – Vejo você mais tarde.

Concordei com a cabeça e baixei o rosto para o caso de alguém estar perto o bastante para me ver ruborizado. Mas não consegui deixar de vê-lo se afastar. A bunda dele ficava *tão bonita* naquele jeans novo.

Ficaria ainda mais bonita sem o jeans e na minha cama mais tarde.

■

O RANGIDO dos degraus me acordou. *Ele chegou.* Imediatamente, comecei a ter uma ereção. *Meu Deus, dê um tempo a ele!*

Eu havia deixado a porta do meu quarto aberta naquela noite e esperava que ele entrasse, se despisse e deitasse ao meu lado. Que viesse se oferecer.

Alguns minutos se passaram e comecei a achar que ele não viria. Será que havia mudado de ideia? Adormecido? Será que achava que eu não falara sério?

Pouco depois, escutei a porta do banheiro se fechar e o chuveiro ligar. *Aha.* Tentei relaxar e ser paciente. Levei a mão até meu pau ansioso e o acariciei devagar. Não queria gozar feito um canhão assim que ele entrasse no quarto. Mas cada segundo era uma eternidade e, quanto mais pensava nele no chuveiro, nu e molhado e talvez mais excitado que eu, mais agitado ficava.

Cada som que eu ouvia fazia minha tensão aumentar – a água deixando de correr, a porta do box sendo fechada, a do banheiro se abrindo.

Passos no corredor.

O rangido da porta do meu quarto.

Oi. Um sussurro no escuro.

Venha cá. Minha própria voz, baixa e autoritária.

Ele deslizou sob as cobertas e buscamos um ao outro, os corpos se unindo como dedos entrelaçados em oração, braços, pernas e línguas enroscados. Deitamos de lado, nos beijando e acariciando e abraçando, até que Maxim me deitou de costas. Enterrou o rosto no meu pescoço e respirou fundo.

– Nossa, como senti sua falta!

Também senti sua falta. Eu queria dizer, mas ele estava beijando meu peito, lambendo meus mamilos, sugando-os, acariciando--os com a ponta da língua, e era tão bom que eu não conseguia falar. Meus quadris eram impelidos na direção dele, meu pau roçando em seu tronco. *Ah, porra. Estou quase lá. Quase lá.* Se ele continuasse fazendo aquilo, eu ia gozar em nós dentro de alguns segundos. Podia sentir que já estava começando.

Eu queria estar dentro dele de novo. Não – *precisava* estar dentro dele. Precisava ser cercado daquele jeito, aceito daquele jeito, abraçado daquele jeito. Fisicamente, desejava o calor e a agressividade do ato, mas alguma outra parte de mim ansiava pela ligação, com ele e comigo mesmo.

Reunindo toda a força que tinha, eu o deitei de costas e comecei a cobri-lo de beijos, buscando locais sensíveis e escondidos de seu corpo. Debaixo do queixo. Na lateral das costelas. Atrás dos joelhos. Fui lambendo as coxas, o pau, a coroa. Tracei com a língua as veias de seu abdômen como quisera fazer antes.

Ele me recompensou com gemidos suaves e respiração entrecortada e dedos acariciando meus cabelos. Gemeu e xingou e grunhiu meu nome enquanto gozava em minha boca. Ofegou enquanto eu espalhava lubrificante quente e escorregadio em minha mão e respirou fundo quando o penetrei com meus dedos.

Mas nada se comparava com a forma como ele me abraçou quando me enterrei fundo em seu corpo, a forma como segurou minha cabeça nas mãos quando eu estava prestes a perder controle, a forma como sussurrou *querido* quando me esvaziei dentro dele.

E era maluco e primitivo e ilógico – eu era um homem feito, doze anos mais velho do que ele, e ainda assim nada jamais havia parecido tão verdadeiro quanto esse carinho. Porque não sabia mais onde ele terminava e eu começava, quem se mexia e quem estava parado, de quem era o hálito em meus lábios, de quem era o gosto em minha boca ou de quem era o coração que batia implacavelmente no meu peito.

Era simplesmente nosso. Tudo aquilo era só nosso.

– Não vá. – Minha voz soou carente e desesperada, e detestei isso, mas não me detive. – Não volte para o seu quarto esta noite. Fique comigo.

– Tudo bem – ele sussurrou, tocando meus lábios com os seus. – Eu fico.

VINTE E OITO

MAXIM

ELE DESABOU SOBRE MEU PEITO, e eu o envolvi em meus braços. Nenhum de nós falou nada enquanto nossa respiração ficava mais lenta, mais regular e sincronizada, nós dois inspirando e expirando ao mesmo tempo. O momento era de tranquilidade, calmaria após a tempestade.

E tinha sido uma tempestade particularmente intensa.

Será que ele sentira minha falta como eu sentira a dele? Será que pensara em mim? Nossos horários eram tão diferentes que passamos dias sem nos ver. Quando ele entrou no bar naquela noite, foi como se eu estivesse vendo um astro de cinema cruzar a porta. Na verdade, foi melhor que isso. Nenhum astro de cinema me deixava tão excitado quanto ele. Também pareceu feliz em me ver, mas não pude deixar de notar a forma cautelosa como agia quando Ellen estava por perto. Ele tinha tanto medo do que as pessoas iam pensar se soubessem de nós, se soubessem dele. Eu queria que ele conseguisse se ver como eu o via.

Ele beijou meu ombro e se levantou, separando os corpos.

– Volto já.

Enquanto ele estava no banheiro, me espreguicei em sua cama, dolorido e cansado, mas feliz. *Ele quer que eu durma ao seu lado hoje.* Podia contar nos dedos de uma das mãos quantas vezes eu havia dormido na cama de outra pessoa, e essas vezes aconteceram só porque eu havia adormecido antes que pudesse me levantar e ir embora. Desta vez, era diferente. Desta vez, era de propósito.

Eu imaginava o que o teria levado a me pedir tal coisa, mas não queria pensar muito naquilo. Talvez não significasse nada. Talvez ele só quisesse transar de novo de manhã. Mas eu estava tentado a ver aquilo como mais um obstáculo superado.

A porta do banheiro se abriu e ele voltou para a cama, me puxando imediatamente para perto dele. Surpreso, mas feliz, me acomodei ao seu lado, com a cabeça em seu ombro, o braço em volta de sua cintura.

– Está tudo bem? – ele perguntou. – Acho que fui meio agressivo com você.

– Um pouco dolorido – admiti. – Mas nada de mais.

– Que bom. – Ele ficou em silêncio um instante. – É bom ficar assim. Não sou muito de ficar abraçado, normalmente.

Sorri.

– Nem eu. Mas é bom.

Um minuto depois, ele voltou a falar.

– Não consigo dormir. Canta uma música russa para mim? – Não conseguiu nem mesmo terminar a pergunta sem rir.

Eu o chutei de brincadeira.

– Seja bonzinho ou volto para o quarto de hóspedes.

– Não. – Ele me apertou. – Gosto de você aqui. Serei bonzinho... por enquanto.

– Você é sempre bonzinho. – Beijei seu peito.

Ele suspirou.

– Minha irmã acha que sou um velho ranzinza.

– Não, ela não acha de verdade. Ela só quer vê-lo feliz. E acha que você seria feliz se encontrasse alguém.

– Ela falou de mim com você?

Seu tom era levemente defensivo.

Cuidado.

– Não muito. Ela disse o que você já havia dito antes, que você gostaria de ter uma família.

– Oh. Certo.

– Ela acha que você será um ótimo pai.

Mais um suspiro. E então:

– Você já pensou em ter filhos?

– Nunca pensei.

– Entendo. Eu também nunca havia pensado nisso quando tinha a sua idade. Os quarenta pareciam estar a anos-luz. Merda, até os trinta pareciam estar a anos-luz. Mas o tempo voa. As prioridades mudam. Ficamos velhos.

– Você não é velho, Derek.

– Sou *mais* velho.

– Gosto disso.

Ele soltou um ruído estranho.

– Por quê?

– Porque você é mais sábio e mais maduro e mais experiente. Já fez muitas coisas. Já errou e aprendeu com seus erros. Você não é um imbecil de vinte anos de idade que não sabe nada da vida e não se importa com nada porque só quer chegar ao fim do dia, encher a cara, transar e coisas assim.

– Você também não é assim – ele disse.

– Não, não sou. Mas acho que não sou o típico cara de vinte e quatro anos. Outro motivo que me fez vir para cá é que eu me sentia maduro demais perto dos meus amigos. Eles pareciam não ter nenhuma ambição. Não é totalmente culpa deles, porque lá não há tantas oportunidades como aqui, mas muitas vezes eu ficava entediado e inquieto. Queria algo melhor.

– Vai conseguir. Pode demorar um pouco, mas você será bem-sucedido aqui. Sei disso.

Dei um aperto carinhoso nele.

– Shhh. Não fale que dá azar. Mas obrigado.

Adormecemos assim.

■

QUANDO ACORDEI na manhã seguinte, Derek não estava no quarto. Por um instante, fiquei nervoso, achando que ele se arrependera de ter me pedido para passar a noite em sua cama e que estava em algum lugar se punindo por ter feito aquilo. Mas então vi um bilhete sobre a mesinha de cabeceira, tinta preta em um bloco de anotações branco. Sua caligrafia me fez sorrir – formato perfeito, letras angulosas, todas maiúsculas. O papel era sem pauta, mas as palavras não se inclinavam em nenhuma direção.

Estou na academia. Não quis acordá-lo. Café da manhã na volta?

P.S.: Você fica fofo dormindo.

Meu coração bateu feliz, e sorri enquanto me espreguiçava de novo na cama. Os lençóis tinham o cheiro dele, o nosso. E adorei aquilo. Adorei me lembrar da noite anterior, de como ele fora apaixonado e intenso – e vulnerável também. Ele demonstrara que sentia a minha falta, ainda que não dissesse. Adorei que tivesse me pedido para ficar com ele e como nos abraçamos até adormecer.

Eu realmente esperava que ele sentisse o mesmo que eu. Ao mesmo tempo, achava importante seguir o plano – eu alugaria um apartamento o quanto antes. Na verdade, tinha duas visitas agendadas para ver imóveis naquela tarde, antes de ir trabalhar. Quanto antes conseguisse não depender mais do Derek, melhor. Queria ficar em pé de igualdade – bem, o mais próximo possível disso. Não sabia se um dia conseguiria chegar ao nível de alguém como ele. Mas precisava tentar.

Depois de tomar banho, me vesti, e desci a escada e encontrei Derek entrando pela porta dos fundos. Na cozinha, nossos olhares se cruzaram, e sorrimos. Alívio – ele não estava arrependido. E, meu Deus, ele era bonito até suado e descabelado.

– Bom dia – ele disse. – Dormiu bem?

– Como um anjo. E você?

– Bem.

– Como foi na academia?

Ele gemeu.

– Puxado. Mas foi bom. Preciso tomar um banho.

– OK. Posso preparar o café da manhã, se você quiser.

– *Syrniki?* – O rosto dele se iluminou como se fosse uma criança prestes a assoprar as velas de seu bolo de aniversário.

Ri.

– Claro.

Ele passou por mim a caminho da escada e me deu um beijinho.

– Desculpe. Estou suado.

– Gosto de você suado.

Ele sorriu e me deixou sozinho na cozinha, onde fiz café e comecei a preparar as panquecas. Era absurdo o quanto eu gostava de cozinhar para ele. Depois que me mudasse, eu o convidaria ao meu apartamento novo, para que pudesse continuar fazendo isso.

Ele voltou meia hora depois, inspirando profundamente.

– Nossa, isso é tão cheiroso!

Servi café a ele.

– Bem na hora – eu disse, entregando-lhe a caneca. – Já está quase tudo pronto.

Ele deu um gole no café e sentou-se à mesa, que já estava posta. Quando coloquei o prato diante dele pouco depois, gemeu.

– Ainda bem que fiz algumas séries extras de exercícios hoje cedo na academia. Como você consegue comer desse jeito e manter a forma?

– Não como desse jeito sempre – expliquei, sentando-me na cadeira de frente para ele. – E gosto de malhar, só não tive tempo para isso ainda. Mas sempre tive um... – Eu não lembrava a palavra, e, olhei para ele pedindo ajuda. – Sabe, quando seu corpo queima o que você come.

– Metabolismo – ele disse.

– Isso. Sempre tive um metabolismo acelerado.

– Eu provavelmente também tinha um metabolismo acelerado na sua idade.

– Se eu tiver metade de sua boa forma em dez anos, ficarei mais que feliz – falei com sinceridade.

Ele revirou os olhos.

– Acho que você não tem com que se preocupar. Mas me diga o que fez de bom esta semana além de pegar ônibus. Não tivemos a chance de conversar nos últimos dias.

Enquanto comíamos, contei a ele o que fizera nos três dias anteriores. Jake entrara em contato ao voltar das montanhas e se sentira tão mal com o que havia acontecido que dissera que conseguiria pegar meus quatrocentos dólares de volta.

– E conseguiu? – Derek estava chocado.

– Conseguiu. – Dei de ombros. – Não sei como, mas me entregou o dinheiro ontem de manhã.

– Isso é ótimo.

– É sim. Significa que posso lhe pagar o aluguel que combinamos, o que me deixa feliz. E com o que estou ganhando no bar mais o que já tenho guardado, acredito que consiga pagar um apartamento. Vou ver dois imóveis hoje à tarde.

Duas rugas surgiram entre suas sobrancelhas.

– Vai? Eu não sabia.

– Eu não quis incomodar você. Mas liguei para os dois condomínios que encontramos outro dia em nossa busca on-line e há apartamentos vagos nos dois.

– Oh. – Ele cutucou uma fruta em seu prato. – Quando vai se mudar?

– Nos dois lugares, o aluguel começa a contar no dia primeiro ou no dia quinze. Dia primeiro é daqui a uma semana a contar de segunda, e foi essa opção que escolhi.

Ele concordou lentamente.

– Quer que eu vá com você hoje à tarde?

– Seria ótimo, mas não precisa fazer isso. Entendo se estiver ocupado.

– Não estou ocupado. A que horas?

– Uma visita é às duas, a outra é às três. Tenho que estar no trabalho às cinco e meia.

Ele concordou de novo com um movimento de cabeça e continuou comendo.

– E as aulas de roteiro? Pesquisou alguma coisa a respeito? Não quer guardar o dinheiro para as aulas?

– Sim, fiz uma pesquisa. As aulas são muito caras, então vai demorar um pouco até eu poder me inscrever. E talvez faça algumas aulas de inglês antes, para ter certeza do que estou fazendo ao escrever. Falar é uma coisa, escrever é totalmente diferente. É muito mais difícil.

– E o laptop? Não quer comprar um novo?

– Quero, mas o antigo que você me deu funciona muito bem. Se não tiver problema para você, vou continuar usando o seu por enquanto e economizar para comprar um novo mais para a frente.

– Por mim, tudo bem. Só não quero que você ache que tem que sair logo daqui para ir pagar aluguel em outro lugar se precisa guardar dinheiro para outras coisas.

– Não acho isso. A ideia de ir comprar um laptop novinho em folha com o dinheiro que estou ganhando, que é mais do que jamais ganhei, é tentadora, mas não seria uma boa decisão. *Preciso* de um lugar para morar. Um computador e aulas de roteiro são apenas coisas que *quero*. Podem ficar para depois. – Sorri para ele. – Este sou eu sendo prático e tomando decisões inteligentes.

Ele sorriu, um pouco rabugento.

– É. Acho que tem razão.

Terminamos de comer, na maior parte do tempo em silêncio. Parecia que o humor de Derek tinha piorado um pouco desde que ele descera a escada, e me perguntei se teria sido algo que eu dissera. Será que estava chateado porque eu havia marcado de ver apartamentos? Talvez estivesse ofendido porque eu queria ir embora? Talvez preferisse que eu tivesse lhe dito algo a respeito da mudança antes? Mas aquele sempre fora o plano, e até onde eu sabia o plano não havia mudado só porque agora éramos... o que quer que fôssemos. Só porque agora estávamos *envolvidos*.

E eu não era idiota. Tirando a parte de ficar em pé de igualdade, quanto mais ficasse ali, mais difícil seria ir embora. Já estava pensando na próxima noite, imaginando se ele me pediria para acordá-lo de novo e torcendo para que pedisse. Talvez quisesse que eu dormisse em sua cama mais uma vez. E talvez, na manhã seguinte, ele estivesse dormindo e eu acordasse ao seu lado. Era o tipo de coisa romântica que eu jamais pensara antes, mas que queria viver com Derek.

Agora tudo era diferente.

VINTE E NOVE

DEREK

ELE QUERIA SE MUDAR.

Eu sabia que era a decisão certa, mas odiava aquela ideia. Em uma semana a contar da próxima segunda-feira, ele teria partido. Nove dias. Era tudo que me restava.

Eu não deveria estar feliz? Afinal, aquele era o meu plano desde o início. Ele estava facilitando as coisas para mim, indo embora por conta própria e não me forçando a pedir que se mudasse. Pois o que quer que fosse aquilo que estávamos vivendo teria que acabar em breve. Eu jamais negara isso, jamais pensara que algo de bom pudesse resultar daquilo. E, por melhor que fosse, não tinha como acabar bem.

Mas ainda assim... não queria que ele fosse embora. Eu ainda não estava pronto. Ainda não havia conseguido arrancá-lo de dentro de mim.

Eu não podia dizer isso a ele, obviamente. Mas o que *podia* fazer era ser um babaca com relação aos apartamentos que visitaríamos naquela tarde. E fui. Os dois apartamentos eram perfeitamente aceitáveis e ambos seriam adequados para ele, mas eu o desanimei, encontrando problemas a cada chance que tive.

Claro, tem transporte público por perto, mas não tem mais nada. Meu Deus, este lugar é barulhento – escute o trânsito!

A cozinha é boa, mas os azulejos do banheiro estão todos trincados.

Está vendo aquela mancha no teto? Significa que há vazamento.

Parece que este carpete não é trocado desde a queda do Muro de Berlim.

Definitivamente era melhor nas fotos da internet.

Mesmo assim, Maxim gostou bastante do segundo lugar que visitamos, a ponto de deixar um depósito em dinheiro e assinar o contrato de aluguel. Estava quase todo mobiliado, já que o antigo proprietário precisara partir de repente para trabalhar em outro país, então Maxim poderia se mudar já na próxima segunda-feira. Ele só precisava de algumas toalhas e lençóis novos, que planejava comprar ainda naquela semana.

No escritório pequeno e lúgubre do administrador do condomínio, vi Maxim assinar o contrato de aluguel com uma súbita sensação de pavor. Ele ia mesmo embora. Eu ficaria sozinho novamente. Sozinho e perdido e com medo de jamais conseguir ter aquele tipo de ligação com outra pessoa. Minha garganta estava muito seca. Queria falar, mas não conseguia. Queria dizer a ele para não assinar o contrato, não ir embora, não me deixar só. Queria que precisasse de mim, porque quem mais precisaria?

Está maluco? Não pode dizer nada disso! Nem devia estar sentindo essas coisas. Qual é o seu problema, cacete? Ele quer ir embora, e você precisa deixá-lo viver a vida dele. Ele não veio até aqui para ficar com você, imbecil. Agora se recomponha!

Reunindo toda a força que havia em mim, mantive os lábios comprimidos para que eu não dissesse nenhuma besteira. Assinei o contrato como testemunha. Reprimi os sentimentos que tentavam aflorar, sentimentos de perda e solidão inevitáveis. Sentimentos de carinho e afeição. Sentimentos de *e se* e *eu queria que* e *talvez pudéssemos*. Eu os enterrei sem pena no fundo do meu coração.

Não podia ter esperança. Simplesmente não podia.

■

– NÃO GOSTOU DO APARTAMENTO? – Maxim perguntou enquanto voltávamos para o carro.

– É OK.

– Achei perfeito. Sei que o carpete está bem gasto e que os eletrodomésticos não são novos, mas para mim está bom.

Não, não está. Não está.

– E fico feliz que você tenha vindo, pois precisava ouvir a opinião de outra pessoa para tomar a decisão certa.

– É.

– Nossa! Nem acredito! – Ele parou no meio da calçada e balançou a cabeça. – Aluguei um apartamento aqui. Parece que estou sonhando!

– Parabéns – eu disse, seco.

– A que distância fica o mar? – Ele olhou ao redor como se pudesse vê-lo de onde estava.

– A uns oito ou nove quilômetros.

– Sério? Só isso? – Ele sorriu, com as bochechas corando. – Provavelmente isso não tem importância para você, mas cresci tão longe do mar que o oceano sempre foi algo exótico e incrível para mim. Quando criança, eu costumava sonhar que morava na costa, mesmo antes de saber o que queria fazer da vida. E, quando descobri que havia um lugar perto do mar chamado Cidade dos Anjos e que lá eram criadas as histórias a que pessoas do mundo todo assistiam, soube que era nesse lugar que eu queria viver. Naquela época, parecia impossível.

– Bem, aqui está você. – Eu queria tanto ficar feliz por ele, mas só conseguia pensar em mim mesmo. *Meu Deus, que cretino eu sou.*

– Aqui estou. Vivendo meu sonho.

Quando entramos no carro, decidi dizer algumas palavras de apoio.

– Você deve ter muito orgulho de si mesmo, Maxim. Muita gente fala sobre seus sonhos, mas nunca faz nada a respeito.

– Bem, as pessoas deviam tentar. Porque a sensação é ótima. – Ele olhou para mim. – Agendou a visita para ver aquela casa?

– Ainda não. – Dei partida no carro, prestando atenção no retrovisor enquanto dava ré.

– Derek – ele me repreendeu. – Por que não?

Dei de ombros.

– Fiquei ocupado no escritório esta semana. – Era uma desculpa. A verdade era que eu havia falado da ideia com meu pai e ele dissera que eu era louco, que perderia dinheiro e que, de todo modo, não teria tempo para projetos paralelos. O fato é que ele queria que eu assumisse *mais* responsabilidades nos seis meses seguintes, não menos.

– Ligue agora.

– Estou dirigindo. E não tenho o número.

– Ligue quando chegar em casa, depois que me deixar no trabalho.

Olhei para ele.

– Conseguiu um apartamento e ficou todo mandão.

Ele sorriu envergonhado.

– Desculpe. Mas sei que você faria um ótimo trabalho naquela casa. E acho que é o seu sonho.

– Talvez. Vou pensar melhor a respeito. – Mas era difícil pensar em qualquer coisa que fosse acontecer depois dos próximos nove dias. Eu não queria pensar no depois.

Quando parei em frente ao Blind Pig, ele olhou para mim.

– O que vai fazer hoje à noite?

– Nada de mais. – *Pensar em você. Sentir pena de mim mesmo. Afundar na tristeza.*

Ele abriu a porta, mas não saiu do carro.

– Está tudo bem?

– Por que não estaria?

– Não sei.

Eu me recusei a olhar para ele.

– Está tudo bem. Vá trabalhar.

– OK. – Outra pausa.

Agarrei o volante com força, olhando fixamente para a frente. *Saia logo, Maxim, antes que eu diga algo que não deveria dizer.*

– Bem, obrigado pela carona.

– Sem problema.

Ele desceu do carro, e arranquei assim que a porta fechou. Pelo retrovisor, pude vê-lo parado na calçada, me observando. Eu queria sair logo dali e poder pisar fundo no acelerador. *Maldito trânsito! Será que não existe uma via descongestionada em que se possa descarregar a raiva?*

Em vez disso, decidi correr um pouco. Cheguei em casa, troquei de roupa, peguei meus fones de ouvido e saí, os pés golpeando o solo em passadas largas e irritadas. Corri muito rápido, tão rápido que o suor brotava abundante, meu coração martelava, os músculos doíam. Corri como se algo me perseguisse, como se minha vida estivesse em perigo, como se só pudesse escapar da ameaça se ganhasse distância.

Mas as lembranças não me deixavam em paz. Não desistiam. Não me soltavam.

Os braços e as pernas dele se enroscando em mim como trepadeiras. A cabeça dele no meu ombro. A respiração dele no meu peito. A pele dele na minha.

Depois da minha volta de oito quilômetros, terminei no meu quintal, arqueado, respirando com dificuldade, mãos apoiadas nos joelhos. Eu não sabia se ia vomitar ou desmaiar. Um minuto depois, desabei na grama e deitei de costas, olhos fechados.

Merda. O que eu estava fazendo? Tentando fugir de um sentimento? Tentando castigar meu corpo pelo que eu havia feito? Pelo que queria fazer? Ou estava tentando substituir a dor emocional pela dor física? Talvez achasse que poderia ignorar sentimentos indesejáveis castigando meu corpo e levando-o à exaustão. Então a dor estaria em meus músculos, não no coração.

Porque meu coração que se danasse. Ele não tinha nada a ver com aquilo. Aquele sentimento tinha a ver com uma coisa apenas – prazer.

E seus dias estavam contados.

■

ACORDEI NOVAMENTE com os passos na escada. Como se meu corpo se lembrasse do que acontecera da última vez que escutara aquele som, meu pau começou a ficar duro, um calor inundando minhas partes baixas. Será que ele viria até mim de novo? Talvez não, depois da minha atitude naquela tarde. Talvez achasse que eu não o queria. Ou talvez soubesse que eu o queria e não viesse só para me punir. Foda-se.

Quando escutei o chuveiro ligar, decidi não esperar. Saí da cama e tirei a cueca, meu pênis ereto livre e latejante de impaciência. O corredor estava escuro, a porta do banheiro fechada.

Não bati. Porque as boas maneiras que se fodessem também.

Ver seu corpo nu, mesmo através do vidro molhado e embaçado, fez crescer a tensão dentro de mim. E a voracidade – eu me sentia quase um predador quando ele se virou surpreso e me viu lá parado.

Abri a porta do box e entrei ao lado dele. Nem lhe dei chance de falar nada e já o agarrei e busquei a boca dele com a minha, empurrando-o de costas contra os azulejos e apertando meu corpo contra o dele, quente e molhado. Ele não resistiu, mas fui agressivo com ele, agarrando seus cabelos, enfiando a língua em sua boca, esfregando o pau em seu quadril. Eu sentia a necessidade de subjugar algo ou alguém, de dominar. De assumir o controle e impor minha vontade. Não era idiota, sabia que era a mim mesmo que queria controlar, mas não conseguia. E Maxim, com sua perturbadora capacidade de me mostrar quem eu realmente era, de me fazer achar que eu não conseguia me desprender dele, de refletir, como um espelho, tudo que eu desejava, era o substituto perfeito.

Arranquei minha boca da dele e o empurrei pelos ombros.

– Fique de joelhos.

Ele se abaixou obediente, e aquilo me deu prazer. A água quente caía em minhas costas enquanto o vapor subia à nossa volta. Me apoiei na parede enquanto ele segurava meu pau com uma das mãos e o levava até a boca.

– Isso – rosnei com os dentes cerrados. Os músculos das minhas pernas se contraíram quando ele me lambeu e chupou e acariciou. Ele não me provocou, não enrolou, não brincou, não tentou se libertar do meu controle nem fazer do meu orgasmo sua diversão. Era como se ele soubesse do que eu precisava e quisesse me dar aquilo. Seus dedos deslizavam entre minhas pernas e me agarravam com uma pressão firme e constante enquanto ele me levava até o fundo da garganta de novo e de novo. Meu corpo tremia, assim como o chão estremece e chacoalha antes de uma erupção vulcânica. Agarrei sua nuca com a mão e mantive sua cabeça imóvel enquanto metia na sua boca macia com força, até o fundo.

– Porra! – gritei, minha voz ecoando pelos azulejos enquanto eu explodia dentro dele sem nem ao menos avisar antes.

Ele não se importou. Continuou me masturbando e chupando e engolindo até meu corpo ficar vazio e trêmulo e formigante. *Oh, meu Deus! Ele é perfeito. Ele é perfeito e lindo e corajoso e tão cheio de vida e por que não posso me sentir assim para sempre? Por que ele não pode ser meu para sempre?*

Ajoelhei diante dele. Segurei sua cabeça nas mãos. Eu o beijei de um jeito apaixonado, protetor, possessivo. *Meu. Meu. Meu.* Seus braços me envolveram e me derreti aos seus pés. Naquele momento, não havia nada que eu não teria feito por ele.

– Levante – eu disse, deslizando meus lábios pela curva de seu pescoço quente e molhado. – Me deixe fazer.

– Fazer o quê? – Sua voz era baixa, brincalhona.

Me deixe fazer seu coração bater mais rápido. Me deixe fazê-lo gozar. Me deixe fazê-lo tão feliz que nunca mais queira ir embora. Porque não quero que você vá, mas não posso pedir que fique.

– Me deixe fazer o que eu quiser.

Ele ficou de pé e segurou meu queixo para cima, forçando-me a olhar para ele.

– Sou todo seu.

TRINTA

MAXIM

O QUE QUER QUE ESTIVESSE PERTURBANDO Derek na tarde em que fomos assinar meu contrato de aluguel parecia ter se resolvido espontaneamente. Passamos as cinco noites seguintes juntos em sua cama, e toda manhã ele me beijava antes de ir trabalhar. Apareceu no bar para jantar duas vezes e, na quinta à noite, ficou até o fechamento para poder me levar para casa, embora tivesse que acordar cedo no dia seguinte. Não transamos aquela noite porque ele estava muito cansado, mas não me importei. Adormecer com seu corpo colado ao meu era como um orgasmo, de certa maneira – um tipo de intimidade mais suave e delicada que me fazia me sentir ainda mais próximo dele.

Meu caderno, que agora estava mais para diário do que para anotação de ideias, estava repleto de páginas e mais páginas de meus sentimentos por Derek, que cresciam dia a dia. Não falávamos sobre meus sentimentos, mas eu queria falar.

Queria dizer que estava me apaixonando por ele. Queria ouvi-lo dizer que sentia o mesmo por mim. Queria saber se ele conseguia ver um futuro para nós em que não precisássemos nos esconder. Nós meio que havíamos deixado as coisas em aberto quando concordamos em ver no que aquilo iria dar, mas, na segunda-feira, eu me mudaria para o apartamento, e não poderíamos mais nos ver de madrugada. O que aconteceria conosco? O que ele queria? Eu estava louco para saber todas as respostas, mas também tinha medo de fazer as perguntas. Derek não era do tipo que gostava de ser pressionado. E talvez ele ainda nem *soubesse* o que queria.

Eu sabia o que queria: mais. Chegara a um ponto em que queria *estar* com Derek, mas não só em casa, em público também. Queria fazê-lo feliz, deixá-lo orgulhoso de mim, fazê-lo ver que não tínhamos do que nos envergonhar. Queria fazer parte da vida dele. Relacionamentos abertamente gays eram possíveis aqui – eu os via o tempo todo. Sabia o quanto seria difícil para ele e nem por um segundo achei que eu tivesse o direito de pedir algo assim a ele, mas uma parte de mim começava a ter esperança de que talvez ele oferecesse.

Outra parte de mim dizia *não seja ridículo, ele já lhe disse com todas as letras que quer uma família, não um namorado*. Mesmo se ele me aceitasse, eu não poderia lhe dar aquilo. Não podia trabalhar de forma legalizada nos Estados Unidos e se meu visto expirasse eu poderia ser deportado. Quem em sã consciência olharia para um cara como eu e acharia que era uma boa ideia começar uma família comigo? Certamente, não Derek. Metade do tempo, eu nem imaginava por que ele estava comigo.

Mas estava sendo a melhor época da minha vida, um presente inesperado. E eu não queria que terminasse.

■

NA SEXTA DE MANHÃ, acordei e vi que Derek havia me mandado um monte de mensagens de texto.

> Você trabalha demais. Merece um descanso.
>
> Vamos viajar no fim de semana. Bote numa mala seu calção de banho, uma roupa bonita para jantar e algo mais casual para usar hoje e amanhã. Compraremos óculos de sol para você no caminho. (Não sei como você conseguiu sobreviver em L.A. até agora sem óculos de sol.) Esteja pronto às 15:00.
>
> E, sim, já falei com Ellen e ela vai lhe dar o fim de semana de folga. Considere como férias remuneradas.
>
> Sim, férias remuneradas. Bem-vindo à América.

Sentei na cama do quarto de hóspedes, atordoado, com as ideias embaralhadas, o coração acelerado. Aquilo era pra valer? Ele ia me levar para viajar no fim de semana? Em público? Onde as pessoas poderiam nos ver juntos? Para onde será que íamos?

E ele contara da viagem à Ellen! O que será que ela estava pensando? O que ele teria dito? Será que ela suspeitava de algo?

E o que era aquilo de férias remuneradas? Existia uma coisa dessas?

Eu estava confuso, mas acima de tudo estava feliz. Fazer uma viagem juntos parecia um grande passo. Ele não faria aquilo se não quisesse que as coisas continuassem entre nós, certo?

Talvez o fim de semana fosse o momento decisivo para nós.

Arrumar a mala não demorou muito, e eu já estava pronto bem antes das três. Não que não confiasse em Derek, mas mandei uma mensagem rápida para Ellen para me certificar de que não tinha problema tirar três dias de folga. Eu não queria que nada prejudicasse meu trabalho.

A resposta dela me tranquilizou.

É claro que não tem problema! Estou tão feliz que Derek esteja fazendo isso. Não o deixe trabalhar na viagem. Ele também precisa de uma folga!

Precisa mesmo. Ele é duro demais consigo mesmo.

Ela respondeu com um monte de *emojis* – o sol, óculos escuros, um calção de banho, um drinque tropical, um guarda-sol, uma onda grande – e me disse para aproveitar.

Sorri. Praia. Tinha que ser a praia. Ele lembrou o que eu dissera sobre o oceano e ia me levar para ver o mar. Senti um aperto no peito e o coração batendo forte de emoção. Meu Deus, ele era perfeito! Ele era tudo.

■

– **SABE PARA ONDE VAMOS?** – ele perguntou assim que botamos as malas no porta-malas e caímos na estrada.

– Não tenho certeza. – Eu não conseguia parar de sorrir.

– Sem tentar adivinhar – ele ordenou. – Quero que seja surpresa.

– Demora muito para chegar lá?

– Você parece meus sobrinhos. Não demora muito – ele prometeu, pousando a mão na minha perna. – Uma ou duas horas, talvez.

Duas horas depois, ainda estávamos na estrada, presos no trânsito. Mas não me importava – havíamos baixado as janelas, e eu podia sentir o cheiro de mar. Respirava fundo, incapaz de enjoar daquele ar quente e salgado.

– Desculpe por ainda não termos chegado lá. Eu queria ter vindo durante a semana. Todo mundo vem para a praia no fim de semana. Oh, merda! – Ele percebeu que revelara a surpresa e cobriu a boca com a mão.

– Tudo bem – respondi, dando um tapinha em sua perna. – Imaginei que íamos para a praia quando você disse para botar um calção de banho na mala, e Ellen me mandou um monte de *emojis* que serviram de dica.

Ele grunhiu.

– Viu só? Ellen e sua maldita boca grande. Não sei por que eu disse a ela a verdade. Devia ter dito que íamos acampar ou algo assim.

– Não, isto é perfeito! Ainda será uma surpresa ver o mar e nadar e escutar as ondas. Mal posso esperar.

Com um gesto que me chocou, ele segurou minha mão que estava sobre sua perna e beijou meus dedos.

– Ótimo. Adoro vê-lo assim animado.

Saímos da rodovia e entramos em uma linda estrada ladeada por palmeiras, eu achei que meu coração fosse saltar do peito. Passamos por um portão que dizia "Ritz Carlton", e então olhei para Derek.

– Este é... Vamos... *ficar* aqui? – Havia um Ritz em Moscou, mas era tão caro e tão luxuoso que eu nunca nem passara pela porta.

– Sim. Uma vez passei na frente deste lugar e sempre quis vir aqui. Você me deu um motivo. Então, obrigado.

Eu nem conseguia falar.

Nós nos registramos, e fiquei olhando para o oceano, que acenava para mim através das grandes janelas de vidro do saguão.

– É tão bonito – eu disse, fascinado pelo que via.

Derek sorriu.

– Reservei um quarto com vista para o mar, para que você possa olhar o quanto quiser.

Assim que entramos em nosso quarto, larguei a mala no chão e corri para a varanda, que dava para o mar, como prometido. Respirei profundamente e me embriaguei com aquela vista tão azul.

– Nunca vou me cansar disso – eu disse quando Derek se juntou a mim. – É ainda mais incrível do que eu havia imaginado.

Aproximando-se por trás, ele enlaçou minha cintura e apoiou o queixo em meu ombro.

– Quer caminhar na praia?

– Quero. Embora isto também seja ótimo. Ficar aqui sozinho com você. – Cobri os braços dele com os meus.

– Prometo que você terá bastante tempo na praia e sozinho comigo.

Suspirei, fechando os olhos.

– Isto é pra valer? Não me diga se não for.

– É pra valer. – Ele beijou meu ombro, meu pescoço, meu queixo. Encostou a testa na minha. – É sim.

■

MAIS TARDE, depois que já tínhamos caminhado pela praia, nadado no mar e bebido coquetéis coloridos enquanto víamos o sol se pôr, voltamos para o quarto para tomar banho. Eu fiquei emocionado ao ver o mar pela primeira vez, mas ver Derek se arrumando para o jantar me deixava ainda mais feliz. Parecia ridículo que algo tão mundano quanto vê-lo passar uma roupa, ou se barbear, ou se pentear, ou abotoar a camisa tivesse tanto efeito em mim, mas tinha. Eu ainda podia ouvir sua voz em minha cabeça. *É pra valer. É sim.*

Parecia mesmo pra valer. Quanto mais tempo passávamos juntos, mais eu queria fazer o que fosse preciso para que aquilo durasse. Não tinha me mudado para os Estados Unidos na esperança de conhecer alguém, mas a vida era estranha e maravilhosa, e eu tinha que acreditar que aquele sentimento tinha um propósito. Era forte demais, bom demais, improvável demais para que fosse aleatório. Tudo dentro de mim, cada instinto meu, me dizia para lutar por ele.

Mas que armas eu tinha? O que poderia dar a ele em troca de mudar sua vida por mim? Sexo não parecia o bastante. O que mais ele queria?

– Fale mais sobre o que você gostaria de fazer naquela casa. Já agendou a visita para vê-la? – Estávamos jantando, sentados no pátio do restaurante do hotel observando o mar.

Ele virou o rosto na direção da água.

– Ainda não. Não sei se quero vê-la.

– O quê? Por que não?

O garçom apareceu com nossas bebidas e perguntou se estávamos prontos para pedir a comida. Assim que ele se afastou, perguntei de novo.

– Por que não quer ver a casa?

– Porque é inútil. Não posso comprá-la. Meu pai estava certo, não tenho tempo para um projeto como aquele. E provavelmente nunca terei. – Ele pegou seu vinho e bebeu.

– Falou com seu pai a respeito da casa?

– Falei. E não foi nada bom. Ele quer que eu assuma mais responsabilidades, não menos. E ganharei mais também.

– Mas e tudo que você me disse sobre criatividade e risco e paixão?

Ele deu de ombros.

– Foi só uma ideia, e uma ideia nada prática. Há outras coisas que quero mais. E quer saber? – Ele bebeu de novo e pousou a taça na mesa antes de se inclinar na minha direção. – Não vamos falar mais disso. Estamos aqui para nos divertir, e não quero pensar em mais nada. Tudo que importa é o *presente.*

Mas não quero ser só diversão para você. Quero ser importante. Quero significar alguma coisa. Quero conversar sobre aonde podemos ir daqui em diante, o que podemos ser.

Quero que você me deixe fazer parte de sua vida.

Eu começava a achar que isso não ia acontecer.

TRINTA E UM

DEREK

NEGAÇÃO ERA um jogo no qual eu era mestre.

Estava familiarizado com o campo, tinha todas as estratégias memorizadas e o uniforme servia em mim como uma luva. Eu o havia usado praticamente minha vida inteira. Não quer sentir algo? É só se recusar a sentir. Não gosta dos pensamentos em sua cabeça? É só rejeitá-los. Não gosta de quem você é de verdade? Finja que essa pessoa não existe. Você só estará enganando a si mesmo – e que importância isso tem? Graças a anos de prática, eu era especialista em manter o exterior limpo e organizado, mesmo quando o interior estava uma bagunça total. *Principalmente* quando o interior estava uma bagunça total.

E estava.

Eu esperava me saciar, me fartar dele, para que pudesse acabar com aquela experiência e seguir em frente com a vida. Mas isso não aconteceu.

A cada dia meus sentimentos por Maxim ficavam mais fortes. Cada noite que passávamos juntos nos unia mais. Eu passava cada instante em que estávamos separados pensando na próxima vez em que estaríamos juntos de novo. O que era para ser um caso rápido e divertido estava se transformando em algo totalmente diferente.

E eu me recusava a deixar isso acontecer. Havia chegado ao meu limite. Depois daquela noite no chuveiro, havia enfiado meus sentimentos numa mala, como se fossem um suéter, e a despachado. Dizia a mim mesmo que não era amor; era paixão.

Novidade. Um gostinho de fruto proibido. A excitação de ser um cara *mau*. Era apenas a presença dele em minha casa que tornava tudo tão intenso. Depois que ele fosse embora, eu ficaria bem.

Eu ficaria bem.

Mas, em nosso último fim de semana juntos, eu queria tudo. Queria-o só para mim, sem distrações. Queria mais do que apenas algumas horas roubadas no escuro – queria seus dias *e* suas noites, cem por cento de sua atenção, saber como seria ser dele, chamá-lo de meu. Eu me fartaria dele e de nós, até ficar plenamente satisfeito.

E então poderia deixá-lo partir.

▪

COMO TODOS OS MEUS planos que envolviam Maxim, as férias para me saciar não estavam dando certo.

– Quero ficar aqui para sempre. – Ele olhou para o mar de onde estávamos sentados, no pátio do restaurante, no sábado à noite. – A água, o calor, as palmeiras. É o paraíso.

Talvez fosse, mas eu não conseguia tirar os olhos dele. Sua pele bronzeada pelo sol, o cabelo bem penteado, mas bagunçado pela brisa, a camisa branca com as mangas dobradas que deixavam à mostra pulsos fortes e mãos bonitas. *Meu Deus,* o que aquelas mãos faziam comigo! A forma como percorriam meu corpo como ouro derretido, lentas, voluptuosas, incrivelmente sensuais. Podiam ser suaves ou brutas, gentis ou cruéis, delicadas ou selvagens. Podiam me provocar e torturar, acariciar e envolver, me deixar de joelhos ou me levar às alturas. Eu amava e odiava o poder que elas tinham sobre mim. Na noite anterior, eu as havia prendido com um cinto, como se tê-las presas pudesse diminuir seu efeito sobre mim, mas de algum modo a visão daquelas mãos amarradas com uma tira de couro só aumentou ainda mais seu poder. Naquela noite, ele usava um relógio com pulseira de couro, e toda vez que eu olhava para aquilo, meu coração acelerava. Mas tentava não olhar, porque odiava pensar no tempo – estava passando rápido demais. Cada hora transcorrida nos deixava mais perto da segunda-feira. Cada minuto que passava, tornava mais difícil manter meus sentimentos enterrados. Eles estavam se aproximando da superfície como petróleo que escapa do fundo do oceano: escuro, denso e ameaçador.

– Derek?

Voltei os olhos para o rosto dele e percebi que ele fizera uma pergunta que eu estava distraído demais para responder.

– O quê?

Ele sorriu e meu coração disparou.

– Não acha que aqui é o paraíso?

– Acho. – Peguei minha taça de vinho e tomei um grande gole.

– Do que você gosta mais?

– Hmmm. – *De entrar aqui com você, porque você foi corajoso e segurou minha mão e não a soltou até chegarmos à mesa.* Era assim que eu deveria ter me sentido ao sair com Carolyn... orgulhoso, satisfeito, feliz. E também era nossa maior demonstração de carinho em público em todo o fim de semana, e eu adorei – mas aquele era um lugar cheio de pessoas estranhas a nós. Será que eu sentiria a mesma coisa se estivéssemos em uma sala cheia de amigos?

A resposta era "não", e eu me odiava por aquilo.

– Não consigo me decidir – falei.

As últimas vinte e quatro horas tinham sido perfeitas. Não havíamos nos separado nem por um instante. Havíamos deitado na praia e contado histórias de nossa infância. Havíamos ficado ligeiramente bêbados com os drinques absurdamente caros na piscina, rido de minhas tentativas de dizer palavras em russo e de suas superstições malucas. Havíamos voltado para o quarto, bronzeados e cheios de areia e meio embriagados de mojitos e inebriados um com o outro, caindo na cama quase imediatamente. A pele dele tinha gosto de sol e mar e sal e rum e tudo o que é quente e jovem e despreocupado. Depois, adormecemos abraçados, e rezei para que o tempo parasse e pudéssemos continuar daquele jeito para sempre – perdidos em nosso pequeno universo com gosto de praia em que seríamos apenas um do outro. Responderíamos apenas um ao outro. Amaríamos um ao outro sem vergonha.

– Como está seu bife? – ele perguntou.

– Bom. – Coloquei outro pedaço na boca, mal sentindo o gosto.

– O meu também. Embora meu bife favorito seja sempre aquele que você preparou para mim na noite em que nos conhecemos.

Retribuí o sorriso sem sentir nada.

– Lembro-me de ter sentado à sua frente e de querer ficar acordado a noite inteira conversando.

Peguei meu vinho de novo.

– Derek. – O tom de Maxim era hesitante. – Há algo errado?

Sim. Acho que amo você.

– Não.

– Você parece... meio calado.

Porque tenho medo de começar a falar e não conseguir parar.

– Oh.

Ele deu um suspiro, empurrou algumas batatas pelo prato.

– Eu estava pensando...

Oh, merda.

– O que Ellen disse quando você falou que íamos viajar juntos?

Minhas coxas relaxaram.

– Nada de mais. Ficou com inveja, mas feliz.

– Oh. – Ele cutucou as vagens. – Ela não achou estranho nós dois viajarmos no fim de semana?

– Não que eu tenha notado. Eu... eu disse a ela que queria dar uma olhada em umas propriedades por aqui e que achava que você gostaria de vir junto, já que queria muito ver o mar.

– Ah. Entendi. – Ele pareceu meio decepcionado com aquela mentira. – Bem, então tudo bem.

Não faça isso, Maxim. Não fique triste porque não podemos ficar juntos. Não demonstre nem me diga que se importa. Não consigo lidar com isso.

Terminamos o jantar e a sobremesa em relativo silêncio e voltamos para nosso quarto. Como sempre, Maxim foi direto para a varanda, como se o oceano o atraísse como uma espécie de força física. Eu o segui, e ficamos junto ao gradil, parados lado a lado no escuro, escutando o barulho das ondas e respirando o ar suave da noite.

– Você me deixou segurar sua mão. – As palavras dele me desconcertaram.

– O quê? – Olhei-o, mas seu olhar continuou no mar.

– Hoje à noite. Ao entrarmos no restaurante. Você me deixou segurar sua mão.

Engoli em seco.

– Sim.

– Por quê?

– Porque... – Olhei para o oceano de novo, infinito e profundo, e senti como se estivesse me afogando. – Porque eu queria saber como seria ser seu. Pertencer a você.

Ele demorou um instante para responder.

– E como foi?

Fechei os olhos, afundando rapidamente.

– Paraíso. Foi o paraíso.

– Derek, eu...

Mas não o deixei terminar a frase. Não podia. Em vez disso, eu o puxei para mim e colei minha boca na dele, agarrando-me a ele como se ele pudesse me salvar das profundezas infinitas dos meus sentimentos. De algum modo, entramos no quarto, onde puxamos e arrancamos nossas roupas com mãos atrapalhadas, relutantes em interromper o beijo.

Caímos na cama, enroscados um no outro do jeito que eu adorava, que fazia com que me sentisse próximo dele, totalmente compreendido. Eu queria cada pedacinho dele, queria entrar em sua mente, me perder sob sua pele, residir nos espaços ocultos entre seus músculos e ossos. E eu o queria dentro de mim, queria que preenchesse meu corpo com o seu, queria me entregar a ele como nunca havia me entregado.

Procurei às cegas o lubrificante na mesinha de cabeceira atrás de mim, e ele se inclinou sobre mim e pegou o tubo.

– Aqui está – disse ofegante enquanto me entregava a embalagem.

Devolvi.

– Não. Sua vez.

Ele parou.

– Você quer?

– Quero – respondi, deslizando a mão entre nossos corpos e segurando o pau dele. Puta que pariu. Ele era grande e grosso e duro, e iria doer. Mas eu queria aquilo. Queria sofrer por ele. Minha dor seria um presente tácito, algo sincero que eu poderia oferecer a ele em vez das verdades que não conseguiria dizer, das promessas que não conseguiria fazer. – Por favor.

Ele me beijou intensamente, me deitou de costas, me prendeu sob seu corpo. A voz dele era grave em meu ouvido.

– Quero que seja ótimo para você.

Medo e excitação percorreram minha espinha.

Ele serpenteou pelo meu corpo e se ajoelhou entre minhas pernas, separando-as. Dobrando os joelhos, com a sola dos pés apoiadas na cama, fechei os olhos e me preparei para uma invasão desconhecida, mas em vez disso ele levou meu pênis à boca. Gemi enquanto ele passava a língua pela coroa, meu corpo ansioso e trêmulo. Sua boca era tão quente e molhada e apertada e, *puta que pariu*, ele me levava tão fundo. Ao mesmo tempo, deslizava seus dedos escorregadios de lubrificante por entre minhas pernas, massageando e girando e provocando e, oh, porra...

– Maxim – avisei.

Ele tirou meu pau da boca e traçou uma linha com a língua pelo meu abdômen.

– Shhh. Confie em mim.

Eu confiava. Mas pouco depois, quando ele enfiou um dedo quente e escorregadio em mim – e depois mais um –, me perguntei se eu havia superestimado minha tolerância ao desconforto e minha capacidade de lidar com a dificuldade psicológica que era deixar outro homem entrar no meu corpo daquela maneira. Minha mente tentava escapar, me dizendo que eu não era *assim.*

Eu era. Eu era assim. E queria aquilo, mas... Senhor! *Senhor!*

A sensação era nova para mim. Estranha. Difícil. Eu queria que meu corpo respondesse, mas meu cérebro estava recebendo sinais confusos. Uma hora meu ânus se contraía ao redor dos dedos dele, puxando-os para dentro como se eu quisesse mais, e no instante seguinte eu temia passar vergonha porque achava que iria mijar.

Alarmes começaram a soar.

Não consigo controlar meu corpo.

Comecei a entrar em pânico, as mãos agarrando os lençóis, as pernas tremendo.

– Respire – ele sussurrou, os lábios perto dos meus. – Devagar e profundamente.

Inspirei e expirei o ar, tentando conscientemente relaxar todos os meus músculos. Aos poucos, senti a tensão se dissipar. A ardência começou a sumir. O prazer começou a murmurar dentro de mim.

Meus quadris começaram a se mover.

– Isso, querido.

Porra. Adoro quando ele me diz isso.

Ele desceu me beijando até o peito, e foi enquanto sua língua acariciava meu mamilo que algo que ele estava fazendo com os dedos fez meu corpo todo começar a formigar. Um gemido escapou da minha boca enquanto a sensação aumentava devagar, mas significativamente. Eu queria mais, mas não conseguia falar.

Ele enfiou um terceiro dedo.

Algo está acontecendo comigo.

Era como se estivesse chegando ao orgasmo, mas sua origem não era o meu pau. Ele nem estava tocando no meu pau. Era uma sensação de contração gradual mais lenta e mais profunda dentro de mim que enviava descargas elétricas para o meu corpo todo, como se meus circuitos tivessem sido reconfigurados, como se meu corpo se transformasse para recebê-lo.

Ele tirou os dedos de dentro de mim, e imediatamente eu os quis de volta. Observei enquanto colocava a camisinha e espalhava lubrificante em si mesmo. Ele jamais me parecera tão lindo e tão assustador. Eu nunca me sentira tão impotente e tão vulnerável. Minhas entranhas tremeram quando ele segurou minhas coxas e me puxou mais para perto dele. Afastou mais minhas pernas. Posicionou a cabeça do pau.

Ele fechou os olhos enquanto deslizava para dentro de mim em um mergulho lento, demorado e bonito. Respirei fundo ao sentir meus músculos se esticando e doendo, mas feliz por aquela dor, porque era meu corpo sendo modificado pelo dele.

Quando estava totalmente dentro de mim, ele se inclinou para a frente, apoiou os cotovelos acima dos meus ombros, forçando meus joelhos a se aproximarem do meu peito. Ele abriu os olhos, e coloquei as mãos em sua nuca.

Por um instante, ficamos imóveis, nos olhando nos olhos. Eu não conseguia respirar. Ele estava em toda parte dentro de mim – em toda parte. Minha mente, meu coração, meu corpo, minha alma. Me entreguei totalmente a ele. Eu era dele, exatamente como queria que fosse, e era perfeito.

Ele colocou os lábios sobre os meus e começou a se movimentar, o corpo serpenteando sobre o meu em ondas sinuosas. Adorei a solidez de seu corpo, seu peso, a pressão do peito. Adorei o movimento do pau naquele lugar dentro de mim, aquele que fazia meu corpo todo vibrar. Adorei me esquecer de tudo, menos dele – o que era certo ou errado, bom ou mau, regras e religião.

Nada mais importava para nós. Nada mais existia, exceto nós. O próprio tempo era irrelevante.

A respiração de Maxim ficou mais difícil, e ele enterrou o rosto no meu pescoço enquanto mergulhava em mim, como se tivesse que ficar mais perto de mim de todos os modos possíveis. Era tão bom ser desejado daquele jeito, sem fingimento ou inibição ou vergonha, e abracei suas costas para mantê-lo junto a mim. Tudo que eu conseguia pensar era *fique comigo, fique comigo, fique comigo.*

Pouco depois, ele se ergueu e se sentou nos calcanhares, agarrando minhas coxas para me colocar sobre suas pernas. *Puta que pariu!* O ângulo era inacreditável, e senti aquele puxão interno, intenso, quase imediatamente. Com meus pés apoiados na cama, ergui os quadris, e ele deslizou as mãos por baixo da minha bunda, a agarrou e me fodeu forte e rápido e fundo. Meu pau pulsava em minha mão antes que eu me desse conta de que o havia segurado. Eu estava tão perto de um orgasmo, tão perto, tão perto, tão perto, a pressão dentro de mim crescendo e crescendo, um calor intenso irradiando pelo meu corpo inteiro, minha bunda, coxas, costas, estômago, tudo *mais tenso, mais quente, mais, isso... oh, meu Deus,* até que gozei em meu peito e ouvi Maxim gritar *porra!* e ele pulsava dentro de mim, meu ânus apertando seu pau no orgasmo mais longo e intenso que eu já tivera. Eu não parava de gozar. Meus pelos estavam eriçados. Minha pele estava em chamas. Meu corpo convulsionava. Se não tivesse sido tão bom, eu teria achado que era um tipo de problema físico. Parada cardíaca. Derrame. Eletrocução.

Quando finalmente me recuperei, olhei para Maxim incrédulo. Ele estava suado e descabelado e tão lindo que chegava a doer. Por um instante maluco, achei que eu fosse *chorar*.

– Você está bem? – ele perguntou.

Será que um dia eu ficaria bem de novo?

– Não.

Confusão e preocupação surgiram em seu rosto.

– Não?

– Tem um buraco no teto? Porque acho que fui atingido por um raio.

Ele riu.

– Sei como é.

– Minhas pernas. Não sinto minhas pernas.

– Espere até tentar andar.

Gemi.

– Preciso levantar?

– Não. Espere um pouco. – Ele se desprendeu com cuidado do meu corpo e foi até o banheiro. Um instante depois, estava de volta com uma toalha de rosto úmida. Tentei pegar dele, mas ele balançou a cabeça, recusando. – Deixe comigo.

Observei seu rosto enquanto ele limpava meu peito, e seu olhar carinhoso quase acabou comigo. *Isso. É isso que eu quero. Não posso perdê-lo.*

Mas o que podia fazer? Não havia boas opções, e o tempo estava acabando. Aquela viagem não estava saindo bem como eu esperava – na verdade, eu o queria ainda mais do que antes. Como era possível?

Ele voltou ao banheiro e eu fechei os olhos.

Castigo. Este é o castigo pelo que você fez, e a única coisa que resta a fazer é suportá-lo.

TRINTA E DOIS

MAXIM

QUANDO SAÍ do banheiro, Derek já estava dormindo, deitado de lado, de costas para mim. Pobrezinho. Eu tinha acabado com ele. Ele estaria bem dolorido no dia seguinte. Com sorte, acharia que tinha valido a pena.

Voltei para a cama e deitei perto dele, passando um braço em volta de sua cintura. Sua pele estava quente e o cheiro era tão bom que aproximei o rosto da lateral de seu pescoço e inspirei profundamente. Mar e sexo. Nada melhor.

Aquele fim de semana fora incrível. Eu não trocaria nem um minuto daqueles dias por nada, e havia alguns momentos – como quando ele segurara minha mão aquela noite, a forma como a voz dele vacilara quando ele havia dito que queria saber como seria ser meu, o jeito como se entregara a mim do modo mais íntimo e profundamente pessoal que podia – aqueles momentos ficariam comigo para sempre. Eu me sentia tão querido e confiável e próximo dele.

Aquilo bastava? Eu bastava? Ele ainda se recusava a conversar comigo sobre o futuro. Eu estivera prestes a dizer a ele como me sentia, quando ele desviara do assunto usando sexo. Eu não conseguia resistir quando ele ficava daquele jeito – sensual e mandão –, mas aonde aquilo nos levaria? O sexo era absurdamente incrível, mas eu queria que ele me dissesse que o que tínhamos era muito mais. Que eu era muito mais que aquilo.

Hoje à noite, enquanto eu o limpava, vi aquele olhar em seu rosto. Surpresa e gratidão e afeição. Com minhas mãos em seu peito, eu sentira como seu coração batia. Ele gostava que cuidassem dele – aquilo me deixou feliz. Era sempre ele quem resgatava e protegia e colocava os outros em primeiro lugar, fossem familiares, amigos ou até mesmo os animais que ele dissera que Ellen estava sempre lhe empurrando. Que alívio deve ter sido se sentir cuidado daquele jeito, principalmente depois do que havíamos feito. Eu sabia que ele provavelmente seria duro consigo mesmo, e uma parte dele se perguntaria se eu ainda o veria da mesma forma que antes. Se o enxergaria como alguém menos perfeito agora que o vira mais vulnerável, mais sincero, despido de tudo, exceto suas necessidades mais íntimas.

Aquela ideia fez com que me aconchegasse mais ainda a ele. Sob sua fachada de perfeição, Derek era humano e queria ser amado pelo que era. Queria se sentir digno de ser amado. *Eu queria saber como seria ser seu. Pertencer a você*, ele dissera.

Aceitação.

Ele queria ser aceito. O problema é que o que ele buscava não era a minha aceitação.

Era a sua própria.

■

DEREK ESTAVA calado na manhã seguinte – e dolorido. Não pude deixar de sorrir quando ele gemeu ao se levantar da cama.

– Você está bem? – perguntei.

– Não. Músculos que eu nem sabia que existiam estão gritando. – Ele foi mancando na direção do banheiro.

– Precisa de ajuda?

– Não. Se eu não sair, é porque morri e foi você quem me matou.

– Mas valeu a pena?

Da porta do banheiro, ele olhou por cima do ombro, com uma expressão séria.

– Porra, se valeu.

Sorri ainda mais.

– Ótimo.

Ele não morreu, e descemos para o café da manhã, durante o qual ele ficou a maior parte do tempo silencioso e distraído. Eu não queria forçá-lo a falar, pois sabia que precisava processar algumas coisas em sua mente, e ele não era o tipo de cara que confia em seus instintos, como eu era. Ia levar um tempo.

■

– QUER VER UM FILME OU ALGO ASSIM? – ele me perguntou mais tarde naquele dia, abrindo uma garrafa de vinho. Tinha ido à academia depois que voltamos da praia, e aquilo parecia ter melhorado seu humor. Havíamos pedido pizza, e ele até me deixou pagar com meu novo cartão de crédito.

– Tudo bem. Qual é o seu favorito?

Ele franziu a testa.

– Não sei se você vai gostar. Não é muito conhecido.

– Não tem problema. Gosto de todos os filmes. Como se chama?

– É um filme do Woody Allen chamado *Poucas e Boas* sobre um guitarrista dos anos 30. Ele é um desastre. Superconvencido porque é um ótimo guitarrista, mas assombrado pelo único cara no mundo que é melhor que ele. Aí ele se apaixona por uma moça muda. – Ele riu. – Não estou explicando muito bem. Mas há algo nesse filme que adoro. É uma grande história, e o elenco é perfeito.

– Adoro grandes histórias – eu disse, pegando pratos no armário. – E Woody Allen é um roteirista fantástico. Vamos ver esse filme.

Comemos e assistimos ao filme, fazendo uma pausa só para levar nossos pratos até a cozinha e para guardar o que havia sobrado da pizza. De volta ao sofá, Derek apagou as luzes, puxou a otomana para perto e esticou as pernas. Sentei ao seu lado, deixando entre nós mais espaço do que gostaria de deixar.

– Ei. – Ele pôs um braço em volta de mim. – Chegue mais perto.

Satisfeito, me aproximei dele e me ajustei à curva de seu corpo. A esperança começou a surgir em meio aos meus temores.

Terminamos de ver o filme, e eu simplesmente adorei a história. Principalmente porque uma das personagens era muda, então comunicava suas emoções e pensamentos apenas por meio de gestos, expressões e nuances. Como alguém que às vezes tinha algumas dificuldades com a língua, eu apreciava sua atuação brilhante.

E aquilo me fez entender um pouco mais a mente do Derek. O filme terminava com o personagem principal admitindo que cometera um erro – uma decisão importante que fizera sua vida tomar determinado rumo sem volta. Ele sofreria as consequências daquele erro para sempre. Mas havia uma vantagem – ele passara a tocar de forma mais bonita, mais visceral, tão bem quanto seu rival.

Fiquei pensando se algo naquela história ecoava em Derek, a ideia de chegar a uma encruzilhada e fazer uma escolha e, mesmo que se escolha um caminho que cause sofrimento, é possível encontrar beleza e nobreza nele.

Não se deixe levar pela imaginação. Talvez ele só goste do filme, nada mais.

Eu ainda pensava nisso enquanto os créditos subiam. Ele desligou a TV e o som, mas não se mexeu. E disse:

– Não vá.

Silêncio. Então eu falei:

– O quê? – Embora tivesse ouvido perfeitamente.

– Não vá. Amanhã. Não vá embora. – Seu tom era de desespero contido.

– Por quê?

– Porque não quero que você vá.

Não é que suas palavras não me deixassem feliz, mas meu instinto me dizia que algo não estava certo.

– Você não quer que eu vá?

– Não. – Me abraçou. – Gosto de ter você aqui.

– Isso significa que você está pronto para...

– Significa que gosto de ter você aqui. Significa que adorei passar o fim de semana com você. Não quero perder isto.

Eu queria tanto que aquilo fosse um sinal de que ele estava caminhando para a aceitação. Mas eu não tinha certeza. Sentei de frente para ele, desejando que pudesse enxergar melhor no escuro.

– Então você quer... ficar junto?

– Como temos ficado. Sim.

Como temos ficado. Em segredo.

– Quer continuar em segredo?

– Quero – ele disse como se fosse óbvio. – E, se você se mudar, não nos veremos mais.

– Então, você quer que eu continue morando aqui para que possamos ficar juntos discretamente, no meio da madrugada?

– Você não gosta de quando ficamos juntos de madrugada?

– Derek, não é isso. – Merda, discutir em minha segunda língua era difícil. – É que... é que parece que estamos dando um passo para trás. Este fim de semana foi tão bom, ficamos juntos em público.

– Podemos fazer isso às vezes. Viajar. – Ele se sentou também, e pude ver a tensão em seu corpo pela forma impaciente como se mexia. – Só precisa ser um lugar onde ninguém nos conheça.

Balancei a cabeça.

– Você acha que podemos continuar deste jeito por quanto tempo? Eu morando aqui, a gente viajando... Não vai demorar para as pessoas perceberem o que está rolando entre nós. E Ellen não é idiota.

Derek demorou para responder, e então a ideia me ocorreu.

– Você não pretende que dure muito.

– Eu não disse isso.

Me afastei. Precisava de espaço.

– Você continua querendo uma esposa e filhos. Sou só diversão para você?

Ele não respondeu rápido o bastante, e me levantei.

– Não, Derek. Não é isso o que eu quero. Você pode achar que sou só um garoto, um pobre imigrante ou alguém que só está a fim de se divertir, mas não sou. E não quero ser seu brinquedo enquanto você continua procurando uma mulher.

– O que você quer? – Ele se levantou também. – Uma aliança, cacete?

– Não! – Respirei fundo. Ficar bravo com ele não adiantaria nada. – Ouça, não vim para cá à procura de um relacionamento. Isso nunca me passou pela cabeça. Vim preparado para trabalhar duro todos os dias, quantas horas fossem necessárias, para ser bem-sucedido neste país. E é isso que estou fazendo. Não quero andar para trás.

– Não estou pedindo que faça isso – ele vociferou.

– Está sim. – Eu tentava descobrir como explicar a ele o que eu queria dizer. – Vim para cá por mim. Porque tenho um sonho. E então conheci você e esse sonho mudou.

Ele avançou na minha direção, mas parou com os punhos cerrados baixados dos lados do corpo.

– Como assim?

– Agora me pego pensando em você e em nós como parte desse sonho. Vim para cá para construir uma vida nova e quero que você faça parte dela. Não em segredo, como se tivéssemos vergonha um do outro. Mas em um relacionamento assumido.

Ele vacilou.

– Não posso.

– Então, eu também não posso. Não quero levar uma vida dupla, Derek. Uma pública e uma particular, em nenhuma delas sendo cem por cento *eu*. E não quero me esconder. – Baixei ainda mais a voz. – Já vivi desse jeito. E não é nada bom.

Ele ficou em silêncio.

– Se você quer fingir que é outra pessoa pelo resto de sua vida, vá em frente. Eu não quero.

– Você não entende o quanto é difícil para mim – ele disse, com os dentes cerrados. – Não tem a ver com você.

– É isso que você acha? – Dei um passo em sua direção. Queria que ele visse meu rosto. – Nunca me achei bom o bastante para você. Parece que você concorda comigo. E isso magoa.

– Não é nada disso! – ele explodiu. – Você é tudo para mim. E o que você me faz sentir, nunca senti nada disso com ninguém antes. Eu nunca quis alguém tanto quanto quero você.

– Mas quer abrir mão disso mesmo assim?

– Não! É por isso que estou pedindo para você ficar. – Ele segurou minha cabeça e colou os lábios nos meus, e a tentação de dizer *foda-se, vou ficar* quase me venceu. Ele se afastou um pouco. – Por favor, não vá embora. Você é o único que me entende.

Hesitei, sentindo como se estivesse sendo rasgado ao meio.

– Então, isso deveria valer alguma coisa.

Delicadamente, afastei seus braços e saí da sala.

Ele não foi atrás de mim.

Lá em cima, fui me deitar, desejando que não precisasse dormir ali. Seria difícil saber que Derek estava do outro lado do corredor, sofrendo, principalmente quando eu sabia que podia aliviar seu sofrimento. Mas o alívio seria superficial. No fundo, ele nunca teria paz consigo mesmo se não externasse o que sentia. Se eu cedesse, se ficasse, ele só continuaria adiando a decisão. Jamais me deixaria amá-lo como eu queria amá-lo. Jamais me deixaria fazer parte de sua vida, mesmo que me amasse.

E então me abandonaria.

Não. Seria burrice ficar. Eu precisava me afastar, para o bem de ambos. Minha única esperança era que ele sentisse tanto a falta do nosso relacionamento que mudasse sua forma de pensar. Se não mudasse, eu teria que lidar com a perda e seguir em frente.

Mas, pelo menos, eu nos dera uma chance de verdade.

■

DEPOIS DE UMA NOITE INSONE, esperei até ouvir Derek saindo para o trabalho, empacotei meus poucos pertences e chamei um Uber. Deixei as roupas que ele havia me emprestado dobradas sobre o colchão sem lençol da cama do quarto de hóspedes, seu antigo laptop na mesa da cozinha e a chave da casa que ele me dera sobre a bancada, ao lado de um bilhete.

Obrigado por tudo. Serei sempre grato.

Maxim.

Minhas ideias estavam confusas por causa da falta de sono, mas eu não queria preparar café em sua cozinha. Tomaria café da manhã em algum lugar mais tarde. Naquele momento, só queria ir embora. As lembranças estavam começando a me afetar.

Ali foi onde ele me beijou pela primeira vez.

Ali foi onde fiquei de joelhos.

Ali está a porta em que ele bateu de madrugada.

Ali foi onde discutimos e rolamos no chão.

Ali foi onde ele me chupou pela primeira vez.

Ali foi onde ele disse *quero foder você.*

Ali foi onde ele me pediu para passar a noite em sua cama.

Ali foi onde ele me deixou um bilhete que dizia *você fica fofo dormindo.*

E ali... ali foi onde ele ficou parado enquanto eu ia embora.

Saí para esperar no alpendre em frente à casa, cansado e chateado demais para aguardar lá dentro, puxando a porta depois de sair. Ela fechou com um clique cruel, e acabou.

TRINTA E TRÊS

DEREK

NÃO DORMI NADA.

A noite toda, fiquei lá deitado, o corpo ainda dolorido, a mente em um misto de raiva, frustração e tristeza, o coração partido.

Ele dissera "não". Estava indo embora. Não me queria o bastante para ficar.

Como ele podia fazer aquilo comigo? Como podia me fazer amá-lo, virar minha vida de cabeça para baixo, me fazer duvidar de tudo em que eu acreditava e queria e havia batalhado para ter, e então ir embora?

Ele estava sendo infantil, querendo tudo ou nada. E não era tão simples assim. Ele não entendia. Não sabia o quanto fora difícil para mim pedir a ele que não fosse embora. Não sabia o quanto aquilo me custava. Eu tivera que admitir para mim mesmo que não era forte o bastante para aguentar o castigo que me impusera, que eu era *fraco, fraco, fraco,* que queria mais do que ele me fazia sentir do que ser hétero.

Parte de mim sabia que eu estava sendo um cretino egoísta. Que pedir para ele ficar era uma solução temporária para um problema de longa data, um Band-Aid numa ferida aberta. Aquilo faria com que eu me sentisse bem por um tempo, mas e depois? E se eu nunca conseguisse me afastar dele? E se as coisas entre nós só melhorassem? E se eu encontrasse a mulher certa, aquela por quem me apaixonasse, que conseguisse fazer com que eu me sentisse como Maxim fazia? Era uma possibilidade, certo? Então eu deveria agradecer por Maxim ter ido embora. Ele havia me poupado o trabalho de ter que pôr um ponto final naquilo mais tarde.

Porque todos os motivos pelos quais não podíamos ficar juntos ainda existiam. Eu não queria ser gay. Não era. Aquilo tudo era só por causa dele. Um simples desvio no caminho para o tipo certo de futuro. Um teste. Eu sempre fora bom em testes, e não havia motivo para eu falhar naquele. Eu me divertira, tivera um caso, uma parada não programada na excursão, e agora estava tudo acabado.

Mas soquei o travesseiro algumas vezes e enterrei o rosto nele, cheio de raiva. Queria gritar. Queria rasgar meu corpo em pedacinhos. Queria beber até ficar entorpecido a ponto de não sentir aquele desamparo, aquela perda, aquele medo de nunca ser feliz, não importando o que eu fizesse.

Era o inferno. Mas eu merecia.

■

EU ME ARRASTEI para fora da cama por volta das cinco da manhã seguinte, não fui à academia e comecei a me arrumar para ir trabalhar. Estava com cara de sono e exausto e ainda dolorido pra caramba. Mas as lembranças valiam a pena – eu não tinha mudado de ideia sobre isso.

Minha raiva da noite anterior tinha diminuído um pouco, mas o desespero continuava. Cheguei à conclusão de que seria melhor mergulhar no trabalho e tentar não pensar no fato de que ele sairia da minha casa pela última vez. Tentar não lembrar de tudo que ele me dissera na noite anterior. Tentar não entender seu ponto de vista. Mas era impossível.

Você continua querendo uma esposa e filhos.

Não quero ser seu brinquedo.

Não quero levar uma vida dupla.

Não quero andar para trás.

Nunca me achei bom o bastante para você. Parece que você concorda comigo. E isso magoa.

Sentado à mesa, atrás da porta fechada do meu escritório, fechei os olhos e me esparramei na cadeira. Merda. Eu o havia magoado. Não era verdade o que ele havia dito, mas sei que parecera ser. É claro que ele era bom o bastante – mais do que isso. Bom demais. Ele merecia alguém que o aceitasse, que pudesse dividir uma vida com ele, que o amasse como eu queria amá-lo, mas não podia. Aberta, plena e incondicionalmente.

Doía pensar nele com outra pessoa. Suas mãos na pele de outra pessoa. Sua risada no ouvido de outra pessoa. Seu entusiasmo infinito iluminando o dia de outra pessoa.

Eu ficava olhando meu celular, na esperança de que ele tivesse me mandado uma mensagem, qualquer uma. Uma dúvida sobre seu apartamento novo. Um pedido de ajuda. Nem que fosse só um pedido de carona, eu teria largado tudo e corrido para buscá-lo.

Mas ele não entrou em contato.

O que esperava? Você o insultou. É melhor assim.

Mesmo assim, quando cheguei em casa à noite e vi seu bilhete, senti um aperto no peito, uma dor. Antes que pudesse evitar, eu já estava perambulando por seu quarto. Tinha o cheiro dele. Ele havia tirado os lençóis da cama, e se não tivesse feito isso eu provavelmente teria me deitado lá e me enrolado nos lençóis em que ele dormira na noite anterior. Já sentia sua falta. Suas roupas haviam desaparecido do armário e da cômoda – chequei todas as gavetas – e o telefone não estava na mesinha de cabeceira. Sentei na cama e abri a gaveta da mesinha.

Meu coração acelerou. Ele havia esquecido o caderno.

Não faça isso.

Mas fiz. É claro que fiz. Era a única parte dele a que eu tinha acesso, a única coisa que poderia atenuar minha solidão.

Abri em uma página aleatória, feliz de ver que estava em inglês, e comecei a folhear, como se ler por alto fosse menos invasivo à sua privacidade. Algumas frases me saltaram aos olhos.

Tão inesperada… essa coisa entre nós… quer negar… uma verdade sobre ele que ninguém mais conhece… nunca quis alguém tanto assim antes… adoro seus braços em volta do meu corpo enquanto dormimos… não paro de pensar nele… queria poder ser o que ele quer… é tão bom… um momento decisivo para nós… sei o que quero... fazer parte de sua vida... nunca havia pensado em ter filhos, mas... eu o amo…

Eu o amo?

Meus olhos examinaram cada palavra da última página antes que eu pudesse me controlar, sentindo um frio na barriga. Ele devia ter escrito na noite passada.

Ele me pediu para não ir embora amanhã, mas não porque queria ficar comigo de verdade. Eu tinha esperança de que, depois desse fim de semana, ele achasse que valeria a pena se arriscar por mim, que valeria a pena não se esconder, mas ele não acha. Continua querendo se esconder. Seria tão fácil ceder, continuar aqui e ficar com ele de qualquer jeito. Mas não posso. Quero mais que isso. Quero dividir minha vida. Quero que ele tenha orgulho de mim. Quero fazê-lo feliz, e acho que poderia, se ele me desse uma chance. Mas não em segredo.

Estou cansado de me esconder. Eu o amo, e me afastar dele hoje à noite foi uma das coisas mais difíceis que já fiz. Mas fiz isso tanto por ele quanto por mim. Ele jamais será feliz se não encarar a verdade.

Fechei o caderno subitamente e o deixei cair na cama, como se tivesse me mordido. Eu não devia ter lido. Agora as palavras dele estavam na minha mente. *Eu o amo.* Será? Será que sentia mesmo aquilo? Por que não dissera nada?

Pelo mesmo motivo que você não disse, imbecil. Ele tem medo.

Grunhindo, me joguei de costas na cama, com um braço sobre os olhos. Eu era um cretino egoísta. Queria ouvi-lo dizer aquilo. Precisava ouvi-lo dizer aquilo. Eu estava doente e aquela era a cura. Se ao menos pudesse ouvi-lo admitir que sentia por mim o que eu sentia por ele, eu não estaria sozinho.

Tirei o celular do bolso.

Pare com isso, seu filho da puta egoísta.

Não parei. Mandei uma mensagem de texto para ele.

Já estou com saudade. Me liga?

Cinco minutos se passaram. Dez. Vinte.

Franzi a testa. Ele estava trabalhando, certo? Talvez ainda não tivesse visto minha mensagem.

Desci a escada e jantei as sobras de comida sem sentir o gosto de nada. Afrouxei a gravata. Botei um pouco de uísque no copo.

Uma hora se passou. E depois outra.

Ele já devia ter visto a mensagem a essa altura! Estava me ignorando? Como podia? Se me amasse, teria ao menos respondido à minha mensagem.

Talvez ele não estivesse com o celular. Tinha que ser isso. Não estava com o celular e se sentia tão infeliz quanto eu, achando que não me importava com ele. Eu precisava consertar as coisas.

Deixei o copo de uísque pela metade sobre a bancada, subi a escada correndo para buscar seu caderno e entrei no carro.

Parei no estacionamento na mesma rua, caminhei apressado pela calçada até o bar e abri a porta com força, como um caubói irritado num filme de velho oeste. Eu provavelmente estava sendo ridículo, mas não me importava.

Ellen me viu imediatamente e foi ao meu encontro, uma expressão preocupada no rosto.

– Oi. Está tudo bem?

– Cadê Maxim? Preciso falar com ele.

– Acho que ele está no porão pegando umas bebidas. Sabe onde fica?

– Eu acho. – Eu me afastei, deixando-a ali a piscar, totalmente confusa, mas não parei. Passei pela cozinha. Desci a escada. Virei num canto.

Ele estava sozinho entre as prateleiras, examinando uma lista à luz baixa.

Avancei na direção dele com ímpeto, empurrando-o de costas contra a parede de tijolos, colando minha boca na dele, querendo dizer o que tinha ido até lá para dizer, mas com medo de terminar o beijo... pois e se aquele fosse o último que eu teria?

Por fim, ele me empurrou.

– Derek, que merda é esta? Não pode fazer isso.

– Preciso. Eu amo você.

– O quê?

– Eu amo você. E você me ama. – Mostrei a ele o caderno.

Ele arregalou os olhos.

– Você leu meu caderno?

Merda.

– Só a última página – eu disse, envergonhado. – E sinto muito, OK? Sei que não devia ter feito isso e sinto muito, mas... eu precisava saber o que você sentia.

Ele arrancou o caderno das minhas mãos.

– Você já sabia o que sinto. Eu lhe disse na noite passada.

– Você não disse que me amava. – Meu coração batia muito rápido. – É verdade?

– Teria feito alguma diferença?

– Sim! – gritei, embora não tivesse tanta certeza de que estava sendo sincero.

– É mesmo? Que diferença? Você está pronto para assumir nosso amor pra valer? Ou quer continuar mantendo tudo em segredo?

– Eu... eu estou só nos protegendo! Se assumirmos nossa relação, ela será arruinada, Maxim. O que temos agora é bonito e extraordinário e especial. É só nosso. Se outras pessoas souberem, vão nos censurar. Vão transformar o que temos em algo feio. Vão dizer que é loucura e errado. Se guardarmos segredo, estaremos protegendo nossa relação.

Ele balançou a cabeça.

– Não, não estaremos. É você quem está transformando o que temos em algo feio, Derek. Não as outras pessoas. E não quero fazer parte disso.

– Mas...

– Vá embora. Já disse o que veio dizer.

Frustrado e impotente, passei a mão pelos cabelos, sentindo os olhos úmidos.

– Eu não sei o que fazer, cacete. Estou devastado. Não quero viver sem você em minha vida, mas não consigo mudar a forma como penso.

– Então, adeus. – A voz dele vacilou. – Não há nada que eu queira mais do que ficar com você, cuidar de você e deixar você cuidar de mim. Eu até havia começado a imaginar um futuro para nós, uma *família*. Para mim, *essa* é a maior loucura. Você está jogando fora uma chance de realizar seu sonho só porque não é exatamente como você queria que fosse. Mas não posso transformar isto em outra coisa.

Ele tinha razão. E era muito mais inteligente e perceptivo e forte do que eu havia imaginado.

– Vá – ele disse, firme. – Tenho que trabalhar.

Mas eu não conseguia ir embora.

– Diga primeiro. Quero ouvi-lo dizer. – Eu jamais me odiara tanto quanto naquele momento. Mas precisava que ele me amasse.

– Eu amo você. – Ele me olhou nos olhos, a voz calma. – Agora vá se castigar por causa disso.

Com um soluço preso na garganta, me virei e subi a escada correndo, cruzei a cozinha e o restaurante e a porta de entrada.

Ele me conhecia bem demais. Ele *via* como eu era.

Foi doloroso como o sol do deserto numa pele já queimada e cheia de bolhas.

E não dormi nada.

TRINTA E QUATRO

MAXIM

OS DIAS PASSARAM.

Arrumei meu apartamento. Trabalhei muitas horas. Investi em um laptop antigo que encontrei à venda no Craigslist. Pesquisei sobre a lei de imigração.

Me inscrevi em um curso de inglês on-line que conseguia pagar. Ganhei uma bicicleta que precisava de reparo de um cliente regular do Blind Pig e a consertei, assim não precisava gastar dinheiro com ônibus toda hora.

E senti saudade do Derek o tempo todo.

Tentei sorrir no trabalho, mas era difícil. Por fim, uma semana depois que Derek havia me deixado arrasado no porão do bar, Ellen me abordou quando meu turno estava prestes a terminar.

– Vamos lá, meu amigo. Hoje sairemos mais cedo para beber em algum lugar. Não aguento mais esse seu silêncio triste.

Não tive vontade de discutir. E precisava de uma amiga.

Caminhamos pela rua até outro bar e sentamos em banquetas, um ao lado do outro. Ela pediu uma taça de vinho, eu pedi uma cerveja e, enquanto aguardávamos as bebidas, ela apoiou um cotovelo no balcão e pousou a cabeça na mão.

– Desembucha.

– Desembucha?

Ela confirmou com um movimento de cabeça.

– Desembucha. Quer dizer "fale". Me diga o que o está aborrecendo.

Balancei a cabeça em negação.

– Não posso. Seria trair a confiança de outra pessoa.

– Tudo bem. Então vou adivinhar. – Ela pôs as mãos sobre as pernas e sentou-se com a coluna reta. – É sobre você e meu irmão. Vocês gostam um do outro. Ele está sendo cabeça-dura e não quer admitir isso, então você teve que se afastar.

Arregalei os olhos.

– Isso foi um pouco assustador, até mesmo para mim.

Ela sorriu.

– Sou boa nisso. – E então voltou a ficou séria. – Mas sua situação não é boa. Como se sente?

Eu estava indeciso. Se fosse honesto com ela, estaria entregando Derek, e aquilo não era certo.

– Se está preocupado em me contar que Derek é gay, ou pelo menos gay no que se refere a você, descanse. Ele já deixou isso óbvio pra cacete.

– Deixou?

Ela revirou os olhos.

– Claro! Você sabe que eu já tinha minhas suspeitas antes, mas naquela noite em que jantamos na casa dele havia... algo no ar. E percebi que era entre vocês dois. Depois ele terminou com Carolyn. E desde então começou a aparecer no bar o tempo todo, e com certeza não era para ver sua irmãzinha. – Ela riu, balançando a cabeça. – A forma como o rosto dele se iluminava ao ver você deixou tudo bem claro. A aura dele mudou totalmente. E depois teve o fim de semana romântico em Laguna Beach. Não sei de onde ele tirou a ideia de que aquele plano dizia "sou totalmente hétero, não há nada de mais aqui", mas acabou confirmando minhas suspeitas, se é que eu ainda tinha alguma dúvida.

Tudo o que fiz foi olhar para ela perplexo.

– Maxim, acho isso maravilhoso. – Ela sorriu e colocou uma mão no meu braço. – De verdade.

Nossas bebidas chegaram, e tomei um demorado gole da minha cerveja.

– Ele não acha.

– O que aconteceu? Posso perguntar?

Eu precisava desesperadamente de uma ouvinte compreensiva, mas queria ser cauteloso.

– Depois do fim de semana na praia, eu estava pronto para assumir nossa relação abertamente. Ele não estava.

– Dê tempo a ele. Ele é teimoso demais, Maxim. Sempre foi. E esse é um passo importante para ele. Eu já disse a você como fomos criados, ele está lutando contra muitos demônios.

Concordei com a cabeça.

– Entendo. Mas não acho que ele queira de fato ganhar essa luta. Ele espera que isso passe sozinho.

Ela suspirou e tomou um gole de seu vinho.

– Não vai passar.

Levei a garrafa à boca novamente em vez de responder.

– E agora? Vocês têm se falado desde que você se mudou para o apartamento? E aquela noite em que ele irrompeu no bar dizendo que precisava falar com você?

– Aquilo foi no dia em que eu me mudei. Ele... não queria que eu fosse embora.

– Mas também não queria que você ficasse?

– Não, ele queria que eu ficasse. Só que em segredo. E eu não podia fazer isso comigo mesmo. – As outras palavras que havíamos dito, guardei só para mim. Algumas coisas eram íntimas e dolorosas demais para dividir com outras pessoas.

– Não, nem deveria. Nossa, ele me deixa louca às vezes! Ele está preocupado com o que nossos pais vão achar?

Concordei com um movimento de cabeça.

– Entre outras coisas.

– Espero que ele não esteja preocupado com o que eu vou pensar. – Ela tocou o próprio peito. – *Eu* acho perfeito. E nosso irmão, David, também vai achar. Nunca acreditamos nessa besteira de pecado.

– Acho que Derek acreditou – eu disse timidamente.

Ela concordou e bebeu mais vinho.

– De certa forma, sim. Mas parte de mim acha que tem mais a ver com a necessidade de agradar os adultos ao longo da vida. Ele acreditou nessa besteira porque era isso que se esperava dele.

– Talvez.

– Quer dizer, tem muita coisa errada neste mundo. Pessoas terríveis e cruéis. Abusos e injustiças. Pelo amor de Deus, isso é *amor*. Alguma parte de Derek deve enxergar isso.

– Quem me dera ele enxergasse.

– E meu pai é duro demais com ele, até hoje, mas parte de mim acha que meu pai ficaria feliz em saber que criou um homem forte o bastante para se impor e lutar pelo que quer.

Dei de ombros. Eu nunca conhecera seu pai e, provavelmente, nunca o conheceria, então, o que eu poderia dizer?

Ela colocou a mão em meu braço novamente.

– Sinto muito, Maxim. Eu queria poder fazer alguma coisa para ajudar.

– Tudo bem. Não há nada que possamos fazer. Derek é quem precisa escolher.

– Talvez ele ainda faça a escolha certa – ela disse, esperançosa.

– Não sei. Acho que suas crenças estão muito enraizadas. E, por favor, não diga nada a ele. – De repente, me lembrei do que Derek dissera sobre a incapacidade da irmã de guardar segredo.

– Não direi – ela me garantiu. – Mesmo se ele vier falar comigo, não direi que você e eu conversamos. Fique tranquilo.

– Obrigado. E valeu por me ouvir.

– Obrigada por confiar em mim. – Ela encostou a cabeça no meu ombro. – Rezarei por vocês. Para os deuses, as deusas, o universo e qualquer um que possa ouvir minhas preces.

Ri um pouco, mas no fundo do meu coração não havia esperança. Quanto mais tempo ficávamos sem conversar, mais eu me convencia de que Derek seguira em frente com a vida.

– Você tem visto Derek? – perguntei, tentando não soar muito emotivo.

– Não, não tenho. – Ela levantou a cabeça e olhou para mim. – Acho que ele deve estar enfiado em casa, solitário e infeliz. Ele não tem nem telefonado.

Aquilo só fez com que eu me sentisse pior.

TRINTA E CINCO

DEREK

EU NÃO ESTAVA DORMINDO. Mal comia. Deixei de ir à academia todos os dias. Não tinha energia e tudo me deprimia.

Minha casa estava silenciosa demais. Minha cama, vazia demais. Minha vida, solitária demais.

O que será que ele estava pensando? Como estava se saindo? Estava trabalhando muito? Gostando do apartamento novo? Sentia minha falta à noite como eu sentia a dele?

Depois de dez dias daquela tortura, me peguei conversando com estranhos no mercado só para estabelecer contato com outros seres humanos. Sei que deveria ter ligado para Gage ou Ellen, mas não tinha certeza de que não confessaria toda a verdade e derreteria em uma poça patética de vergonha e humilhação pelo que eu tinha feito.

Por fim, desisti e passei pelo Blind Pig em minha volta para casa numa sexta à noite. Não via Maxim fazia quase duas semanas, e minhas mãos tremeram quando empurrei a porta de entrada. Fazia mesmo só um mês desde que eu fora ali para buscá-lo e levá-lo para minha casa? Muita coisa mudara desde então. Eu não era mais a mesma pessoa.

Então por que está tentando fingir que é?

Ignorei aquela voz em minha cabeça e caminhei até o balcão, tomando o cuidado de parecer tranquilo e casual. Não olhei ao redor à procura dele antes de pedir uma cerveja e contar até vinte. Então deixei meu olhar vagar pelo ambiente, como se quisesse ver o que havia de novo.

Ele estava limpando uma mesa alta atrás de mim, e eu não sabia se já tinha me visto. Virei a cabeça rápido e me concentrei em minha cerveja novamente. Meu coração martelava no peito, e eu sentia falta de ar.

– Ei, sumido. – Ellen surgiu atrás do balcão e sorriu para mim. – Faz tempo que não o vejo. Anda ocupado?

– Sim. – Passei a mão pelos cabelos. – Trabalho. Muito trabalho.

– Papai está acabando com você?

– Algo assim. – Peguei a garrafa de cerveja e a virei goela abaixo.

– Bem, é bom ver você. Quer comer alguma coisa?

Eu não estava nem um pouco faminto, mas aquilo me daria um bom motivo para continuar lá sentado.

– Sim. Traga qualquer coisa.

Ela suspirou.

– Qualquer coisa saindo.

Assim que ela desapareceu cozinha adentro, procurei Maxim novamente, mas ele não estava mais atrás de mim. Examinando de novo o ambiente, eu o vi em um canto distante, colocando copos vazios em uma bandeja. Ao levá-los para trás do balcão, ele me viu.

Sorri antes que pudesse me controlar. Minha garganta estava seca. Meu peito doía. Ele havia cortado o cabelo e estava fantástico. E aqueles olhos – como eu podia ter me esquecido de como eram azuis? As mãos dele... merda, eu sentia falta daquelas mãos. Sentia falta de tudo.

Ele, ao contrário, não pareceu feliz em me ver. Lavou os copos com uma expressão impassível e depois se aproximou de mim.

– Derek.

– Maxim. – Estendi a mão e ele a apertou por cima do balcão. – Bom ver você.

Ele acenou com a cabeça rapidamente.

– Bom ver você também.

– Posso falar com você lá fora rapidinho? – Merda. O que eu estava fazendo?

– Agora não dá.

– Oh. Bem, como estão as coisas?

– Tudo bem.

– Está gostando do apartamento novo?

– Estou.

– E o trabalho ainda está legal?

– Está.

Aquilo não estava indo muito bem. *Se ao menos eu pudesse ficar sozinho com ele...*

– A que horas você sai hoje? Achei que talvez pudéssemos conversar um pouco. Quer passar lá em casa? – Eu não me importava mais se os outros estivessem ouvindo.

– Desculpa. Não posso.

Franzi a testa. Fora muito difícil para mim entrar no bar naquela noite e convidá-lo para ir à minha casa, várias pessoas podiam ter me ouvido. Por que ele tinha que ser tão teimoso?

Nós nos olhamos durante um instante tenso e demorado, até que ele falou:

– Preciso voltar ao trabalho.

– OK. Até mais. – Agarrei a garrafa de cerveja com tanta força que me surpreendi que não tivesse quebrado.

Quando Ellen trouxe meu jantar pouco depois, perguntei como ele lhe parecera nas últimas semanas.

– Bem. Tudo bem – ela respondeu distraída antes de se afastar.

Aquilo me irritou. Como ele podia estar bem? Pelo canto do olho, eu o vi sorrindo para outra pessoa no fundo do bar. Me inclinando *muito* no meu assento para ver quem era, senti o fogo ardendo em minhas veias quando percebi que ele falava com outro homem. Alto, cabelos escuros, barbado, esguio e forte. Obviamente atraído por Maxim, a julgar pela forma como tocava seu braço e ria do que ele dizia.

Eu estava furioso, soltando fogo pelas ventas. Uma coisa era ver mulheres flertando com ele, outra completamente diferente era ver um homem fazendo isso. Eu queria quebrar a mão daquele cara por ter encostado em Maxim.

Voltei minha atenção para o prato e comi, mas nem sei dizer que tipo de comida era.

Eu nunca me sentira tão infeliz. Será que tinha estragado tudo? E se tivesse me enganado?

Eu precisava falar com alguém, mas quem?

■

O DIA SEGUINTE FOI UM SÁBADO e, depois de uma série de exercícios extenuantes na academia, cheguei em casa, tomei banho e saí para tomar café da manhã. Agora eu odiava comer sozinho na minha cozinha. Fui até a padaria e sentei sozinho em uma mesa de dois lugares, pedi ovos, bacon e batatas e tentei não me sentir mal com a cadeira vazia à minha frente. Duas mulheres passaram por mim enquanto caminhavam na direção da porta, e uma delas parou ao meu lado.

– Oi, Derek.

Olhei para cima e vi Carolyn.

– Oh, oi.

– Está sozinho?

– Estou. – Eu devia estar muito abatido, porque ela franziu a testa de preocupação.

– Quer companhia?

Dei de ombros.

– Claro.

– Espere um pouco. Eu estava de saída. Vou só me despedir da minha amiga. – Ela me deu um tapinha no braço. – Volto já.

Pouco depois, ela voltou e pediu uma xícara de café.

– Então me conte. O que tem feito?

Eu a examinei por um instante. Estava bonita, sem maquiagem, os cabelos presos em um rabo de cavalo, parecia relaxada e feliz. Senti inveja dela.

– Me fale de você primeiro. O que me conta?

Ela falou sobre o treino que estava fazendo para a maratona, sobre a sobrinha recém-nascida, sobre o trabalho e então corou, um sorriso radiante de menina iluminando seu rosto.

– Conheci uma pessoa.

– Verdade? – Minha comida chegou e pausei o garfo no ar antes de chegar aos ovos. – Isso é ótimo.

– Ele *é* ótimo – ela falou, empolgada. – Ele também corre e nos conhecemos na loja de calçados. Ele acabou de se mudar de San Francisco para cá. Estamos nos dando muito bem.

– Uau. – Cutuquei minhas batatas. – Fico muito feliz em saber. De verdade.

– Obrigada. Tenho um bom pressentimento a respeito dele. Mas chega de falar de mim. – Ela fez um gesto genérico no ar. – E você? Como está o trabalho? E a vida? Você parece meio desanimado.

Dei de ombros, com medo de abrir a boca.

– Derek, o que foi? – Ela tomou um gole de seu café, pousou a xícara na mesa e tocou minha mão. – Ouça, sei que as coisas não deram certo entre nós, mas eu gostaria de ser sua amiga. E sou uma ótima ouvinte. Se você...

– Você estava certa – deixei escapar. – Sobre mim. E Maxim. Você estava certa.

Ela ficou boquiaberta.

– Estava?

– Sim.

Ela assimilou a informação e, por fim, confirmou com a cabeça.

– OK. Bem. Isso explica algumas coisas.

Fechei os olhos e soltei o ar, depois senti a mão dela em meu pulso.

– Ei, não quis dizer que seja ruim. É só uma espécie de alívio para mim. Eu não conseguia entender o que eu estava fazendo de errado.

– Você não fez nada de errado.

– Eu sabia disso, num nível racional. – Ela deu um sorriso tímido. – Mas as mulheres ficam aflitas com essas coisas. Fico muito feliz em saber que não foi nada que eu fiz ou deixei de fazer.

– Não foi – garanti.

– Então, qual é o problema? – Ela pegou o café novamente. – Ele não está interessado?

– Não é isso. Ele está interessado – respondi desanimado.

Ela piscou, confusa.

– Então... vocês deveriam ficar juntos. Tentar.

– Não é tão simples assim – eu disse, irritado. – Não posso ser gay de repente. O que as pessoas vão pensar?

– As pessoas que se danem! – Aquela explosão era surpreendente, vinda dela. – Se não ficarem felizes por você, que se fodam! Talvez elas não saibam o quanto é difícil encontrar alguém de quem você goste e que esse alguém também goste de você.

Pensei naquilo, empurrei a comida pelo prato.

– As pessoas vão falar de mim.

– Deixe que falem. Você sabe quem você é.

– Vão dizer coisas maldosas. Vão transformar o que ele e eu sentimos em algo feio.

– E daí? – Ela pousou a xícara na mesa com força. – Estou falando sério, Derek. Você não pode passar a vida toda tentando agradar aos outros. Vai enlouquecer. Jamais será feliz. E você sabe, no fundo de seu coração, que o que vocês têm não é uma coisa feia.

– Mas é... é a forma como fui criado. Achar que esse sentimento é errado. Achar que é um defeito. Achar que sou *anormal* de algum modo. Dei um duro danado para ser correto.

Ela se inclinou para a frente, os braços dobrados sobre a mesa.

– Então o que você quer? Ser *correto* de um jeito insignificante, ultrapassado, injusto e desumano? Ou ser *feliz*?

– Mas quero uma família – eu disse. – Quero ser pai.

– Então tenha uma família. Seja pai.

Ela falava como Gage, como se fosse tão fácil.

– Não sei se poderia fazer uma coisa dessas com meus filhos. Criá-los em um...

– Lar amoroso? Olhe, mesmo se Maxim não for o cara certo, não há motivo para você não ter filhos. Você seria um ótimo pai, Derek. – Ela estendeu a mão e tocou meu braço novamente. – Você *será* um ótimo pai. Pode fazer isso sozinho. Você gosta de cuidar dos outros. Você é gentil e sensível e forte.

– Não sou. – Balancei a cabeça em negação. – Não sou nada forte. Maxim é forte. Ele disse que me amava, mas que teria que se afastar se eu não assumisse nossa relação.

Ela mordeu o lábio.

– Você o ama?

Confirmei com a cabeça, um nó na garganta.

– Então, você sabe o que deve fazer. Acredite em mim, Derek. Isso não acontece todo dia. Quando você sente isso por alguém, tem que agarrar a chance. E não abrir mão dela.

Engolindo em seco, enfiei um pedaço do meu café da manhã na boca. Eu queria fazer o que ela dissera. Mas ainda não estava pronto.

■

MAIS UMA SEMANA SE PASSOU, durante a qual pensei continuamente no que Carolyn dissera. No que Maxim dissera. No que eu sentia. No que esperava do futuro. Achei que me sentiria melhor, mais correto conforme o tempo passasse, mas não foi o que aconteceu. Tudo o que sentia eram tristeza, confusão, arrependimento e solidão – muita solidão.

Eu não podia continuar daquele jeito. Precisava ter coragem e superar aquilo ou ter coragem e me assumir.

Por volta das cinco da tarde, recebi uma mensagem de Gage.

> Oi, só para lembrar do aniversário de 6 anos do Will no domingo. Às 15:00.

Respondi à mensagem.

> Beleza. Está livre para uma cerveja hoje à noite?

Depois de dez minutos, ele respondeu.

> A patroa vai me liberar por duas horas, das sete às nove. Pode ser?

Respondi que sim e combinamos de nos encontrar. Meu estômago doía e meu cérebro dizia que era loucura, mas desta vez eu achava que talvez conseguisse respirar melhor quando tentasse dormir à noite.

Eu havia decidido.

TRINTA E SEIS

DEREK

– **PRECISO LHE CONTAR** uma coisa. – Eu não estava a fim de enrolar. Já havia esperado nossas cervejas chegarem, e isso bastava.

– OK. – Gage olhou para mim de um jeito esquisito.

– Estou apaixonado.

Seu queixo caiu.

– Sério? Que ótimo, cara! Quem é ela?

Balancei a cabeça, fechei os olhos e me preparei. Quando abri os olhos de novo, falei a verdade.

– Não é ela; é ele. Maxim.

Achei que ficaria nauseado. Achei que me sentiria como se estivesse fazendo algo errado. Achei que seria a coisa mais difícil que já fizera. Mas não foi. Espantosamente, a verdade saiu fácil da minha boca.

Gage olhou para mim com os olhos semicerrados, como se tivesse entendido errado, boquiaberto.

– O quê?

– Maxim – repeti, com minha confiança aumentando. Caramba, eu me sentia bem! Como não imaginara que me sentiria bem? – Estou apaixonado por Maxim.

– Droga! – Ele fechou os olhos e comprimiu os lábios. – Sabe o que isso significa? Que perdi a aposta.

– Aposta?

– É. – Gage tomou um gole demorado de sua cerveja. – Lanie apostou comigo depois daquela noite em sua casa, a noite do jantar, que tinha algo rolando entre vocês. Eu não percebi *nada.*

Pisquei, surpreso.

– Porra. Verdade? Carolyn disse a mesma coisa.

Gage quase engasgou com a cerveja.

– Está falando sério? Como pude ser tão cego?

– Não se sinta mal. Me esforcei muito para não demonstrar. Me esforcei muito para não sentir nada.

– Verdade? – Ele olhou para mim, compreensivo. – Deve ter sido difícil.

– Foi. – Balancei a cabeça. – Mas não adiantou. Continuo apaixonado.

– E ele?

– Ele também estava, duas semanas atrás. Mas estraguei tudo.

– Como assim?

– Eu disse que precisávamos manter tudo em segredo. Isso o magoou.

– Entendo. Deve magoar mesmo.

Aquele comentário foi como um soco.

– É. Mas eu ainda não estava pronto para aceitar o fato de que eu queria ficar com um cara.

Gage pensou um pouco, tomou outro gole de cerveja.

– Você sempre sentiu isso? Atração por homens?

Senti um calor na nuca.

– Mais ou menos. Quando era jovem, às vezes sentia alguma coisa por outro cara. Mas sempre consegui ignorar.

A culpa surgiu em seu rosto.

– Eu meio que me sinto mal por não saber disso antes, por nunca ter percebido. Somos melhores amigos desde sempre.

– Não se sinta mal. Fiz tudo que pude para disfarçar. E eu gostava de garotas também. Nunca foi um grande problema.

– Eu ia perguntar isso agora. Se você fingia gostar de mulher.

– Não necessariamente. Mas já faz muito tempo que não me interesso de verdade por uma mulher. E nunca senti com nenhuma mulher a química que tenho com Maxim.

Uau. E então? O que vai fazer agora?

Respirei fundo.

Agora vou tentar descobrir o que fazer, acho. Como ser sincero a respeito de meus sentimentos. Como me aceitar. Como convencer Maxim a me dar mais uma chance.

– Diga o que posso fazer para ajudar – ele disse sério, pousando a cerveja no balcão. – Lanie e eu faremos tudo que pudermos.

– Posso levar um convidado ao aniversário, sábado?

Ele sorriu.

– É claro que pode.

■

FIQUEI TENTADO a ir direto de lá para o Blind Pig, mas não queria dizer o que precisava dizer ao Maxim em público. Mandei uma mensagem de texto para minha irmã.

> Preciso conversar. Pode me encontrar para um café da manhã amanhã?

Ela respondeu dez minutos depois.

Claro!

Combinamos o local e o horário e fui para casa, esperançoso pela primeira vez em semanas. Eu conseguira – tinha contado a verdade a meu respeito a alguém e essa pessoa me apoiara.

Eu podia respirar.

■

– E AÍ, TUDO BEM? – Ellen prendeu os cabelos em um rabo de cavalo e pegou sua xícara de café.

Meu estômago se agitou. Por algum motivo, contar a Gage parecera mais fácil. Abri a boca para falar, tornei a fechá-la, tomei um gole de café, mexi no guardanapo que estava sobre minhas pernas.

– Preciso lhe contar uma coisa, mas é difícil.

– Me deixe ajudar. Você e Maxim.

Olhei para ela.

– OK. Como sabia?

Ela revirou os olhos.

– Porque sou sua irmã, e as irmãs sabem de tudo. Mas, falando sério, qualquer um com dois olhos e meio cérebro teria adivinhado.

– Sério?

– Sério. Vocês não estavam enganando ninguém. Não muito, pelo menos.

– Hã. – Cocei a cabeça.

– Mas entendo o que tentou fazer. Isso não deve ser fácil para você.

– Não. – Franzi a testa. – Não é. E mamãe e papai...

– Não têm nada a ver com isto. São os *seus* sentimentos e você deve assumi-los. Sei o que mamãe e papai pensam, mas, se eles o amarem, e eles amam, vão querer que você seja feliz.

– Talvez jamais aceitem isto. Talvez jamais o aceitem.

Ela deu de ombros.

– Azar o deles. Maxim é maravilhoso.

– É sim.

– Então dê a eles a chance de aceitar. É uma mudança enorme, e pode demorar um pouco para eles se acostumarem com a ideia. Mas está tudo bem.

Ela se inclinou na minha direção e bagunçou meu cabelo.

– Você está bem.

– Pare com isso. – Rindo, empurrei sua mão e ajeitei meu cabelo.

Ela sorriu e se recostou na cadeira, pegando novamente a xícara de café.

– Já falou com Maxim?

– Não. Ele vai trabalhar esta noite?

– Deve ir.

– Talvez eu possa falar com ele antes de seu turno começar. Não quero fazer isso em público.

– Mas a questão não é exatamente essa?

Franzi a testa.

– Sim e não. Ele continua sendo russo. O fato de ele querer assumir nossa relação não significa que vá ficar à vontade se eu fizer uma cena em seu ambiente de trabalho.

– Verdade. Mas ainda acho que você deve falar com ele o quanto antes. Ele tem andado muito triste com tudo isso.

Senti um aperto no peito.

– Ele falou sobre isso?

– Não muito. Mas sou boa observadora. Não prolongue mais essa situação. Vocês merecem ser felizes, e a vida é curta.

– Tem razão. Não quero mais viver desse jeito. De repente, sinto que já desperdicei tempo demais fingindo ser quem não sou.

– O seu verdadeiro eu continua tendo problema com guardanapo de papel?

Olhei para Ellen fazendo cara feia.

– Sim.

Ela riu.

– Ótimo. Você não pode eliminar totalmente aquele meu irmão. Eu meio que gosto dele.

– Obrigado. Ei, pode dar folga a ele amanhã? Quero levá-lo ao aniversário do filho de Gage.

Ela sorriu.

– É uma ideia excelente. Claro que posso.

■

DEPOIS DO CAFÉ DA MANHÃ, fui ao shopping comprar um presente para o Will. Andei pelos corredores da loja de brinquedos a esmo, tentando pensar no que um garoto de seis anos gostaria de ganhar, mas não conseguia chegar a nenhuma conclusão. Quando vi uma criança que parecia ter a mesma idade que ele na seção da Lego com seu pai, decidi pedir ajuda.

– Com licença. Preciso comprar um presente para um garoto que está fazendo seis anos. Poderia me dar alguma ideia?

– Oh, aposto que Mason pode ajudar. Ele também tem seis. – O cara fez um carinho na cabeça do filho. – Qual você prefere, Mase?

– Este. – Ele apontou para uma caixa com um grande helicóptero Lego.

– Gostamos mesmo desse – o pai concordou, empurrando os óculos no nariz.

– Perfeito. Vou levar. – Peguei a caixa da prateleira e a enfiei debaixo do braço.

– Aí estão vocês. – Outro homem segurando uma sacola de compras e a mão de uma garotinha que devia ter uns dois ou três anos veio em nossa direção. – Achamos que tivessem sumido. Estamos prontos para ir.

– Mason queria ver os Legos – explicou o homem de óculos.

– Pai, posso levar um destes, por favor? – o menino perguntou ao homem que estava com a garotinha.

– Não – os homens responderam juntos.

– Vamos andando. – O cara de óculos sorriu para mim. – Boa escolha.

Concordei com a cabeça e fiquei olhando estupefato aquela pequena família enquanto se afastavam de mim.

Ellen teria dito que era o destino. Maxim talvez chamasse aquilo de sinal do universo. Um mês atrás, eu teria revirado os olhos e achado que tudo não passava de coincidência. Agora, via aquilo como algo mais: uma prova.

Com amor, tudo era possível.

TRINTA E SETE

MAXIM

DEPOIS de ter rejeitado o convite do Derek para conversar do lado de fora do Blind Pig, passei a semana inteira me perguntando se havia tomado a decisão errada.. Mas, toda vez que pensava nisso, chegava à mesma conclusão – eu não podia ceder só porque sentia falta dele ou porque ele parecia tão infeliz quanto eu ou porque seria tão bom estar nos braços dele outra vez. Eu podia não ter muito em matéria de dinheiro, mas tinha orgulho.

Então, quando ele me ligou na tarde do sábado seguinte, quase não atendi. Mas algo dentro de mim me disse para atender.

– Alô?

– Oi, sou eu. Tudo bem?

– Tudo, e você?

– Bem. Ei, tenho que te mostrar uma coisa. Posso te dar uma carona para o trabalho?

Fiquei tenso.

– Não sei.

– Por favor, Maxim. Me dê uma hora. É um favor. É tudo que peço.

A ideia de dizer "não" a um favor para Derek era inconcebível. Ele havia feito muito mais que um favor para mim. Talvez precisasse de ajuda com alguma coisa.

– OK. Mas preciso estar no trabalho às cinco e meia.

– Sem problema. Pego você às três, tá?

– Combinado. Até mais.

▪

EU ESTAVA NERVOSO, esperando Derek chegar. Eu tinha descido para o estacionamento, assim ele não precisaria sair do carro para ir me buscar, e estava andando de um lado para o outro na calçada quando ele encostou. Ao vê-lo atrás do volante, os músculos do meu estômago se contraíram. Sentei no banco do passageiro e fechei a porta, o coração batendo de forma irregular.

– Oi – ele disse, com um sorriso no canto dos lábios. Um pouco apreensivo, talvez, porém muito mais relaxado do que das últimas vezes em que eu o vira.

– Oi – respondi com cautela.

– Você parece meio assustado. – Ele estava de óculos escuros, então eu não conseguia ver seus olhos, mas o tom de voz era calmo, brincalhão.

– Assustado, não. Apenas curioso, acho. Tentando adivinhar por que me chamou.

– Vou te mostrar. – Ele se afastou do meu condomínio. – É perto daqui. Uns vinte minutos, mais ou menos.

Tentei imaginar aonde ele estaria me levando, mas não consegui.

– Me conte o que tem feito ultimamente.

Sentido sua falta todos os dias.

– Tenho trabalhado bastante.

– Ellen me disse. Isso é ótimo.

Me sentido solitário à noite.

– Comprei um laptop usado e estou fazendo aulas de inglês on-line. Gramática, ortografia, coisas do tipo.

– Que bom.

Nada tem graça sem você.

– E conheci uma pessoa que trabalha como roteirista na Paramount.

– Sério? Conheceu onde?

– É um frequentador do bar. Ellen nos apresentou. E ele se ofereceu para me acompanhar em um programa de aprendizagem por observação, para que eu possa ver como é o dia a dia nessa profissão. Não serei pago, é óbvio, é mais uma espécie de favor, mas não tem problema. Todos precisam começar de algum jeito.

– É claro. Isso é fantástico, Maxim. Fico muito feliz por você.

– Eu quis lhe contar na hora – admiti. – Mas não sabia se deveria ligar ou não.

– Entendo. – Ele não disse mais nada, e novamente comecei a imaginar aonde estaria me levando.

Pouco depois, reconheci o bairro em que estávamos e endireitei a postura.

– A casa.

Ele sorriu.

– A casa.

– Você a comprou?

– Ainda não. Achei que devia vê-la primeiro. E queria que você viesse comigo.

Meu coração acelerou, levando meus pensamentos com ele. O que aquilo queria dizer? Será que Derek havia mudado de ideia a nosso respeito?

Ele estacionou na entrada de carro da casa, atrás de um pequeno Toyota branco.

– Deve ser o carro da corretora. Ela já deve estar lá dentro. Antes de entrarmos... – Ele mudou de posição no banco para ficar de frente para mim, tirou os óculos e colocou-os sobre as pernas. Então, estendeu a mão e segurou a minha. – Preciso pedir desculpa. Você estava certo. Se vamos ficar juntos, tem que ser abertamente. Estou tão cansado de sentir vergonha de mim mesmo. Não quero mais fingir que sou outra pessoa. Não vale a pena.

Eu não conseguia encontrar as palavras, então apertei sua mão.

– E eu magoei você – ele prosseguiu. – Fiz com que você achasse que não era bom o bastante, e isso não é verdade. Nunca senti isso por ninguém antes, nunca confiei tanto em alguém. Nunca quis mudar minha vida de um jeito tão radical por alguém, mas sei que esta é a decisão certa. – Ele respirou fundo. – Porque você me faz feliz. Você me faz acreditar. Você me faz melhor. E nenhum dos meus sonhos importa se eu não puder dividi-los com você. – Ele beijou meus dedos. – Diga que não é tarde demais.

– Não é tarde demais – consegui dizer de algum modo, mas sentia um nó na garganta.

– Diga que você ainda quer ficar comigo, apesar de eu ser um velho ranzinza que não enxerga a verdade bem debaixo de seu nariz.

– Não seja bobo. É claro que quero. – Me inclinei para a frente e colei os lábios nos dele, e ele segurou minha cabeça nas mãos, tornando o beijo mais profundo. Era o tipo de coisa que ele nunca fizera à luz do dia antes, nem mesmo dentro do carro. Aquilo me dava esperança.

Ele encostou a testa na minha, olhos fechados, polegares acariciando minhas bochechas.

– Tive medo de perdê-lo.

– Jamais. Senti tanto a sua falta.

– Também senti a sua. Precisamos recuperar o tempo perdido.

Eu sabia bem o que ele queria dizer.

– Precisamos – concordei. – Mas talvez não aqui. Não quero que nossa relação seja *tão* pública assim.

Ele sorriu e me soltou, colocando os óculos escuros de novo.

– Nem eu. Venha comigo dar uma olhada na casa. Se o interior for como espero, vou comprá-la. De agora em diante, farei mais coisas que me deixem feliz e não me importarei com o que os outros digam.

Saímos do carro e caminhamos na direção do alpendre.

– Estou tão feliz que você tenha me trazido aqui. E tenho orgulho de você.

Seu sorriso me alegrou.

– Também tenho orgulho de você.

■

DEPOIS QUE VIMOS a casa – era exatamente o que Derek queria, e ele iria fazer uma proposta de compra –, ele me levou para o trabalho e entrou no bar comigo. Ellen nos viu entrar juntos e ficou olhando para nós com as sobrancelhas erguidas enquanto nos aproximávamos do balcão.

– Isto significa o que eu acho que significa? – ela perguntou. – Trégua?

– Trégua – Derek confirmou, deslizando para uma cadeira.

– Já posso parar de fingir que não sei de nada? – Ela saltitou feito um cãozinho.

Ele grunhiu.

– Pode parar de fingir. Mas não...

Ela deu um gritinho e deu a volta correndo no balcão para me abraçar.

– ... precisa fazer um estardalhaço – Derek conseguiu terminar a frase antes que Ellen me soltasse e se pendurasse nele com tanta empolgação que quase o enforcou. – Ellen. Não consigo respirar. Me solte.

– Desculpa – ela disse. – É que estou muito, muito feliz com isso. É tão certo. – Ela segurou nossas mãos juntas e pareceu perscrutar o ar à nossa volta. – A aura de vocês está em perfeita harmonia.

Soltei uma risada enquanto Derek revirava os olhos para a irmã.

– Oh, Jesus. Posso tomar uma cerveja, por favor?

– É pra já. – Ela sorriu radiante para nós dois. – Maxim, quer a noite de folga?

– Obrigado, mas não – eu disse. – Preciso fazer quantos turnos puder.

– Tão responsável. – Ela balançou a cabeça, admirada. – OK, pode ir buscar gelo, por favor? Eu pego a cerveja para Derek. – Praticamente saltando por cima do balcão, ela me provocou: – Eu *disse* que era destino!

■

MAIS TARDE, depois que Derek havia terminado de jantar e estava pronto para ir embora, ele olhou para mim e me chamou para perto da porta, onde estava parado.

– Posso ver você mais tarde? – ele perguntou num sussurro.

Meu coração acelerou.

– Eu estava esperando você perguntar.

Ele pegou minha mão, colocou uma chave na palma e fechou meus dedos ao redor do objeto.

– É sua. Me acorde. – Então me deu um beijo rápido nos lábios e saiu.

Enfiei a chave no bolso e voltei para trás do balcão, sentindo o rosto quente. Uma pia cheia de copos sujos me aguardava, mas fiquei lá imóvel, olhando para o nada. *Ele me beijou. Em público.*

– Eu vi. – Ao meu lado, Ellen deu uma risadinha. – Vi perfeitamente o que aconteceu, assim como várias outras pessoas aqui também viram.

– É meio maluca essa mudança de atitude – eu disse, sorrindo incrédulo. – Mudou da água para o vinho ou algo assim.

Ela deu de ombros.

– Ele sempre soube o que queria. Só precisava de um empurrãozinho.

– Bem, foi isso que você fez.

Ela balançou a cabeça em negação.

– Não. Foi você. Ele viu você lutando pelo que quer e percebeu que podia aprender alguma coisa com você.

– Você acha? – Eu adorava aquela ideia.

– Acredite em mim. – Ela sorriu presunçosa. – As irmãs sabem de tudo.

■

USEI a chave para entrar na casa de Derek, uma agitação familiar dentro de mim enquanto subia os degraus. Depois de uma ducha rápida no banheiro do quarto de hóspedes, entrei no quarto dele, meu pênis já ereto de expectativa. Só havia se passado duas semanas, mas parecia que não nos víamos havia séculos.

Deslizei para debaixo das cobertas, e ele veio ao meu encontro, um gemido grave e baixo conforme os corpos e bocas se uniam. Pele contra pele, nos beijamos e nos tocamos e murmuramos sobre todas as partes do corpo um do outro das quais havíamos sentido falta. Exploramos essas partes com mãos e lábios e línguas. Ofegamos e gememos e prolongamos aquele momento até que nenhum de nós conseguisse mais se segurar.

– Quero você dentro de mim de novo. Preciso. – Sua voz era grave e intensa. – Mas quero ficar por cima desta vez.

Pouco depois ele se abaixava lentamente por cima do meu pau, os músculos de seu abdômen tensos, as coxas retesadas sob minhas mãos. Eu estava sentado com as costas apoiadas na cabeceira da cama, observando com uma incredulidade crescente ele me levando cada vez mais fundo, até meu pau estar totalmente enterrado nele.

Seus olhos estavam cravados nos meus enquanto ele lutava contra a dor, as mãos agarrando meus ombros.

– Respire – sussurrei.

Depois de uns instantes de tensão, ele começou a se mexer novamente, esfregando o quadril no meu, devagar no início, em movimentos ondulantes e sensuais que fizeram meu queixo cair.

– Você é tão lindo – murmurei.

Ele se inclinou para trás um pouco, mudando o ângulo, movendo-se mais rápido, e então fui eu quem tive que respirar fundo, porque vê-lo ali me fodendo com tanta habilidade, usando meu corpo para seu próprio prazer, bastava para me fazer gozar. Lutei para me segurar, tentando manter aquele estado de puro êxtase, mas as mãos dele percorriam meu peito, e os dedos roçavam meus mamilos, e seu corpo era tão forte e másculo e musculoso, das coxas grossas até a parte superior do abdômen e a curva dos ombros, e seu pau se movia livre entre nós, então eu o segurei com força para que ele pudesse foder minha mão também, e aquilo tudo era demais, sensual demais, forte demais, apertado demais, impossível de conter. Um segundo depois, ele estava gemendo e arquejando e gozando em minha mão e em meu peito e eu parei de me segurar, explodindo dentro dele em espasmos selvagens, incontroláveis.

Ele se inclinou para a frente, e nos beijamos sem parar.

– Eu amo você – ele disse colado aos meus lábios. – Estou tão apaixonado por você. Isto é muito mais do que jamais imaginei que queria. Mas, meu Deus, como quero! Quero tudo. E quero dar tudo a você.

– Você quer. Você tem. Isto significa tudo para mim: ficar com você.

Ele me beijou de novo, as mãos fortes em minha nuca.

– Você tem que ser paciente comigo.

– Faço qualquer coisa por você.

– Fique aqui esta noite. – Ele enterrou o rosto em meu pescoço. – Não posso deixá-lo ir ainda.

– Tudo bem, querido.

– E, amanhã, você irá comigo ao aniversário do filho de Gage e Lanie? Ellen disse que lhe dará o dia de folga.

Um tremor percorreu meu corpo.

– Está falando sério? Está preparado para isso?

– Estou preparado. Quero ficar com você, Maxim. Amo você, e que se foda quem disser que isto não é certo.

– E seus pais?

Ele se reclinou e olhou para mim. Estava escuro, mas pude ver sua expressão séria.

– Que se foda quem disser que isto não é certo – repetiu. – Não importa quem seja. *Eu* sou assim. É *você* quem eu amo. Isto é *certo*.

Senti um aperto na garganta e concordei com a cabeça, engolindo com dificuldade.

– Isto é certo.

TRINTA E OITO

DEREK

ESTACIONEI na rua, o mais perto que consegui da casa de Gage e Lanie, e desliguei o motor do carro. Meu coração batia um pouco mais rápido que o normal, mas eu não tinha dúvidas sobre a minha decisão.

– Preparado? – Olhei para Maxim, que parecia muito mais nervoso que eu. Suas mãos estavam inquietas, e ele ficava mordendo o lábio inferior.

Mas ele confirmou com um movimento de cabeça.

– Preparado.

Saímos do carro e peguei o presente no banco traseiro. Era uma tarde de verão perfeita, ensolarada, mas não quente a ponto de fazer suar, e uma brisa vinha das colinas. Enquanto nos aproximávamos da casa pela calçada, ouvi música, gritos e barulho de água.

– As crianças podem ser meio eufóricas – avisei, pedindo desculpa por antecipação.

– Estou acostumado com crianças. Tenho uma irmã pequena.

– É verdade, às vezes me esqueço disso. Eu gostaria de conhecê-la.

Ele riu.

– Ela adoraria conhecer você. Talvez ela possa vir me visitar. Ficar em meu apartamento chique.

– Eu queria lhe perguntar sobre isso ontem à noite, mas toda hora me distraía com seu corpo. – Dei uma cotovelada de brincadeira nele. – Quer continuar no seu apartamento? – Viramos na entrada da casa e o barulho aumentou. – A decisão é sua. Eu adoraria que você fosse morar comigo, e assim você poderia economizar uma grana, mas também sei que gosta de ser independente.

– Vou pensar a respeito – ele respondeu. – Agradeço pelo convite, mas acho que seria bom ficar cada um na sua casa por enquanto.

Isso queria dizer que precisaríamos nos esforçar mais para nos encontrarmos, mas eu não queria pressioná-lo. Sabia que ele não queria andar para trás, e minha intenção era colaborar. Segurei sua mão e o conduzi ao quintal dando a volta na casa.

Ele apertou meus dedos.

– Está tudo bem? Você parece calmo, mas sei que isto não deve ser fácil.

Meu Deus, ele era tão fofo! Parei à sombra na lateral da casa e o beijei rapidamente.

– Estou um pouco nervoso, sim. Mas é um tipo bom de nervosismo. Estou animado. E orgulhoso. Hoje cedo, acordei e me senti plenamente feliz. É quase como se esta fosse uma nova vida. *Nossa* vida. E é só o começo.

Ele sorriu para mim, o mesmo sorriso caloroso e agradecido que derretera meu coração na noite em que havíamos nos conhecido.

– Eu amo você.

Eu nunca me cansaria de ouvir aquela frase.

– Também amo você.

Saímos da sombra e entramos no quintal ensolarado de mãos dadas.

EPÍLOGO

DEREK

– **QUER** se sentar aqui um pouco? – perguntei, olhando para duas cadeiras Adirondack no gramado do Ritz Carlton de Laguna Beach, como se eu não tivesse escolhido aquele lugar perfeito de propósito. – Observar o pôr do sol antes do jantar?

– Claro. – Maxim sorriu e meu coração bateu mais rápido, como sempre. Mas hoje era diferente.

Estávamos comemorando seis meses juntos, a venda da casa que eu reformara e a conclusão de seu primeiro curso de roteiro.

Também estávamos prestes a ficar noivos, mas ele não sabia ainda.

Nós nos sentamos lado a lado e bebi um gole da taça de champanhe que estava em minha mão antes de colocá-la sobre a mesa posicionada à nossa frente. Maxim também pousou sua taça e pegou o celular para tirar algumas fotos do céu rosa e alaranjado conforme o sol se punha abaixo da indistinta linha do horizonte azul. Era uma tarde de outono agradavelmente fria, com o vento balançando as palmeiras acima de nossas cabeças, a temperatura na casa dos quinze graus, mas eu sentia a pele quente por baixo do jeans e da jaqueta esportiva cinza. Ainda bem que não estava usando gravata.

– Eu tinha quase me esquecido de como era bonito aqui. – Ele balançou a cabeça e guardou o telefone no bolso da jaqueta. – Uma foto não consegue captar toda a beleza deste lugar.

Estendi o braço e segurei sua mão.

– Não, não consegue.

Ele olhou para mim, os olhos azuis parecendo ainda mais profundos à luz do entardecer.

– Estou me lembrando de quando estivemos aqui da última vez.

Sorri.

– Percorremos um longo caminho desde então.

– É verdade. – Ele voltou a olhar para o oceano. – Toda manhã eu acordo e me pergunto se tudo isto é apenas um sonho.

– Eu me pergunto a mesma coisa. Mas daí abro os olhos e você está ao meu lado, e sei que é real. – Acordar ao lado dele todas as manhãs era um presente pelo qual eu seria eternamente grato. Ele continuara no apartamento por alguns meses, mas depois eu implorara para que fosse morar comigo. Já passávamos quase todas as noites juntos, e, quando dormíamos separados, eu sentia muito a sua falta. Já havia desperdiçado muito tempo e não queria perder nem mais um minuto.

Não que o caminho até ali tivesse sido fácil. Meus amigos e irmãos aceitaram nosso relacionamento sem questionar, mas meus pais ainda tinham dificuldade para se acostumar com a ideia. No início, ficaram totalmente confusos, depois passaram a nos ignorar, como se, recusando-se a enxergar a verdade, ela simplesmente desaparecesse. Meu pai achou que aquilo fosse parte da "insanidade" que me fizera diminuir minhas horas de trabalho no escritório para poder me dedicar mais à casa que havia comprado, e disse que eu precisava ir falar com um padre, como se o diabo tivesse possuído meu corpo ou algo assim.

Mas eu me mantive firme, afirmando que Maxim agora era parte de minha vida e que, se eles quisessem ter uma relação comigo, precisavam aceitá-lo também.

Aos poucos, estavam se aproximando – nós os tínhamos convidado para o jantar de Ação de Graças e tudo correra bem, ainda que um pouco desajeitado –, e era Maxim que sempre me falava para ter paciência com eles. *Dê tempo a eles*, dizia sempre que eu me sentia frustrado com o apoio relutante deles. *Lembre-se de que também foi difícil para você no início.*

Ele tinha o maior coração do mundo.

Terminamos nosso champanhe enquanto o sol desaparecia no horizonte, mergulhando o gramado no crepúsculo.

– Vamos jantar? – ele perguntou, apertando levemente minha mão.

– Vamos. – Mas, assim que ficamos de pé, me virei de frente para ele e o enlacei pela cintura. – Só um segundo. Preciso lhe dizer uma coisa.

– Tudo bem.

Minhas pernas tremeram um pouco enquanto eu respirava fundo.

– Antes de você entrar na minha vida, eu não sabia quem eu era. Tinha essa ideia sobre o que queria ser e tentei muito me encaixar nos padrões, mas nunca me senti à vontade em minha própria pele. Acho que um dos motivos que me deixavam tão preocupado com a limpeza e a organização na minha vida exterior é que eu não tinha controle sobre o que se passava no interior. Não confiava em mim mesmo para sentir as coisas certas, então me concentrava em ser perfeito aos olhos dos outros, porque jamais seria perfeito aos meus próprios olhos. E jamais deixei que alguém me visse como eu realmente era.

Maxim passou os braços em volta do meu corpo, encostando os lábios em meu ombro.

– Então conheci você. Pela primeira vez na vida, confiei de verdade em alguém. Deixei que outra pessoa me conhecesse. E fiz isso porque olhei para você e vi aquela parte de mim que eu jamais havia entendido e que achava que fosse errada, mas era linda. Finalmente, com você, por sua causa, todas as partes de mim passaram a fazer sentido. – Eu sentia um aperto no peito e um nó na garganta. – Me apaixonei por você no mesmo instante, e isso acontece de novo toda vez que olho para você. – Eu o soltei e enfiei a mão no bolso em busca da aliança. Meus dedos trêmulos agarraram a caixinha, que puxei do bolso enquanto me ajoelhava.

Ele arregalou os olhos.

– Oh, meu Deus!

– Todos os dias, agradeço a Deus por tê-lo colocado naquele avião. E por sua bagagem ter sido roubada. E por minha irmã ter me ligado. E não sei se acredito em destino, mas acredito que fomos feitos um para o outro e quero passar o resto da minha vida com você. – Abri a caixinha, revelando uma grossa aliança Cartier de platina. – Quer se casar comigo?

– Oh, meu Deus – ele repetiu com olhos cheios de lágrimas. – Está falando sério?

– Estou.

Ele segurou minhas mãos entre as suas, se inclinou na minha direção e me beijou, e achei que meu coração fosse explodir.

– Sim. *Sim.*

Eu me levantei e coloquei a aliança em seu dedo, minha visão embaçada por causa das lágrimas. Ele me enlaçou e nos abraçamos com força.

– *Ya lublu tebya* – ele sussurrou, e eu agora sabia que aquelas palavras queriam dizer "eu amo você". – Nem em um milhão de anos imaginei que pudesse ser tão feliz – ele prosseguiu com a voz vacilando. – Você é tudo para mim. *Navsegda.*

– O que significa essa mesmo?

– Para sempre.

O nó em minha garganta aumentou, e engoli em seco enquanto terminávamos nosso abraço. Então, eu o fiz virar e olhar na direção do hotel atrás de nós, onde Ellen estava agachada a uns três metros na varanda de nosso quarto no segundo andar, filmando toda a cena com seu celular. Ao lado dela estavam meu irmão e minha cunhada, bem como Gage e Lanie, e todos começaram a gritar e aplaudir.

– Diga oi.

– Oh, meu Deus! – Maxim pôs as mãos no rosto e começou a gargalhar antes de me abraçar novamente, enterrando o rosto em meu pescoço. – Este é o melhor dia da minha vida.

Ri também.

– Este é só o começo, querido. O melhor ainda está por vir.

■

POUCO DEPOIS, todos vieram nos encontrar no gramado com lágrimas e abraços e sorrisos e mais champanhe. Ellen fez um brinde.

– Ao meu irmão Derek, que todos nós sempre achamos exigente demais durante todos esses anos, mas que sempre soube que a perfeição estava a apenas nove mil, seiscentos e cinquenta e seis quilômetros e uma mala roubada de distância. E ao Maxim, por perseguir o sonho que o trouxe aqui e por nunca desistir. Mal posso esperar para chamá-lo de irmão.

– Viva! – gritou Gage, puxando o coro.

– *Na zdorovie!* – acrescentei, e então olhei para Maxim. – Como me saí?

– Perfeito – ele disse com os olhos brilhando. – Você é perfeito.

Mais tarde, depois de termos celebrado no jantar e um pouco mais no bar, todos voltaram para os respectivos quartos, e descobrimos que o nosso fora decorado com pétalas de rosas e velas, cortesia do hotel.

Acendemos as velas e apreciamos tudo por aproximadamente um segundo e meio antes de cairmos na cama e começarmos a arrancar nossas roupas. Com o último dos meus obstáculos psicológicos superados, o sexo com Maxim passara a ser ainda mais intenso, livre de pensamentos de culpa e vergonha. Meu desejo por ele era algo que eu amava em mim, não mais algo que eu odiava, e celebrava isso de todas as formas que queria, estando dentro do corpo dele ou recebendo-o no meu.

Naquela noite, nos revezamos dando prazer um ao outro em uma loucura sensual, até que não aguentássemos mais nos conter. Ficamos observando um ao outro se entregar. Aquele era o momento mais bonito que duas pessoas podem dividir.

Depois, deitamos enroscados um no outro, a porta da varanda aberta para que pudéssemos ouvir o barulho das ondas, a chama das velas tremeluzindo e o ar impregnado do cheiro de pétalas de rosas e sexo.

– Não consigo parar de olhar para a aliança no seu dedo – eu disse a ele, entrelaçando os dedos nos dele sobre o meu peito.

– Quero colocar uma no seu.

Sorri.

– Quando quer se casar?

– Amanhã é cedo demais?

Rindo, beijei sua testa.

– Provavelmente. Mas não precisamos demorar.

– Ótimo. Não quero esperar. – Ele pousou os lábios no meu peito por um instante. – Quero ser seu marido. Quero formar uma família com você. Quero que sejamos um do outro, agora e para sempre.

Senti minha garganta apertada e tive dificuldade para engolir.

– Também quero tudo isso.

Ele olhou para mim.

– E, daqui a alguns anos, podemos contar a nossos filhos a história da noite em que nos conhecemos.

– Nossa história de amor não é muito provável – eu disse.

– Nossa história de amor é melhor que provável. – Ele me beijou nos lábios e senti o beijo em minha alma. – Nossa história de amor é *real,* e essas nunca terminam.

Eu o beijei, meu coração pulsando como o oceano, vasto e cheio e profundo.

FIM

AGRADECIMENTOS

SOU MUITO GRATA ÀS SEGUINTES PESSOAS:

Ao David, coautor e amigo, obrigada por fazer esta jornada comigo, por criar personagens pelos quais me apaixonei, pelas lições de russo e de jardinagem e pelo bolo de aniversário. Eu jamais conseguiria contar esta história sem você. *Ya lublu tebya!* (Acertei?)

À Kayti, Laurelin e Sierra, obrigada por lerem minhas palavras, rirem das minhas piadas e entenderem cada uma das minhas múltiplas personalidades. Noir Mel não tem sentimentos, mas, se tivesse, seriam todos para vocês.

À Crimson, LeAnn, Margaret, Melissa e Melanie, obrigada pelo apoio, pelo estímulo e pela inspiração constantes (oh, a inspiração). Vocês são a melhor turma de todas. *#gayngsters*

À Jenn, Nina, Sarah, Shannon e toda a equipe da Social Butterfly, vocês são ótimas no que fazem! Obrigada por me ajudarem a ser notada na multidão.

À Nancy, obrigada pela edição rápida e fantástica. Um dia, darei a você mais tempo. (Provavelmente não é verdade, mas achei que deveria dizer isso.)

À Rebecca, pela torcida infinita, não importa o que eu faça.

À Flavia, por ser o unicórnio mágico dos direitos estrangeiros.

À Letitia, por mais uma capa linda e por atender aos meus pedidos.

Aos incríveis autores que encontraram tempo para ser meus leitores-beta e me ofereceram seu apoio generoso: Sierra, Sarina, Ella, Brooke – vocês me inspiram!

À Melissa Gaston, por embarcar nesta comigo e por conduzir este trem quando eu não consigo. Nada disto seria possível sem o que você faz por mim todos os dias.

Ao meu marido e filhos, amo vocês mais do que bacon. E isso é um bocado.

Aos meus leitores, que veem beleza e valor em todo tipo de história de amor. Prometo continuar escrevendo essas histórias.

M.H.

Agradeço a você, Melanie Harlow, por ser minha amiga e minha cúmplice e por extrair o melhor de cada história de amor.

D.R.

SOBRE OS AUTORES

MELANIE HARLOW escreve romances cheios de emoção e sensualidade sobre personagens fortes e teimosos que não conseguem deixar de se apaixonar. É viciada em bacon, gin martinis e leitura de verão num alpendre telado. Se ela não estiver com a cara enfiada em um livro ou fazendo maratona de séries na Netflix, você pode encontrá-la correndo, fazendo um coque no cabelo de alguém ou indo e voltando do estúdio de dança. Ela mora perto de Detroit com o marido e duas filhas.

Para **DAVID ROMANOV**, *E se acontece?* é, em grande parte, autobiográfico. Nascido na Rússia e criado na Europa, ele chegou aos Estados Unidos aos 24 anos, onde aprendeu muito sobre as diferenças culturais entre o Oriente e o Ocidente. David acredita piamente na *pessoa certa* e em aprender com o amor. Quando não está viajando ou ensinando cultura russa à Melanie, gosta de ler e de ficar na companhia de seu marido e seu cachorro em Los Angeles.

BÔNUS:
ENTREVISTA COM OS AUTORES

Melanie, como surgiu este projeto de escrita a quatro mãos?

M: David teve a ideia e a apresentou a mim, e adorei tanto a premissa que sabia que queria escrevê-la, mas não queria escrevê-la sozinha. Achei que o ponto de vista dele era fundamental, já que muito da história era autobiográfica para ele, e eu nunca havia escrito um romance homoerótico masculino. Fiquei nervosa! Tê-lo ao meu lado nesta jornada me deixou mais confiante. Além disso, eu queria diversificar meus temas, escrever sobre algo diferente, me desafiar. Então a ideia surgiu no momento certo.

David, já havia pensado em escrever um romance? Pensa em escrever de novo?

D: Jamais havia pensado nisso. Na verdade, nem sou muito fã de ficção. Mas Melanie mudou isso – os livros dela vão além da história. Admiro seu trabalho e fazer parte do livro dela é uma honra para mim. Então, nunca diga nunca!

Melanie, você nunca tinha escrito com outra pessoa antes. Como foi esse processo colaborativo?

M: Foi fantástico. Eu achava que seria difícil para mim, pois nunca havia escrito com outra pessoa e sou controladora, mas, como ele e eu trouxemos coisas diferentes para a história, nosso processo foi tranquilo assim que aprendemos a trabalhar juntos. David foi a força criativa por trás dos personagens, do enredo, de muitas ideias de cenas e conversas e, claro, de todas as coisas russas! Eu me senti mais à vontade trabalhando nas frases, já que tinha experiência de escrita (e o inglês é minha língua materna... hahaha), então ele me enviava cenas ou ideias e eu as transformava em capítulos. Teve muito vaivém até termos certeza de que estávamos apresentando os personagens de forma autêntica.

David, como foi trabalhar com Melanie neste livro?

D: Incrivelmente inspirador. Ela jamais me disse que eu estava errado, mas seu exemplo sempre fazia com que eu quisesse fazer melhor. Ela é uma escritora excelente, uma amiga fiel e a melhor cúmplice. Para ser bem sincero, não achei que ela estivesse falando sério quando sugeriu que escrevêssemos juntos, e eu não fazia ideia de como conseguiríamos terminar a tempo. Na verdade, acabamos dois dias antes do prazo final. Tenho um respeito infinito por ela como autora.

Para vocês dois, qual foi a melhor parte de escrever um livro a quatro mãos?

M: Rimos muito! E adorei ter um parceiro que trazia ideias quando eu travava. Às vezes, ele sugeria algo e eu no início ficava "não, não vai funcionar". Mas, então, depois de pensar um pouco, percebia que ele estava coberto de razão! David pode não ter experiência com escrita, mas tem ótimos instintos quando se trata de personagens e história. E também aprendi MUITO escrevendo este livro.

D: Além de rolar no chão de tanto rir na maior parte do tempo? Ver minhas ideias no papel graças à escrita perfeita de Melanie. De alguma maneira, ela sabia exatamente o que eu estava tentando dizer, e muitas vezes achei que ela fosse telepata. Ensinar a ela os pormenores sobre coisas gays e o estilo de vida russo foi muito divertido.

M: Repito. Aprendi MUITO.

Melanie, há coisas específicas que vocês tiveram que ensinar um ao outro?

M: Sim! Acho que poderíamos dar uma aula sobre as diferenças culturais entre um russo e uma americana tentando escrever um romance juntos! Foi um desafio evitar que Maxim falasse ou agisse de forma americana demais às vezes. E, é claro, tive que escrever cenas de amor *bem* diferentes daquelas que já havia escrito. Eu queria ser tão autêntica quanto possível, e saber o que se passa na cabeça de um homem gay, seja ele russo ou não, foi outro desafio. Mas, quando o livro ficou pronto, David disse: "Acho que você foi um russo gay em outra encarnação". Fiquei muito feliz.

David, o que aprendeu escrevendo este livro?

D: Como autor, aprendi a criar personagens. Veja bem, gosto de pessoas simpáticas na vida real e queria que todos os personagens do livro fossem totalmente simpáticos. Mas isso não é real. Toda moeda tem dois lados, e tive que aprender a aceitar e amar os dois lados dos nossos personagens.

M: Vou me intrometer e responder, embora esta pergunta não tenha sido para mim. Adorei que ele tenha percebido isso assim que começamos a escrever. No início, ele relutou em deixar Derek agir feito um babaca ou Maxim ser tão defensivo. Aos poucos, ele começou a ver que bons personagens podem ser pessoas legais que tomam decisões ruins. Isso cria uma tensão boa!

Melanie, ficou nervosa ao escrever um romance homoerótico masculino?

M: Não muito. Sei que romance homoerótico masculino não é para qualquer leitor, e tudo bem. Muita gente gosta de abacaxi na pizza, mas eu acho que esta é a coisa mais bizarra do mundo. A reação dos meus fãs quando anunciamos o projeto foi tão fantástica que fiquei ainda mais animada para lançar algo diferente. Quero escrever todos os tipos de história de amor. Todas são lindas para mim! E com certeza escreverei outros romances homoeróticos masculinos.

D: Como assim você não gosta de pizza com abacaxi? É a minha favorita.

M: Fruta e pizza não combinam!

David, em que medida *E se acontece?* é autobiográfico para você?

D: Pelo menos dois terços do personagem russo são baseados em mim. Não tenho imaginação fértil, então a maioria das coisas que escrevi foi inspirada em minhas próprias experiências de vida. Foi divertido brincar com os fatos, mudar um monte de detalhes, usá-los para criar um personagem independente e observá-lo ganhar vida diante de nós. Eu não uso palavras *Russkiy* quando falo em inglês e não sou tão cheio de princípios quanto Maxim, mas temos muito em comum. Tenho mesmo uma irmã mais nova na Rússia e, quando me mudei para L.A. com a idade de Maxim, tive uma experiência parecida com a dele no aeroporto – aquilo aconteceu mesmo.

Melanie, qual sua parte favorita do livro escrita por David?

M: A cena do primeiro beijo na cozinha – adorei como tudo aconteceu. E adoro essa coisa de russo! Morri de rir quando li a frase: "Esqueci todo o meu inglês". Ficou perfeita.

David, qual sua parte favorita do livro escrita por Melanie?

D: A relação entre Derek e sua irmã, Ellen. Ria muito toda vez que eles interagiam. Melanie tem um grande senso de humor.

Para os dois, qual cena do livro é sua favorita e por quê?

M: Que pergunta difícil! Acho que, se tivesse que escolher, diria que é a cena em que Maxim chega em casa e Derek diz "lute comigo". Maxim realmente se defende e Derek está tão atormentado – foi legal de escrever. Também adoro a cena em que eles estão no carro e Derek está tentando ajudar Maxim a se planejar, e Maxim conta a Derek todas aquelas superstições russas. Dá para ver o quanto eles são diferentes, mas também como seria perfeito se ficassem juntos. E aquelas superstições são muito engraçadas.

D: Gosto das viradas *à la* Woody Allen do livro. Fazem meu coração bater mais rápido. Por exemplo, quando Derek encontra Carolyn por acaso. Adoro o personagem da Carolyn e pedi a Melanie para colocá-la na história o máximo possível, ainda que o livro não fosse sobre ela. A parte em que Derek e Maxim se conhecem também me deixou feliz.

Algumas cenas são bem quentes. Vocês acharam que precisavam de um cigarro quando terminaram algumas dessas cenas?

M: Caramba, se precisamos. Aqueles dois juntos pegavam fogo.

D: Fiquei excitado com a maior parte do livro. Eu sabia bem o que queria que acontecesse nessas cenas, mas é mais fácil falar do que colocar a descrição no papel. Algumas vezes, tive que enviar a Melanie um esboço literal do que eles deviam fazer, algumas imagens para ilustrar o que eu queria, e disse: "Por favor, faça isso. Eu não consigo".

M: Verdade, ele fez isso mesmo. E agradeci, porque escrever cenas de sexo é, para mim, a parte mais difícil quando se escreve um romance. Mas ele me ajudou mandando *links* para *gifs* incrivelmente sensuais. Ele dizia "isso, e depois isso, e depois isso". Eu começava a me abanar e depois trabalhava duro na cena.

Quando e onde vocês escrevem? Escutam música?

M: Escrevo na mesa do meu escritório na maior parte do tempo, mas às vezes uso outras partes da casa. Quando travo em alguma parte, mudar de lugar às vezes me ajuda a ver as coisas de um jeito diferente. Escrevo enquanto as crianças estão na escola, geralmente das 8:30 às 15:30. E não consigo escrever ouvindo música – preciso de silêncio.

D: Eu faço praticamente a mesma coisa, fico trancado no escritório, sem ouvir música, desde que volto da academia de manhã até a hora de passear com o cachorro à tarde. Na verdade, escrevi alguns capítulos no celular enquanto estava viajando.

Melanie, como decide o que colocar na capa de um livro? Quem escolheu a capa de *E se acontece*?

M: Gosto de ter a imagem da capa antes mesmo de escrever o livro. É uma ótima inspiração! Mas isso não aconteceu com *E se acontece?*. Na verdade, só decidimos a capa pouco antes do lançamento! Demorou um pouco para encontrarmos a foto perfeita. Queríamos um casal e certo clima. David encontrou a foto e fiquei muito feliz com isso!

David, como encontrou a foto? Do que gosta nela?

D: Tumblr. Passei dias procurando uma foto que fosse forte o bastante e refletisse um *sentimento*, que não fosse apenas sexual. E, de todos os fotógrafos do mundo, gostamos de apenas um, Vitaly Dorokhov, que por coincidência é russo. Foi o destino.

M: Concordo totalmente!

O que aprenderam sobre si mesmos enquanto escreviam este livro?

M: Aprendi que sou capaz de fazer um projeto colaborativo! Sem dúvida, quero escrever com outra pessoa de novo. Sierra Simone, Laurelin Paige, Kayti McGee e Helena Hunting estão no topo da minha lista.

D: Pela primeira vez desde que me mudei para os Estados Unidos, consegui olhar para mim mesmo por um prisma diferente e observar as diferenças entre um russo e um americano. Adoro ambos e é fascinante perceber como falam, agem, pensam e até sentem de formas distintas. Fico feliz em saber que os leitores do livro saberão de verdade o que há por trás da personalidade aparentemente fria de um russo.

Se vocês pudessem recomeçar sua vida do zero, o que fariam de tudo para evitar? O que fariam de tudo para manter?

M: Acho que todas as minhas experiências, até mesmo os erros, me trouxeram onde estou hoje, então eu não mudaria nada. Mas algo que tentaria evitar é a negatividade – às vezes isso requer muita força. E quero sempre ser forte o bastante para manter minha família!

D: A cada minuto da minha vida, eu tentaria manter coisas que em nossa sociedade são, muitas vezes, consideradas fraquezas: gentileza e amor. É preciso muita força interior para agir com gentileza e amor. Acredito que o mal e a violência sempre vêm da fragilidade.

Vocês acham que estavam predestinados a se conhecerem e se tornarem amigos?

M: Sem dúvida. Penso nisso o tempo todo. E sei que jamais teria escrito este livro sem ele. É uma das histórias que mais gostei de ter escrito!

D: Desde o instante em que vi Melanie pela primeira vez em um hotel em Chicago. Ela é o reflexo de cada qualidade que adoro e admiro nas pessoas.

M: Assim eu vou chorar. Essa é a coisa mais bonita que já me disseram. Tem uma coisa que admiro muito em David também, e não é algo que eu apenas ache, eu observo continuamente quando ele encontra meus leitores. Quando ele fala com você, está totalmente concentrado em você. Ele vê você. Ele ouve. Faz com que você se sinta a pessoa mais importante do mundo naquele momento. Nem sei como ele faz isso! Mas é incrível. Tentei dar ao Maxim essa mesma qualidade.

Agradecemos a todos os fãs que nos mandaram perguntas. Amamos vocês!